文学のなかの考古学

門田誠一著

佛教大学鷹陵文化叢書 19

思文閣出版

はしがき

文学と考古学との接点を求めることは、これまで行われなかった試みである。その理由は二つの学問の間に横たわる方法の異質性にもとめられる。地下から出土する物質資料をよりどころとして人間の歴史や文化を復原する考古学と人の生き様や人間個々の情感や感覚を関心の中心として創作や評論、研究を行う文学とは、同じく人文学という範疇にありながら、基本的には相容れない方法と内容をもつ学問領域ではないかと思う。おそらく専門の研究者ほど、そのように強く感じているはずで、逆に考古学や歴史に関心をもつ一般の愛好者は歴史上の人物と遺跡や遺物を関連づけて、彼らの人格や性格の想像も含めて、思い思いの心象世界を楽しんでいる。

専門的に書かれた考古学の論文や研究書は物質資料を取り扱うため、実際にはそれらを残した人間のもつ情感や感性の入りこむ余地はなく、学問領域として含まれる人文学のなかでは、考古学がおそらくもっとも自然科学にちかい研究方法によってたつ学問であろう。考古学の研究対象のうちでも、人間が文字をもつ以前の時代やある地域の人々が文字を用いるまでの時期を研究対象とする場合は、理系の学問のような研究を行っている。

いっぽう、学問の細分化が問題とされてから、相当の年月が流れたが、考古学もまさにその潮流のなかにあり、現在の考古学の研究の大勢は特定の事象について、微に入り、細にわたる数値次元での追求を指向しているように思える。しかし、物質資料である考古学の遺物や遺跡について、研究という場では恣意を排した冷厳さで対するとしても、それらを残したのは、豊かな感情や素朴で鋭い感覚を発動しつつ過去に暮した人間たちであることを忘れてはなるまい。

いいかえると、そのような人間のみに許された精神的な営為に、物質面から接近しようとする場合に、必要な方法や秩序が考古学の方法であり、これによって人間の形而上的な部分に対して、恣意的な判断を下したり、独善的な考えにいたることを常に抑制しているともいえる。本書は、そのような分野で研究を行っている筆者が、文学作品そのものに深く立ち入って鑑賞や評論を行う方法から離れて、小説や古典芸能などに描写された考古学的要素や、それらの背景となった歴史的あるいは文化的な背景について、考古学的に接近する試みである。

史料や文献などが残っている時期の東アジア地域を対象として、考古学的な研究を行っている筆者にとって、漢字文化圏の文学作品や古典、そして芸能は、もともと、味読する対象というよりは、むしろ考古学資料を検討するための情報の検索という、いわば機能的な接し方であった。その過程で、本来、検索しているはずの記載や記事とは別に、考古学の遺跡や遺物との関連で歴史学的な興味をもつことがしばしばあった。その結果として、本書は生まれており、内容としては、文学や古典のなかに散りばめられた考古学的要素を抽出して吟味しているのにすぎないかも知れない。しかしながら、このような試みすら、行われてきておらず、その意味では新たな視点を提示できることもあろう。

なお、本書で取り扱う作品が小説や随筆、詩、俳句、川柳、そして古典のような典型的な文学だけでなく、古典芸能や民話、民謡なども活字媒体として記録される場合もあることから、広義の文学として取り扱った。

本書で扱った内容には、かつて別にふれた部分もあるが、基本的に新しい稿として書き下ろした。また、本書の各章節はいずれも独立した内容として執筆しており、読者の関心によって、どの部分からでも読めるように構成した。

［付記］　いうまでもなく本書は専門的な研究成果を提示する性格とは異なる目的で執筆したものであるが、より深い関心をもたれた読者の便を図るために、最小限度の註を付し、文学作品の出典および引用・参考文献は、できるかぎり一般にも入手の容易な出版形態の資料をあげた。ただし、文庫等で刊行されている極めて一般的な文学作品や古典等については出典を割愛した。また、論旨に直接関わる引用文献に限定して、学術論文や発掘調査報告書も提示した。これらの註について、煩雑と思われる向きは、当然ながら、読み飛ばしていただいても、内容の理解に支障はない。

なお、史料や文献はなるべく読み下しや現代文を掲げ、入手しにくい場合は可能なかぎり註などで原文をあげるように努めた。なお、引用した古典、史料等は、現代かなづかいに改めた場合がある。

　本文中の表記に関しては、短編集に収められた小説の題名などの場合、「　」でくくられることが多いが、本書では引用した他の史料・文献名に埋没しないように、わかりやすさを優先して、文学作品や芸能の演目は、すべて『　』でくくった。

文学のなかの考古学＊目次

佛教大学鷹陵文化叢書19

はしがき

I　ものとこころ

I　ものとこころ

1　史的世界としての民話と民謡

『遠野物語』の遺跡の描写

佐々木喜善《ささききぜん》は柳田国男《やなぎだくにお》との出会いによって、遠野《とおの》地方（岩手県遠野市とその周辺）の民話を学問の対象として、さらには日本文化の構成要素にまで昇華させた。彼の墓は自らの生家とそれを穏やかに包む集落とを見下ろす小さな丘の上にある。そこからの眺めは、佐々木が柳田に遠野の説話を語った時の様子を今に伝えている。

『遠野物語』として、現在も多くの人々の心を惹きつけてやまない岩手県北部の遠野を中心とした地域の昔話や民話を集成した佐々木と、それを民俗学の対象として、さらには文学の次元にまで高めた柳田の二人の力が調和がなければ、作品としての結晶がなかったことは、民俗学や伝承学の門外にある筆者が今さらいうまでもない。

ただ『遠野物語』にみられる話のなかには遺跡や遺物などの考古学の資料と関連したり、それらを背景としている場合があり、これについてはほとんどふれられることはない。

例えば『遠野物語』のなかでも、もっとも知られる「カッパ淵」の話は実は遺跡と関連している。

まず、カッパ淵の話を要約してみよう。


昔、オバコ淵のほとりで、馬の足を冷やしていた子供が遊びに行った隙に、いたずら者のカッパが馬のしっぽを引っ張って、川に引きずり込もうとした。しかし、力自慢のカッパも馬の力にはかなうはずもなく、そのまま馬屋に引きずられていって、人間に捕まってしまう。カッパを殺そうとする村人をなだめて、カッパの命を救った常堅寺の和尚の恩に報いるため、その後に寺で起きた火事を、カッパたちが力を合わせて消し止めたという。そして、今、常堅寺の境内にあるカッパ狛犬は、そのカッパが姿を変えたものとされている。


カッパがいたずらをしたとされるこの伝説の舞台となったカッパ淵は、現在の遠野市土淵町に所在する常堅寺の裏手にあり、春夏には青草が茂る中を澄んだ水がさらさらと流れる愛くるしい小川の淵である。岸辺には、カッパ神を祀った小さな祠があり、子供をもつ女性がお乳が出るようにと願をかけるとかなうといわれている。

このようなカッパ淵は自然の流路でありながら、実は考古学的にいう遺跡の一部である。そのことに関する『遠野物語』の関連部分を引いておこう。

土淵村には安倍氏という家ありて、貞任が末なりという。昔は栄えたる家なり。今も屋敷の周囲には堀ありて水を通ず。刀剣馬具あまたあり。（後略）

図1　遠野・カッパ淵

ここに出てくる「貞任」とはいうまでもなく、平安中期の豪族で前九年合戦において源頼義・義家と戦い、厨川柵で敗死した安倍貞任《あべさだとう》（一〇一九～一〇六二）を指す。『遠野物語』の文章では、この後にも盛岡にあった貞任の館跡や八幡太郎義家の陣屋跡に関する記述が続く。ただし、実際にカッパ淵と関係するのは、土淵の安倍氏の屋敷であり、ここには今も屋敷の周囲に堀がめぐらされ、水が通じている、と現在形で語られている。市が立てたここにある説明板には「天喜（一〇五三～一〇五八）の頃、安倍氏の一族がこの地に移り、付近を従えた」と簡潔に記されている。

『遠野物語』にもどると、この部分の文章で重要なのは堀の水がどこと通じているかであって、実はこれこそがくだんのカッパ淵と通じているのである。つまり、安倍貞任の後裔が住んでいる屋敷の周囲には水を湛えた堀があり、それがカッパ淵へと繋がり、淵を流れる清冽な水の源となっているのである。カッパ淵は単なる自然の流路であるのみではなく、安倍屋敷の北側の濠の役割をしているのである。このように堀で囲まれた屋敷は平安時代から中世にかけて、豪族の居館あるいは城館として一般的な形態である。とくに鎌倉時代になると、方半町から一町の規模で堀または溝で区画された城館が、東国・西国を包括して、普遍化するとされる(1)。また、集落との関係が明らかになった遺跡としては、学史的には田村遺跡（高知県南国市）が知られ、これを嚆矢として、調査例が蓄積されている。

土淵の安倍屋敷もその平面的な形態からみて、平安時代から中世の居館跡とみて問題ない。その周囲にめぐらされた堀の一部となり、水を供給しているカッパ淵は、いわば遺跡の一部であるといえる。さらにこの堀の内側には現在も住宅が建ち、カッパ淵とその周辺は過去、現在そして民話の世界とが交錯する歴史と文化の凝集された空間となっている。私は、ここを歩く時、長くこの地に根づいて、生活と風土を守り、育んだこの地の人々に畏敬と感謝の念を抱く。

伝承のなかの遺物

ほかにも『遠野物語』のなかには、考古学の資料が満ち溢れた話がある。その典型として次のような話をあげよう。

ダンノハナは昔館のありし時代に囚人を斬りし場所なるべしという。地形は山口のも土淵飯豊のもほぼ同様にて、村境の岡の上なり。仙台にもこの地名あり。山口のダンノハナは大洞へ越ゆる丘の上にて館址よりの続きなり。蓮台野はこれと山口の民居を隔てて相対す。蓮台野の四方はすべて沢なり。東はすなわち、ダンノハナとの間の低地、南の方を星谷という。此所には蝦夷屋敷という四角に凹みたるところ多くあり。その跡きわめて明白なり。あまた石器を出す。石器土器の出るところ山口に二ヶ所あり。他の一はホウリョウという。ここの土器は蓮台野の土器とは様式全然殊なり。後者のは技巧いささかもなく、ホウリョウのは模様なども巧みなり。埴輪もここより出ず。また石斧石刀の類も出ず。蓮台野には蝦夷銭として土にて銭の形をしたる径二寸ほどの物多く出ず。これは単純なる渦紋などの模様あり。字ホウリョウには丸玉・管玉も出ず。ここの石器は精巧にて石の質も一致したるに、蓮台野のは原料いろいろなり。ホウリョウの方は何の跡ということもなく、狭き一町歩ほどの場所なり。星谷は底の方今は田となれり。蝦夷屋敷はこの両側に連なりてありしなりという。このあたりに掘れば祟りありりと。

少し長い引用となったが、その理由はこの話のほとんどすべてが遺跡や遺物という考古学の要素から構成されているからである。

すなわち、「大洞へ越ゆる丘の上にて館址よりの続きなり」とある「館址」は、土淵の「安倍屋敷」などと同時期の平安時代から中世にかけての居館遺跡であると考えられる。

また、「星谷」にある「蝦夷屋敷」の蝦夷は、辞典などでは「古代の奥羽から北海道にかけて住み、言語や風俗を異にして大和朝廷に服従しなかった人びと。えみし」(2)などと記されるのが普通である。ただし、これはあくまでも朝廷を主体とした見方であって、相対的にいうならば、朝廷を中心とした世界とは異なる社会生活をおくっていた人々をいう。この「蝦夷屋敷」の記載では、ここから「あまた石器を出す」、つまり、多数の石器が出るとされているので、古代に蝦夷と呼ばれた人々の住居とするよりは、おそらく、縄文時代の竪穴住居であろう。さらに注目されるのは、「四角に凹みたるところ多くあり。その跡きわめて明白なり」と記されているように、この話が形成された時代には、まだ、縄文時代の竪穴住居が埋らずに、地表で確認できたという点である。

この文章には、縄文時代の遺物に関する記載もある。すなわち、「蓮台野には蝦夷銭として土にて銭の形をしたる径二寸ほどの物多く出ず。これは単純なる渦紋などの模様あり」とある箇所で、「蝦夷銭」とされている器物である。ここでも、やはり、「蝦夷」の話が用いられている。すでにふれたように、近年の歴史学研究では、「大和朝廷に服しなかった人々」というのは、朝廷側の見方であって、天皇を中心とした政治勢力とは別の在地的な社会であり、独自な世界である、という面からの研究が進められている。また、「蝦夷」は古代には「えみし」と読まれ、東北地域に住む人々を指したが、ほぼ鎌倉時代を境として、「えぞ」と読まれ、アイヌを指すようになる。

いずれにしても蝦夷と呼ばれた人々は自身で銭貨を鋳造したことはなく、古代では律令政府の鋳造した銭やアイヌが徳川幕府の銭を所持したことは考古学的に証明されているけれども、ここに記された「蝦夷銭」は土で作られており、なによりもこのことが銭そのものではないことを示している。また、「径二寸」で銭の形をしていると記され、直径六センチあまりで、円形で中央に穴があけられた形状であるという特徴をもつことがわかる。

このような大きさと形態の遺物で、「あまた石器を出す」遺構から出土するのは、縄文時代の遺物である土製耳飾や土製有孔円盤などがある。土製耳飾は縄文時代の中期から晩期にかけて、主として東日本で流行し、縄文土器と同じように土をこねて焼いて作られており、円形で直径は一センチ程度から九センチほどの大型品もある。一般的には、だいたい五〜六センチであり、さまざまな文様が施されていたり、中央に穴があけられていることもある。この遺物の用途は、人間を模した土偶の耳に着けられた例から、耳たぶに穴をあけて用いられた耳飾だと考えられている。土製有孔円盤は直径五〜

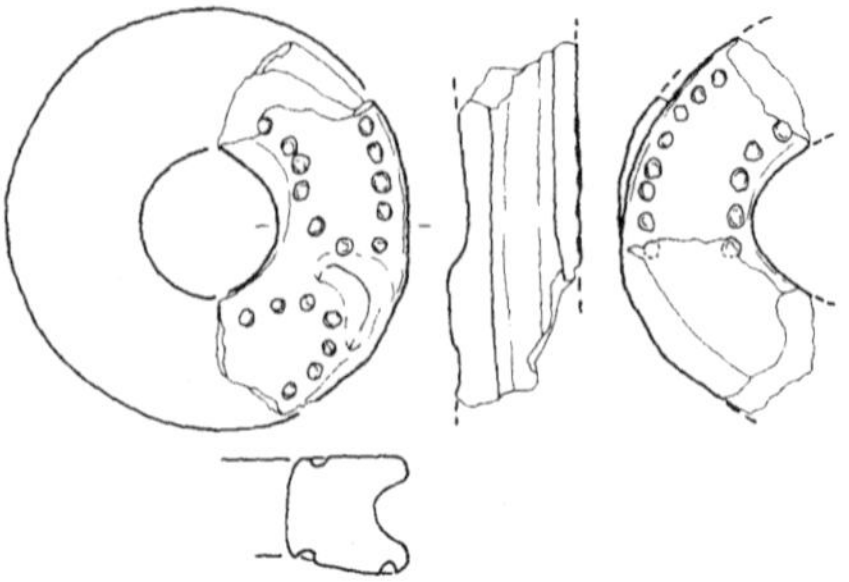

図２　土製耳飾の一例（岩手県大船渡市長谷堂貝塚出土）
（スケールアウト、復元直径約5.4cm）

六センチ前後で土器の破片などを利用して、中央に孔をあけたもので、繊維に撚りをかけるための錘という説もあるが確定をみていない。

いずれにしろ、「蝦夷銭」と呼ばれた遺物は、この土製耳飾や土製有孔円盤を指しているのであり、これが出土するところが、まぎれもなく縄文時代の遺跡であることを端的に示している。すなわち、伝承のなかで、古代にこの地に住んだ人々である蝦夷と結びつけられた土製耳飾は、蝦夷の時代をはるかにさかのぼる縄文時代の祖先たちが残した遺物であったのである。

遺跡が示す民話の里の縄文時代

実際に土製耳飾が用いられた縄文時代の重要な遺跡が、遠野市の周辺にはいくつも知られている。そのなかでも、綾織新田《あやおりしんでん》遺跡は今から約六〇〇〇年前の縄文時代前期の集落址で、大型の竪穴住居址が中央の広場に対して放射状に建てられていたことが確認された。大型の竪穴住居址のなかでも、最大のものは幅五メートル、長さ一四メートルにもなるが、これは縄文時代前期の標準的な竪穴住居の三～五倍もある大型の建物である。これらの大型竪穴住居では、川で捕えた魚を火にあぶり燻製にして保存食品を作ったり、また、石を割り、削ったり、磨いたりして耳飾をつくるなどの作業を行う場だったのではないかとみられている。また、これらの建物から構成される集落の西側からは、踏み固められてできた道路跡も発見された。このように綾織新田遺跡に住んだ縄文人たちは、大型住居や道路づくり、食料や道具の加工作業などの共同作業をしていたことが推定されている。(3) 綾織新田遺跡は、このように全国的な視野から見ても貴重な遺跡であることから、平成一六年（二〇〇四）に国指定史跡として認定された。

その他にも、この遺跡は玦《けつ》状耳飾が多数出土したことで知られる。玦状耳飾というのは、ドーナツ状の輪の一端を切り欠いたような形をしており、それが中国古代の玉器である玦に類似することから名づけられた。これもさきの土製耳飾と同じく、耳たぶに穴をあけて用いる一種のピアスである。玦状耳飾も直径が一センチほどもあり、土製耳飾はさらに大型の耳飾であるため、現在のピアスと比べると、耳たぶには異常に大きな穴をあける必要がある。そのために単なる装身具というよりは、文化人類学でいうところの「身体変工」という行為を伴うと考えられている。

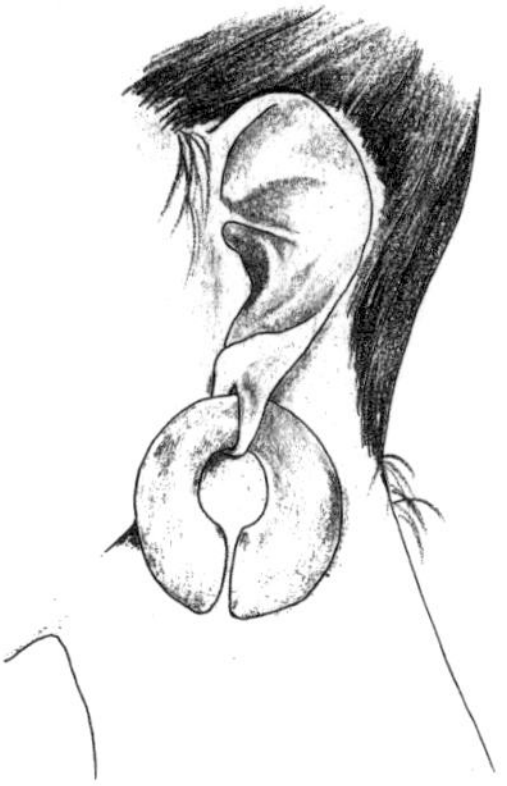

図3　玦状耳飾の着装状態の推定復原図（綾織新田遺跡出土遺物をもとに推定）

「身体変工」とは人間の身体の一部を人工的に

変形させるという習俗であり、よく知られる例として、歴史的には布で縛って幼児のような小さな足をつくる中国の纏足《てんそく》があり、現在でもアフリカの北コンゴなどでは唇に円盤を入れ下顎を変形させる習俗などが知られている。玦状耳飾や耳栓を実際に装着するためには、このように一種の耳たぶの人為的な変工が必要であり、我々の祖先もそのような風習をもっていたとすれば、現在、世界の民族のなかで身体変工を行っている人々を単に異質な文化とみるのではなく、より深い理解をもってみつめることができよう。

ここでみてきたように『遠野物語』には考古学と関連する内容が豊富に内包されており、これを実際の遺跡や遺物をもとに読み解いていくことが、『遠野物語』に刻まれた歴史的世界に踏み込むことにつながるのである。

『十三の砂山』をめぐる遺跡と歴史

民話や伝承だけでなく、民謡の背景にも歴史的時空が存在し、そこには考古学の要素も含まれている。そのような例として、まず、あげられるのが、東北民謡『十三《とさ》の砂山』である。

十三の水戸口にナーヤーエ　錠鍵あったらナー　可愛いあの船エ　出しめもの　出しめもの
あの船ナーヤーエ　あの船可愛いナー　可愛いあの船エ　出しめもの　出しめもの

『十三の砂山』が歌いつがれる市浦村十三《じゅうさん》（現在は青森県五所川原市市浦）は、津軽半島の西北部に位置し、東側にはシジミで有名な十三湖が広がる。地名である十三の読み方は、元禄一三年（一七〇〇）に、津軽家五代藩主・津軽信寿が土佐守に任じられたことから、それをはばかって「とさ」から「じゅうさん」に改めたと伝えられる。

図4　十三湖に立つ「十三の砂山」歌碑

十三はかつて中世の港湾施設を持った湊町であり、中世に慣習法となっていた海商法規をまとめた『廻船式目《かいせんしきもく》』に「三津七湊《さんしんしちそう》」すなわち、当時の日本列島の主要な十個所の港の一つとしてあげられている。江戸時代には、三厩、深浦、鰺ヶ沢とともに「津軽四浦」の一つとして知られ、日本海を航行する北前船の船頭たちである「弁財衆」で賑わった。

一九九〇年代にいたり、この十三湊が発掘調査され、中世の町並みや有力者の居館などが次々と姿を現した。このような考古学的な成果によって、この地と北の世界を支配していた「蝦夷管領」安藤（安東）氏の館跡とその付近では、一二世紀、つまり奥州藤原氏の時代には遺構が確実に存在し、鎌倉時代の一三世紀後半には計画的な都市建設が行われたことが判明している。

その後、一四世紀末には町家などが一気に拡大したが、一五世紀中頃に十三湊は急速に衰退し、その繁栄を失ってしまう(4)。

十三湖は岩木川の河口に位置し、三角州と接した西側の浜堤が「前潟」と呼ばれ、川を挟んで東側に突出した半島状の地形の先端部に中世の十三湊の遺跡は位置する。港としての機能は、岩木川の河口が「水戸口」を介して、日本海への出入り口となっている。現在の「水戸口」は昭和二二年（一九四七）に改修されたものであるが、津軽藩成立後から、この時の工事で固定されるまでに計一三回も開削され、位置を変えているという。

十三湊の港湾としての生命線は、実にこの水戸口の有無とその位置によっており、これを端的に歌ったのが、『十三の砂山』である。その歌詞には十三湖の水戸口に鍵や錠前があれば、愛しい人を乗せたあの船が出航せずにすむのにとあり、おそらくは港の遊女が宿した恋心を題材としている。

十三湊遺跡の発掘調査では、常滑や瀬戸・美濃系をはじめとした中世の焼き物とともに中国や朝鮮半島から将来された焼き物などが多数出土していることから、国際貿易で賑わった往時の港湾都市の実態が明らかにされつつある。

北の日本史と御伽草子

十三湊の歴史的特質は御伽草子《おとぎぞうし》にも認められる。『御曹子島渡り』は、著者および成立年代は分かっていないが、物語としては室町時代につくられた義経伝説の一つと位置づけられている。

物語の筋書きは次のとおりである。奥州平泉で義経をかくまっている藤原秀衡が、「ここより北に千島ともえぞが島ともいう国があり、その内裏にある兵法の巻物を見ることが必要」と義経に話す。そこで義経は、「北国又は高麗」の船も出入りする「とさのみなと」から出帆、様々な遍歴の後に目的を達して、また「日本とさのみなと」へ帰ってくる。

この物語では、「とさのみなと」は北国または高麗の船が出入りする当時の国際貿易港として語られているが、これは先にふれた発掘調査の成果によっても裏づけられた。そして、このことによって、中世から江戸時代初期にかけての創作である御伽草子にみられる歴史性は考古学にも援用できることが認識された。

さあさ出た出たナーヤーエ　唐土船《もろこしぶね》よナー　波に揺られてエ　そよそよと　そよそよと(5)

あくまでも専門外の見方ではあるが、外国や他民族に関する情報が民謡の歌詞に盛り込まれていることは、非常に少ないように思われる。そのなかにあって、『十三の砂山』の歌詞にみえる「唐土船」の一節は、中世十三湊の港湾都市としての歴史性と当時の国際貿易のありさまを反映しつつ、歌いつがれた稀有な例といえるだろう。

（1）飯村均「平安期・鎌倉期の城館」小野正敏編『図説・日本の中世遺跡』東京大学出版会、二〇〇一年

（2）新村出編『広辞苑』第五版、岩波書店、一九九八年

（3）綾織新田遺跡の概要等については、報告書が未刊行のため、下記の図録を参照した。
遠野市立博物館編『国指定史跡綾織新田遺跡』遠野市立博物館、二〇〇三年

（4）国立歴史民俗博物館編『中世都市十三湊と安藤氏』新人物往来社、一九九四年
青森県市浦村編『中世十三湊の世界』新人物往来社、二〇〇四年
発掘調査の報告としては『国立歴史民俗博物館研究報告』六四「青森県十三湊遺跡・福島城跡の研究」一九九五年がある。また、その後、青森県教育委員会や市浦村によって、数次にわたって発掘調査が行われている。

（5）永田暁二・千藤幸蔵編『日本の民謡』東日本編、社会思想社、一九九八年

2　『風土記』『万葉集』の生活と習俗

『風土記』に記された古代の生活誌

古代に限らず、時の政府が関与した記録では、地域の自然や環境と民衆の闊達な生活や風俗とを結びつけて記した地誌的な内容は扱われることが少ない。この点において、諸国の郡郷名の由来、地形、産物、伝説などが記されている『風土記』は古代の地誌として貴重な知見を提供している。和銅六年（七一三）に元明天皇の詔によって、諸国に命じて撰進させた諸国の『風土記』のうち、完本として今に伝わるのは『出雲風土記』のみであって、常陸・播磨の両風土記は一部が欠け、豊後・肥前のものはかなり省略された形で残っている。

古代出雲の自然と人が織り成す世界を活写する『出雲風土記』の記述には、遺跡や遺物などの考古学の資料と関係する記述があり、双方から当時の生活が復原される。よく知られるのは朝酌郷《あさくみごう》の項に記された朝酌の渡しという渡船場が、現在の矢田の渡しがある位置とはほぼ同じであるとされることで、このあたりは古代の朝酌郷の風景をよく残しているといわれている。同じく朝酌郷の項には、現在の大橋川に面した朝酌促戸では筌《うけ》と呼ばれる漁具が仕掛けられて、ここから大井浜にかけては白魚が捕れたことが記されている。これらの記述に続いて、「大井浜に海鼠海松あり、又陶器を作る」とあり、(1) 山津《やまづ》窯址（島根県松江市）や寺屋《てらや》窯址（同）などは、ここに記されている陶器作りの里にあたると考えられている。

実際に同地に所在する窯址からは、発掘調査によって、須恵器や寺院の棟を飾る鴟尾《しび》を含む瓦が出土し、六世紀半ばから八世紀頃まで操業していたことがわかっている。(2) このように中海に面した大井浜の地では、漁業が行われ、須恵器の生産地であったことが、風土記の記述を考古学的知見によって証することによって、明らかにされてきた。(3) これによって、漁撈にとどまることなく、多様な生業によってたつ古代人の風骨がよみがえることになった。

『風土記』にみられる遺跡・遺物の伝説

遺跡や遺物に関する伝説として名高いのが、『常陸国風土記』の那珂《なか》郡の項に記された話である。すなわち、大串というところに、その昔、巨人が住み、体は小高い丘にいながら、手は海浜の貝を採って食べ、それを捨てたところが丘になったとあり、これは大串貝塚を指す。また、巨人の小便の溜まった穴についての記述があり、これは竪穴住居を指すとされる。

この記載は貝塚に関する歴史的な記述として、大学の考古学史で講義される有名な題材であり、かつ世界でも最も古い貝塚に対する古代人の記述とされている。

ただし、古文献のなかで先史・古代の遺跡に関する記述がなされることは、しばしばあって、貝塚の記述に限っても、たとえば江戸時代の明和九年（一七七二）刊行の『再校江戸《えど》砂子《すなご》』には、「蠣殻山三河島にあり。すこしき山ながら悉くかき殻なり。むかし此辺内海なりといひつたふ。数年此山のかきからをとりしかども尽きずといふ」とある。[4] 同様の記述は他の江戸時代の地誌にもみられ、丘全体が牡蠣殻であるという異常な量の貝殻の堆積は、当時の人たちにも注目されていた。

図5　史跡公園として整備された中里貝塚

この貝塚は地名などから、現在では中里《なかざと》貝塚（東京都北区、縄文時代中期中頃〜後期初め・約四六〇〇〜三九〇〇年前）として知られている。この貝塚を形成する貝層は最大で厚さ四・五メートル以上にもなり、その長さも一キロメートルにも及ぶ日本最大の貝塚である。ここでは発掘調査によって、焼き石を投入して水を沸騰させ、貝のむき身を煮て、干し貝を作ったと考えられる土坑や焚き火跡、木道などが確認されている。ここで生産されたであろう大量の干し貝は、内陸などの他地域へ供給されたものと想定されている。このように縄文時代の生産、社会的分業、社会の仕組みを考える上で重要とされることから、中里貝塚は国史跡に指定された。縄文時代には海浜であった立地は現在、周辺が住宅や店舗のひしめく街並みとなっており、江戸人にも注目された大貝塚が地中に眠ることを意にかけることもなく、現代人がせわしげに日々を送っている。

それに比して、大串貝塚を往古の巨人の食べた貝の残滓であるとみた古代人や日本最大の貝塚の累々たる貝の堆積を注視した江戸人たちは、生活人として必要な目と感性を備えていたと思うのは、忙しい現代人に対して、厳しい見方であろうか。

「韓室」――渡来人の建物――

『播磨国風土記』飾（餝）磨郡の里名の由来として次のような記述がある。

韓室《からむろ》の里　右、韓室というは、韓室首宝らが上祖、家大く富み饒《にぎわ》いて、韓室を造りき。故、韓室と号《なづ》く。

この記事の示すところは、少しも難しくなく、韓室の里というのは、韓室首宝らの先祖は、家が大変に富み、豊かであり、韓室をつくった。そのためにこの土地を韓室と名づけた、という内容である。

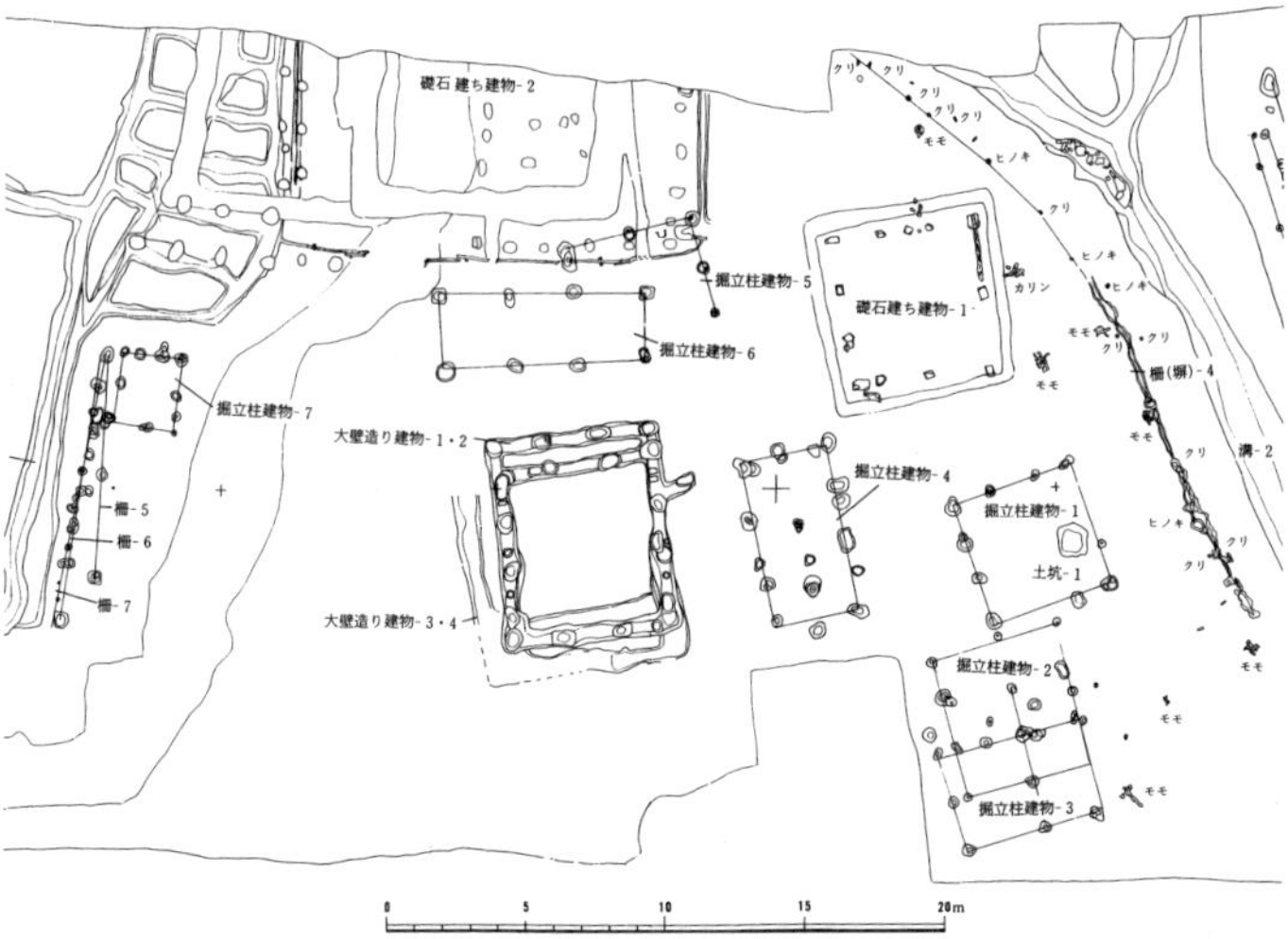

図6　「大壁造り建物」を含む建物跡図(滋賀県大津市穴太遺跡)

この「韓室」が何を指し示すかについては、朝鮮風住宅などの簡単な説明があるだけで[5]、これまであまり、ふれられることはなかった。いっぽうで、考古学的には一九九〇年代以降になって発見例が増えてきた「大壁《おおかべ》建物」とか「大壁造り建物」といわれる建物遺構との関係が注目されている。これらの名称は、未だ仮称の段階といってもよいが、遺構としては建物の周囲に溝を掘り廻らし、そこに木柱を立て並べたものを土壁で埋め込むという構造である。このような建物は縄文時代以来の竪穴式住居や穴を掘って柱を立てた造作の掘立柱建物とは基本的な構造が異なり、新たに導入された構造の建物であるとみられる。そして、「韓室」こそは、「大壁建物」と呼ばれる構造の建物ではないかと推測される。

このような理解の傍証となるのが、『万葉集』

に現れる「室」の語である。たとえば、次のような歌があげられる。

大汝少彦名のいましけむ　志都の石室は幾代経ぬらむ

（生石村主真人　巻三―三五五）

（オオナムチやスクナヒコナの神がおいでになったというこの志都の石室はいったい幾代を経ていることであろうか(6)）

はだすすき尾花逆葺き黒木もち　造れる室は万代までに

（太上天皇〈元正天皇〉の御製歌一種　巻八―一六三七）

（穂が旗のようになびくススキを穂の方を下にして葺き、皮のついた材で造った室は万代までも栄えるだろう）

新室の　壁草刈りに　いましたまはね　草のごと　寄り合う娘子は　君がまにまに

（施頭歌　巻一一―二三五一）

（新築の家の壁草を刈りにおいでなさいませ。草のようにしなやかに寄りなびく少女は、あなたのお心のままです）

このように詠われた「室」は現代でいう部屋の意味ではなく、「石室」の場合は山腹ないし横穴、「新室」などの場合は「壁草」を用いているとされることから、壁で塗りこめた構造であり、これを新しく建てるということであるから、独立した建物であるとみてよかろう(7)。

このような表現から考えても、『播磨国風土記』に記された「韓室」は草を用いた壁で構成された独立の建物であり、またそれは在来の「室」とは異なり、「韓」すなわち朝鮮半島風の建物であると推定される。そして、このような土壁で塗り込められた「韓室」が、遺構としての「大壁造り建物」に該当し、それは構造的には窓のような開口部を設けにくく、人が住むには不適当であるため、物資を貯蔵する蔵のような建物ではないかという説もある。もし、そのような見方が正鵠を得ているとすれば、それは「家が大変に富み、豊かである」から、「韓室」を造った、という『風土記』の説明と合致することになる。すなわち、韓室首宝らの先祖は家が栄え、富んだために、蔵を建てた、と整合的に解されるのである。このような推測の当否を含め、古代の地誌である『風土記』の記述内容が、考古学資料によって吟味できるようになったことの意義は大きい。

万葉歌による遺跡所在地の推定

『万葉集』に収められた歌は古代人の心情や生活を活写しているが、歴史を論ずる史料としても重要である。その例として、中山平次郎《へいじろう》（一八七一～一九五六）によって証された鴻臚館《こうろかん》の位置についての推論とその後の発掘調査による実証をあげたい。

鴻臚館とは古代に筑紫・難波・平安京に設けられた施設であって、外国使節を接待したり、その宿舎にあてられ、また公許貿易市場をも兼ねたとされる。『源氏物語』桐壺にも「この御子を鴻臚館に遣はしたり」としてみえる。古代の対外施設として、重要な鴻臚館であるが、筑紫の鴻臚館の位置については未詳であり、長く現在の福岡市の官内町（現・博多区中呉服町付近）説が有力であった。

これに対し、大正一五年（一九二六）に九州帝国大学医学部教授だった中山平次郎が福岡城説を打ち出した。その重要な根拠となったのが、天平八年（七三六）、阿倍継麻呂を大使とした遣新羅使が詠んだとされる歌である。


神さぶる荒津の崎に寄する波　間無くや妹に恋ひ渡りなむ　（巻一五―三六六〇）

今よりは秋づきぬらしあしひきの　山松かげにひぐらし鳴きぬ　（巻一五―三六五五）

すなわち、これらの歌からは、この時に筑紫の鴻臚館に滞在した遣新羅使の一行は、志賀島《しかのしま》や荒津《あらつ》崎《ざき》のみえる小高い丘の上でしばし休息していることがわかる。

「荒津の崎」の波音が聞こえる位置にあり、また「山松かげ」は高い場所を意味している。中山はその他の傍証も加えて、これらの歌に詠まれたすべての条件を満たすのは、福岡城内であると推論した。

その後、昭和六二年（一九八七）に平和台球場の解体工事中に外野スタンドのあった場所の地下から、鴻臚館の遺構が発見され、中山説は立証されることとなった。

万葉歌にみる古代の習俗

『万葉集』には古代の習俗に関する歌も収められている。

岩代《いわしろ》の浜松が枝を引き結び　ま幸くあらばまた帰り見む　（巻二―一四一）

この歌は、孝徳天皇の子である有間皇子《ありまのみこ》（六四〇～六五八）が謀反を企てたという名目で処刑される紀伊の藤白坂《ふじしろざか》へ向かう道で詠んだ絶唱として名高い。

この歌については、後人が羈旅歌すなわち旅に際して詠じた歌を仮託したものとする見方もあるが、その意は、岩代の浜辺の松が枝を引きよせて結んでおくが、もし幸いに無事であれば、また帰って来て見られるだろうか、と解される。この歌の中でも難解なのは、松の枝を引き結ぶ、という行為であるが、これについては、無事、安全を祈る呪的習俗であると解されることが一般的である。(8)

『万葉集』には有間皇子の歌の他にも、松の枝を結ぶことによる呪術が想定される歌がある。

たまきはる命は知らず松が枝を　結ぶ心は長くとぞ思ふ　大伴家持　（巻六―一〇四三）

八千種《やちくさ》の花はうつろふ常磐なる　松のさ枝を我は結ばな　（巻二〇―四五〇一）

これ以外にも、草や紐を結ぶことに思いを込めた歌がある。

近江の海湊は八十《やそ》ありいづくにか　君が舟泊て草結びけむ　（巻七―一一六九）

高麗錦《こまにしき》紐の結びも解き放けず　斎《いわ》ひて待てど験なきかも　（巻一二―二九七五）

とくに後の歌は高麗錦（高麗風の高級で美しい紐のこと）の紐の結び目を解かずに固く操を守り（貴方が）来てくれることを待っているのにその効果がない、と悲しんでいる女の歌とされる。これらの歌に詠まれているように、万葉の時代には松の枝や紐を結ぶという呪術的な行為があったことが考えられる。木や紐などの素材は遺跡では残りにくく、ましてそれを結んだ行為を実際の遺物であとづけることは難しいが、あえて関連した考古資料をあげると直弧文《ちょっこもん》という文様が上げられる。これは直線と弧線との交錯した文様で、浮彫りにされる場合がほとんどである。時代としては古墳時代の遺物や古墳の石室・石棺をはじめとした限られた種類の器物に用いられることから、呪縛や封じ込め、辟邪《へきじゃ》などの呪術的意味をもつと推定されている。(9) ただし、直弧文が盛行するのは古墳時代でも四〜五世紀にかけてであり、万葉の時代とは隔たりがある。しかしながら、万葉歌にみられる結び、また、封じるという行為の系譜を考えるうえで参照することは許されよう。

万葉歌との直接の関連は定かではないとしても、木の枝などを結ぶことと類似した習俗として、中国では古代より、旅人を見送るときに楊柳の枝を折って手渡す風習があり、これにちなんで歌われた離別の漢詩も知られる。その一つとして李白(七〇一〜七六二)の名高い作をあげよう。

春夜落城聞笛
誰家玉笛暗飛声
散入春風満落城
此夜曲中聞折柳
何人不起故園情

春夜落城に笛を聞く
誰が家の玉笛か暗に声を飛ばす
散じて春風に入りて落城に満つ
此の夜曲中折柳を聞く
何人か故園の情を起こさざらん

(通釈)
どこで吹いているのか美しい笛の音が、闇の中から聞こえてくる。その音は、春の夜風に吹き流されて、落陽のまちの隅々にまで満ちわたる。こよい、この笛が奏でた曲の中に、「折楊柳」の曲を耳にした。こ

の別離の曲を聞いて、いったい誰が望郷の思いを起こさずにいられるだろう。(10)

また、折楊柳そのものを題名とする詩としては、中唐の詩人である楊巨源（七七〇～？）の作品をあげておこう。

折楊柳

水辺楊柳麴塵絲　　水辺の楊柳麴塵《きくじん》の糸
立馬煩君折一枝　　馬をとどめ君を煩わして一枝を折る
惟有春風最相惜　　惟だ春風の最も相い惜しむ有り
殷勤更向手中吹　　慇懃に更に手中に向かって吹く

（通釈）
水辺に垂れる楊柳の細い枝が柔らかな萌黄色の花に包まれている。馬をとどめて、路傍の人にその柳の小枝を一本折っていただきましょう。（見送ってくれる人もない旅立ちに）ただ春風だけが別れを惜しむかのように、手に持った柳の小枝にそよそよと吹いている。(11)

詩としての折楊柳は、漢代には楽曲にあわせて歌っていた漢詩の一種で、この種の詩は、その後、魏・晋・南北朝に至って流行したとされる。折楊柳の典故は一般には漢の時代に長安を立つ旅人を見送るとき、東の街はずれに架かっていた灞橋《はきょう》で柳を折って別れたという故事に由来していると説明される。しかしながら、中国文学では折楊柳は前漢代に武帝が西域の胡楽によって作られた軍歌とする見方もあり、(12)その当否は専門的な議論にゆだねる他はない。

考古学の資料として、折楊柳の典故と関係する遺跡をあげるならば、近年にいたり、この詩が詠われたとされる覇橋が発掘され、往時の姿を彷彿させた。灞橋は、たとえば、『漢書』王莽伝に地皇三年（二二）二月に火災を受けた後、灞橋が修復されて長存橋という名に改められたという記事があり、(13)また、『初学記』（唐の徐堅らの奉勅撰）には「漢、灞橋を作る。石を以て梁と為す」という記述があることから、王莽以後の後漢代には橋梁に石を用いた可能性があると推定されていた。(14)別れの舞台となった灞橋も、後漢代（二五～二二〇）にはすでにその橋脚や橋桁は石づくりであった可能性がある。

漢代の灞橋とは、その位置や結構は直接に関係しないが、一九九四年と二〇〇四年には、洪水によって、隋唐代に築かれたとされる灞橋の遺構が露出した。発見されたのは石で造られた平面長六角形の橋脚であり、これらが五メートル余りの間隔で築かれていた。北宋代の改修の時に、それ以前の石刻や石碑を壊したという文献の記載に合致するように、橋脚の付近から、実際の碑石が出土したことにより、発見された石製橋脚が、宋代に改修を受け、隋代に造られたものであるとされている。(15)漢詩の舞台に関連した場所が現実に私たちの眼前に現われたのである。

『万葉集』に詠まれた古代の技術

『万葉集』には古代の生産活動の場面が詠み込まれた歌もある。そのなかでも考古資料と関連するものとして、塩づくりに関する歌があげられる。

難波潟潮干に出でて玉藻《たまも》刈る　海人娘子《あまおとめ》ども汝が名告らさね　（巻九―一七二六）

志賀《しか》の海女は藻刈り塩焼き暇《いとま》なみ　櫛笥《くしげ》の小櫛取りも見なくに　（巻三―〇二七八）

これらの歌に詠まれた「玉藻」や「藻」とは海や淡水の水性植物、たとえば昆布やわかめなどの総称とされ、これらは塩焼き、食用として用いられていた。藻に関する語は、厳藻、奥つ藻、玉藻（藻の美称）、藻塩《もしお》などとして万葉集には八〇首以上に現われる。なかでも、「藻塩」の語は文字どおり、藻が塩づくりに用いられたことを示している。古代の製塩作業で藻がどのように用いられたかについては、おもに二つの説があった。一つは、海草に潮水を注ぎかけて、これが滴る間に濃い塩水を作り、これを煮詰める、とする考えである。この説の主な根拠となったのは、現在も塩釜《しおがま》神社（宮城県塩釜市）に伝わる藻塩焼き神事の方法である。この神事では、ホンダワラという海藻を用いて濃度の高い塩水（鹹水）を作り、これを煮詰めて塩を作る一連の行程が儀礼となっている[16]。

もう一つは、塩分を多く含ませた後に、これを焼いて水に溶かし、その上澄みを釜で煮つめた、とする説である。この説はさきの「藻刈り塩焼き」の他にも、「朝なぎに玉藻刈りつつ　夕なぎに藻塩焼きつつ」（巻六―九三五　笠朝臣金村）などと詠まれたことを一つの根拠にしている。また、このような方法を用いて、実験的に製塩作業が行われたこともあったが、その際に得られた塩は茶褐色で、不純物の多いものであったという[17]。

その後、先の万葉歌に詠まれた「志賀の海女」と関係する遺跡が知られている。海《うみ》の中道《なかみち》遺跡（福岡市）であり、地形としては塩屋と呼ばれる玄界灘に面した砂丘となっている。地理的には『後漢書』に西暦五七年に光武帝が奴国に印綬を与えた、という記述の実物とされる「漢委奴国王」の文字のある金印が出土した志賀島と福岡市東部をつなぐ砂州である。遺跡のある海の中道は今では国際的なマラソン大会のコースとして知られる。この海浜が発掘調査され、製塩土器や釣り針のような海浜での生業を物語る遺物と塩をつくるための製塩炉の遺構などが発見された。そのほかには古代官人が付けたベルトの飾り金具である銙帯《かたい》や金銅製の簪、皇朝十二銭、越州窯青磁など、一般の海浜集落とは異なり、古代において稀少性の高い遺物が出土した。これらの出土品は近隣では大宰府、筑後国衙、観世音寺など、当時の官衙や寺院などの公的機関から出土することが特色である。

これらの出土遺物から、海の中道遺跡は漁業・製塩に従事していた単なる海浜の一般集落ではなく、公的機関と関係した性格をもっていたと考えられた。すなわち、海の中道遺跡はこれらの公的機関に供給するための大規模な製塩遺跡と位置づけられ、具体的には、大宰府主厨司《しゅちゅうのつかさ》のもとにある筑前国糟屋郡の厨戸《くりやべ》であると推定されている(18)。これは、大宰府の食料品を扱う主厨司のもとで直接の作業を行う厨戸として、贄として貢上する魚介類・塩などを定期的に作っていた施設と理解されている。

『万葉集』には先にあげた歌とともに、「志賀の海女」を詠んだ歌が七首あるが、そのなかで、製塩に関わるものとしては、次のような歌がある。

志賀の海人の塩焼く煙風をいたみ　立ちは上らず山にたなびく　（巻七—一二四六）

志賀の海人の塩焼き衣なれぬれど　恋といふものは忘れかねつも　（巻一一—二六二二）

志賀の海人の火気焼き立てて焼く塩の　辛き恋をも我はするかも　（巻一五—三六五二）

海の中道遺跡から出土した製塩に用いられた土器の分析では、製塩土器の中から、被熱したコケムシやウズマキゴカイ等の海藻に付着する生物の遺骸が発見されており(19)、このことから、海藻そのものが焼かれる製塩方法がとられていたと推定されている。

古代の製塩には製塩用の土器とそれを煮沸、煎熬するための施設である石敷きの製塩炉が用いられる。古墳時代にさかのぼる製塩炉が初めて発見されたのは瀬戸内海に浮かぶ喜兵衛《きべえ》島や荒神《こうじん》島（香川県直島群島）などであり、古代製塩の研究がこのような小島から始められたことは、考古学は地域がもっていた特質をさぐる学問であることを象徴的に示している。近年の発掘調査例として、西庄《にしのしょう》遺跡（和歌山市）では古墳時代中期から後期にかけて、多数の製塩炉が発見されており、大規模な製塩活動と漁撈を行った古代の海民の集落であったことがわかった(20)。

藻塩の語に象徴される古代の製塩は、平安時代には本来の意味を離れる。百人一首で知られた次の歌は、それを典型的に示している。

来ぬ人を松帆の浦の夕なぎに　焼くや藻塩の身もこがれつつ　藤原定家

（『新勅撰和歌集』『小倉百人一首』）

（いくら待っても来ない人を待ち続け、松帆の浦（淡路島）の夕なぎの頃に焼く藻塩のように、私の身も恋焦がれ続けていることだ）

この歌を詠んだ藤原定家《ていか》は都に住み、海浜の製塩作業を見たことはなかろう。定家の生きた平安時代の末から鎌倉時代の初めには、すでに藻を用いた古代製塩は行われておらず、鉄製の釜で塩水を煮沸、煎熬していた。この一首が万葉歌を典故とした言葉を巧みに用いて、身を焦がす思いを託した歌であることが、考古学の資料からも裏づけられる。

このように『風土記』は古代人の生活の実相を示しており、その解釈に考古学的知見を加えることによって、さらに現実感を与えることができる。また、『万葉集』の歌々も遺跡や遺物をもとに読み解くことによって、そこに託された古代人の情感に近づくだけでなく、彼らの暮らしやその背景が私たちの眼前に鮮やかに示される。

（1）読み下しは『風土記』日本古典文学大系2、岩波書店、一九五八年を基本とした。
（2）松江市教育委員会・松江市教育文化振興事業団編『山津窯跡発掘調査報告書』松江市教育委員会・松江市教育文化振興事業団、二〇〇三年
（3）内田律雄「『出雲風土記』大井浜の須恵器生産（上）」『古代学研究』一一八、一九八八年
（4）小池章太郎編『江戸砂子』東京堂出版、一九七六年
（5）吉野裕訳『風土記』平凡社、二〇〇〇年、七九頁など。
（6）歌の大意は『日本古典文学大系』岩波書店の各巻の註によった。
（7）若山滋『文学の中の都市と建築』丸善、一九九一年
（8）ここにあげた有間皇子歌については、下記の論文で研究史や諸説の紹介と検討が行われており、本書でもこれを参考にした。

福沢健「有間皇子自傷歌の形成」『上代文化』五四、一九八五年
(9) 田中琢・佐原真ほか編集『日本考古学辞典』三省堂、二〇〇二年など考古学辞典類の「直弧文」の項を参照。
(10) 読み下しと通釈は下記の文献を参照した。
久保天随訳『李白全詩集』下巻(続国訳漢文大成)、日本図書センター、一九七八年
(11) 読み下しと通釈は下記の文献を参照した。
前野直彬編『唐詩観賞辞典』東京堂出版、一九七〇年
松浦友久編著『続校注唐詩解釈辞典』大修館書店、二〇〇一年
(12) 岡村貞雄「折楊柳考」『支那学研究』一七、一九五七年
(13) 『漢書』列傳・巻九十九下・王莽伝・第六十九下
乃二月癸巳之夜、甲午之辰、火焼霸橋、従東方西行、至甲午夕、橋尽火滅。(中略)、霸橋為長存橋。
(14) 茅以升「介紹五座古橋―珠浦橋、広済橋、洛陽橋、宝帯橋及び覇橋」『文物』一九七三―一、一九七三年(中国文)
(15) 侯衛東ほか「灞河再現隋唐古橋」『文博』二〇〇四―四(中国文)
李克敏「西安発現隋代灞河古橋遺址」『中国科技史料』一九九四―三(中国文)
(16) 岩崎敏夫「塩釜神社藻塩焼神事」『東北学院大学東北文化研究所紀要』一一、一九八〇年
(17) 大森宏・森川昌和「若狭の土器製塩」『考古学雑誌』六四―二、一九七九年
(18) 板楠和子「文献から見た海の中道遺跡」福岡市教育委員会編『海の中道遺跡』福岡市教育委員会、一

九八二年

(19) 山崎純男「福岡市海の中道遺跡出土自然遺物の検討」『九州文化史研究所紀要』二九、一九八四年

(20) 大野左千夫「古代漁村遺跡の一様相——和歌山市西庄遺跡に関して——」『和歌山市立博物館研究紀要』一四、一九九九年

3　『枕中記』『古鏡記』の物と人

「邯鄲の夢」と陶枕

中国の文学作品には、しばしば考古学資料と関係する器物が主題となることがある。名高い例をあげると、伝奇小説として「邯鄲《かんたん》の夢」の故事となり、能の演目にもなっている『枕中記《ちんちゅうき》』がある。そのあらすじは以下の通りである（1）。

唐の時代、盧生《ろせい》という人が邯鄲の土地で呂翁《りょおう》という老道士から、栄華が意のままになるという不思議な枕を借りて、茶店でうたた寝をしたところ、富貴をきわめた五〇余年の夢を見たが、覚めてみると炊きかけていた粟がまだ煮えないほどの短い間であった。盧生は、このことから人生のはかなさをさとり、これを故事として、人の世の栄枯盛衰は儚いものだということのたとえとして、「邯鄲の夢」あるいは「邯鄲の枕」の語ができた。

唐代の撰になる『枕中記』は、それ以前にあった「邯鄲一炊の夢」の故事を題材としたとされるが、唐宋代の伝奇《でんき》小説のなかでも枕という器物を主題においた作品は異色である。『枕中記』の枕は「瓷にしてその両端に穴あり」と表現され、瓷すなわち焼き物の枕であり、これを含めた焼き物の枕は陶《とう》枕《ちん》と呼ばれる。この作品中の陶枕が実際の作例や遺物としては、どのようなものかについては、諸説があるが、呂翁が懐中より取り出したということから、小さな枕であったことがわかる。そして、このような小型の陶枕としては、唐三彩《とうさんさい》や晩唐の長沙《ちょうさ》の製品、あるいは磁州窯の陶枕に十数センチのものがあり、このような陶枕が邯鄲の夢をみさせた枕として想定される。このうち、邯鄲の近くにあって、「中国民窯の雄」として知られる磁州窯では、時期的にも唐末にさかのぼる小型の陶枕が焼造されているが、盛行をみるのは北宋に入ってからとされ、『枕中記』に現れる陶枕の直接のモデルになった可能性は低いようである。(2)

このような陶枕は日本へも将来されていることが出土例によって示されている。とくに唐三彩の小型の陶枕は、小さすぎるため頭を支える枕であることに疑問を呈し、寺院址から出土することを重視して、写経のときの腕枕とする見方もあるが、『枕中記』の記載のように懐中から取り出すのであれば、小型品の存在も認めることができよう。

唐三彩陶枕のなかでも特徴的な出土例としては、大安寺《だいあんじ》(奈良市)の旧金堂《こんどう》周辺からは唐三彩の陶枕が二百数十片も出土したことで知られる。これは宗教儀礼にともなう特殊な遺物と考えられている。

また、多田山《ただやま》古墳群(群馬県赤堀町)の一二号墳で出土した唐三彩の陶枕は、関東の古墳から出土した例として話題になった。この古墳では石室入り口の狭い範囲で陶枕破片が集中的に出土した。古墳が築かれたのは七世紀末頃とされ、陶枕が出土した上の層には八世紀初頭の須恵器が供献されており、この間に陶枕を用いた祭祀が行われたと想定されている。いずれにしても、これは古墳から出土した陶枕としても、また、唐三彩の陶枕としても、もっとも東の地域で出土している例であり、唐三彩が都の周辺のみで用いられたのではないことを端的に示している。

日本出土の唐三彩の例を丹念に集成した研究が行われており、そこでは舶載の奢侈品であると考えられた唐三彩の陶枕が、実は古代の役所などではなく、その周辺の一般集落から出土することが示されている。そして、これらは遣唐使に伴って入唐した下級の労役を担当した人々などが帰郷した際にもたらされたものと推定されている(3)。

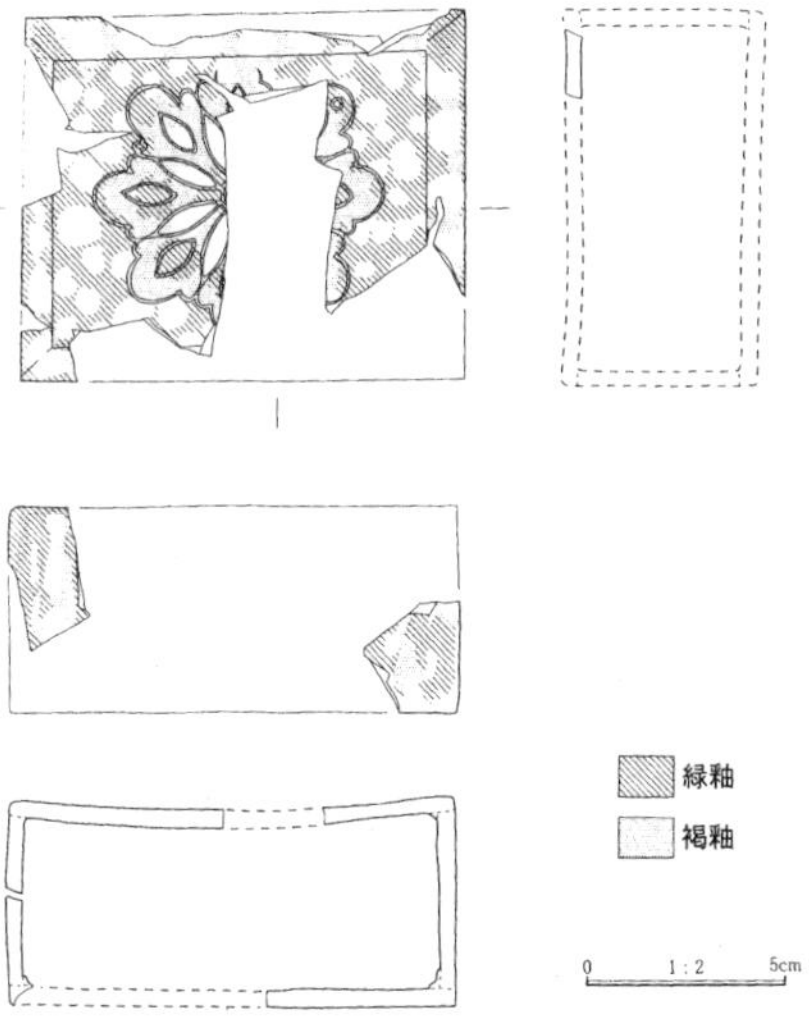

図7　多田山12号墳出土唐三彩陶枕

唐三彩が将来された事情については、具体的な史料が少ないため論断は難しいとしても、これまで都の貴族たちの奢侈品と考えられがちであった唐三彩が地方の集落からの出土が多いことが確認され、中国から将来された器物の所有実態が明らかになった。このことによって唐三彩に代表される中国製品とともに、「邯鄲の夢」に凝縮されるような背景となる文化の波及、すなわち、地方の集落に住む人々が中国の生活や文化をどの程度まで認識していたのかという点についても、さらなる具体的な課題が生ずることになった。

いっぽう、平安京跡（京都市）からは、唐代の長沙（湖南省）の製品である陶枕につけられた獅子の顔の装飾部分が出土している。(4) これを理解する際に参考になるのが、『千載集《せんざいしゅう》』（巻一四恋歌四）にみえる権大納言実家《さねいえ》の歌の詞書である。そこには「忍びて物申しける女の、消息をだに通はし難く侍りけるを、唐の枕の下に師子《ママ》つくりたるか、口のうちに深く隠してつかはし侍りける」と記されており、思い慕う相手に手紙を出す時に、下部に獅子の装飾の付いた中国製の陶枕の穴に、歌を書いた手紙を隠し入れたことが具体的に記されている。

時代は下るが、鎌倉時代の説話集である『十訓抄《じっきんしょう》』には、この種の陶枕について、「徳大寺の右のおとど」（右大臣）である藤原公能《きんよし》（一一一五～六一）が、普通には恋情を口に出してはいえないような女房のもとに、歌を書いた薄様（薄い鳥の子紙）を隠した「獅子のかた作りける茶碗の枕を奉る」という記述がある。(5) これらの記述から、平安京で出土した獅子の装飾の付いた陶枕は『千載集』に「からの枕」、『十訓抄』には「茶碗の枕」として描写されており、これらが実際に平安京の貴族たちによって用いられたことが明らかになった。

『古鏡記』と出土遺物としての鏡

『枕中記』のような伝奇は八世紀後半から九世紀初頭のいわゆる中唐期になって盛行したとされるが、そのような伝奇の一つとして、『古鏡記《こきょうき》』があげられる。そして、この作品も考古学資料と関連する内容があることで知られる。『古鏡記』の撰述された年代には諸説あるが、一般的には唐代のなかで考えられている。内容は作者の王度《おうたく》が、昔、黄帝が鋳た古鏡を譲り受けるが、その鏡の所有者が変わり、はるかな歳月を経てもなお、人間に化けた狐・亀・猿などを古鏡で照らすと、それらは正体を現す、という不思議な霊力を発揮する古鏡について説いた例話から成っている。文学としての『古鏡記』は、一つ一つの説話自体は六朝志怪にちかいが、それを綴りあわせて一連の物語とした点に、六朝志怪とは異なる新しさが見られるという。

近代以前の鏡はガラスではなく、金属製であり、青銅を用い、鏡面を磨きあげてつくられている。日本では、このような銅鏡が弥生時代からみられ、九州では鏡を製作する際に用いられた石製鋳型も出土している（福岡市飯倉D遺跡・弥生時代後期など）。古墳時代になると一つの文化的特色といえるほどに鏡に対する嗜好があり、古墳からは多数の鏡が出土することがある。

『古鏡記』の鏡は黄帝の頃から伝えられたとされるが、それは伝説の時代であり、実際には、いつごろ製作された、どのような鏡を指しているかは不明とするほかはない。いっぽう、この鏡は「透光鏡」

と記されており、邪悪なものや悪霊を照らし出す力をもつとされる。「透光鏡」とは強い光をあてて、暗いところに反射させると鏡の裏側の文様が光のなかに影として浮かび上がるという性質をもつものを指し、日本では魔鏡と呼ばれることが多い。このような鏡は製作実験によって、研磨する際にできた鏡面の微妙な凹凸と鏡背面の凹凸によって光の反射する方向を変えるのが像を結ぶ原因であることが検証されている(6)。

日本では中世になっても、中国の鏡のなかでも、とくに唐代の鏡が重用されていたことは、別の章でふれた御伽草子の『文正草子《ぶんしょうぞうし》』にも現われている。この話では、都の二位の中将が、まだ見ぬ文正の娘に会うために物売りにやつして常陸へと下るが、商った品々のなかには瑠璃の壺や麝香《じゃこう》などとともに「鳥向かいあう唐の鏡」があり、他の品とともに珍重されていたことがわかる。これに対し、「文正が内の者ども多けれども、山賊なれば聞き知らず」つまり、文正の屋敷の者たちは多くいたけれども、いずれも山育ちであるから、これらの珍奇な品々を知らなかった、と記されている。ここでは都の珍奇な品が地方まで及んでいなかったことを前提としているが、唐代の鏡そのものは地方でも出土することが多く、階層や職業によっては、これらを目にすることがあったと思われる。ここでとりあげられている「鳥向かいあう唐の鏡」とは唐代の鏡として典型的な「双鳳文鏡」に代表される一対の鳥の図像を配した鏡を指している。唐鏡の詳細な研究では、この種の鏡は八世紀前半から後半にかけて盛行するとされている(7)。

唐鏡という語は時代を問わず、中国の鏡を指して用いられる場合が多いが、『文正草子』にみられる唐鏡はこのような文様の検討からも、唐代の鏡と思われ、このことより御伽草子の成立した中世にも、唐代の鏡が珍重され、流通していたことが知られる。

その他に唐鏡がとりあげられた作品としては説経節の『小栗判官《おぐりはんがん》』がある。この物語そのものはたいへんに長いが、そのなかで、実物の鏡との関係で興味ぶかい部分がある。すなわち、照手姫の家には七代伝わる唐鏡があり、それは未来を写すという。すなわち、この鏡は、めでたいことのある折は表が正体に拝まれ、裏に鶴亀舞い、千鳥が酌を取り、悪いことのある折は表裏かき曇り、裏に汗をかく鏡として現れる。説経節とは中世末から近世に行われた語り物の一種であって、仏教の説経から発して、和讃・講式・平曲などの影響も受けた芸能として発達した。

『小栗判官』のなかでも、奇瑞を示す器物として焦点となっているのは先祖伝来の唐代の鏡であり、話そのものは当然創作であるとしても、ここに描写された「裏に鶴亀舞い千鳥が酌を取る」図柄の鏡は実際の鏡を念頭においている。しかしながら、亀と鶴と、さらには松を配した「蓬萊文鏡」と呼ばれる作例が現れるのは鎌倉時代からであり、また鏡の背面中央につく紐を通す部分である鈕が亀をかたちどるのは室町時代の鏡の特徴とされる(8)。千鳥の文様についても、千鳥に海浜の網代や鳥居、月とともに住吉を詠んだ和歌を意匠化したものであって、蒔絵の手箱などと同じ類型の図像構成とされる。同様の意匠の鏡は、やはり一四世紀後半頃から一五世紀頃にかけて好まれ(9)、江戸時代の柄鏡にも荒磯に千鳥を配した柄鏡などが製作された。

　このように照手姫の鏡は唐代の遺品の特徴を示すものではなく、むしろ鎌倉から室町時代にかけての倭鏡すなわち日本の鏡の文様を説明したものであることがわかる。ただし、これを特に唐代の鏡としたのは、中世以降にも鏡の典型として唐代の鏡が強く人々の意識の中にあったことを示しており、生活文化史の側面から興味ぶかい。さきにふれた『文正草子』で唐代の鏡がとくに取り上げられた背景には、唐代をはるかに下る日本の中世においても、中国からの舶来品としての鏡の価値観が、唐鏡に集約されていたという事実があったと思われる。

　『古鏡記』が撰されるより、やや時代は下って、平安時代後期より鎌倉時代にわたって、日本にもたらされた銅鏡として湖州鏡が知られる。この鏡はその名のごとく、中国浙江省の湖州で作りはじめられた。湖州鏡は神社の奉納鏡となっている場合が多く、なかでも出羽三山（月山・湯殿山・羽黒山）の一つである羽黒山の羽黒神社境内にある鏡池から発見された例が名高い。

　考古学資料として、九州から出土した湖州鏡については、丹念に調査が行われており、平安時代の終わり頃に経塚・火葬遺構・古墓などから出土することが明らかにされている。(10) 所蔵例や出土例を含めると湖州鏡は北海道から沖縄までに存在するが、そのなかでも考古学調査による最北の出土例として重要なものが、釧路市の材木町5遺跡から出土した湖州鏡である。これは北海道固有の時代区分の一つである擦文《さつもん》文化期（八〜一三世紀）に属す竪穴住居跡から出土したもので、鏡背には「湖州真石□

念□二□□□」という銘が鋳出されていた。北海道では類例のない資料であり、その流入については、栄浦《さかえうら》2遺跡（常呂町）から出土したボタン形青銅製品や大川《おおかわ》遺跡（余市町）で出土した青銅製の鈴などは極東ロシアでの類品の出土によって、サハリンから持ち込まれたと考えられており、この湖州鏡も同様の搬入経路が想定されている。(11) 中国江南地域の湖州鏡が、はるかに北の経路を経て伝わったのであり、物を動かす人の力を具体的に示しているといえよう。

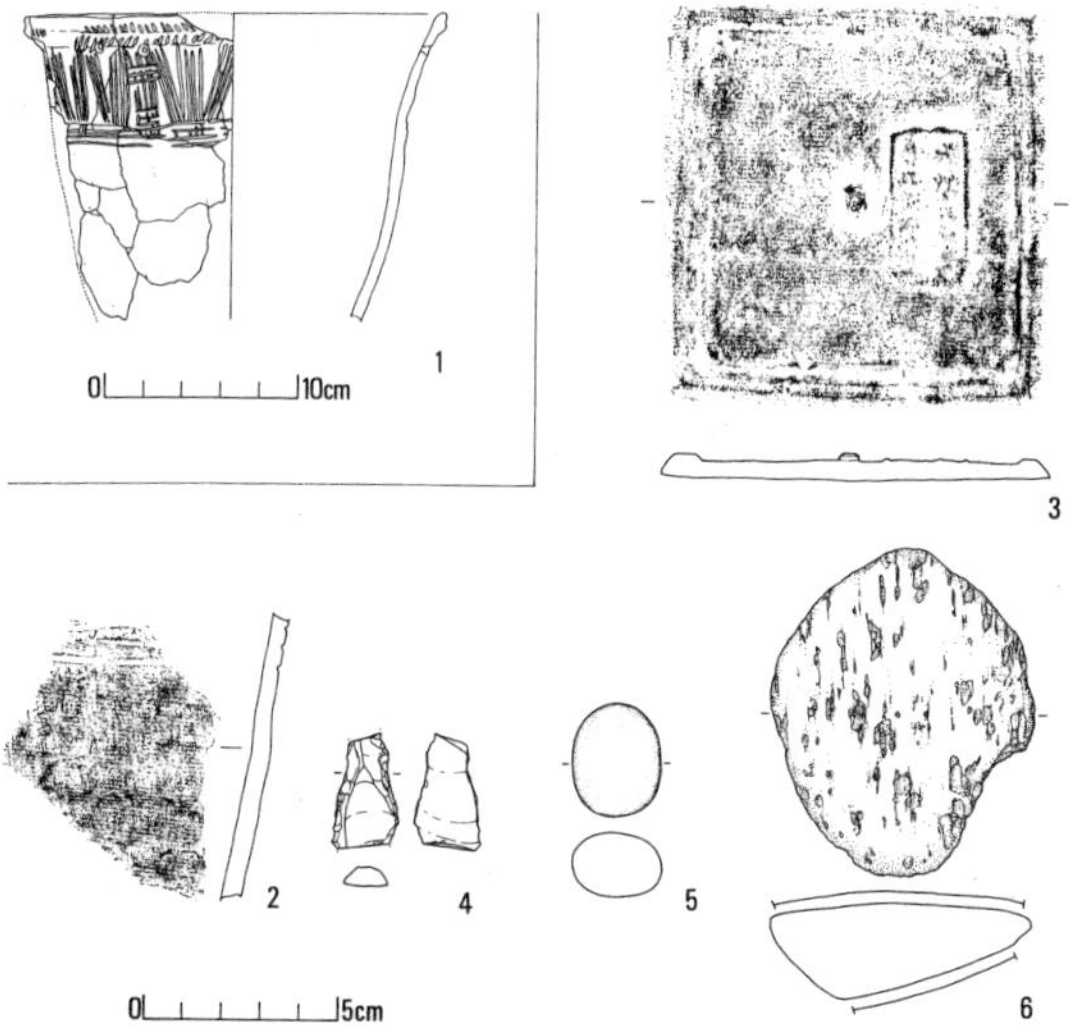

図8　釧路・材木町5遺跡出土遺物（右上が湖州鏡）

古典に現れる鏡

古典には鏡が多くの場面でさまざまな役割をになって出てくるが、そのなかで考古学資料と関連するものとしては、『今昔物語集』（巻一〇—一九）の「半鏡」すなわち、夫婦が鏡を半分ずつ持つ、という次のような説話があげられる。震旦《しんたん》（中国）の蘇規は遠方へ赴く時、鏡を二つに割って、家に残る妻と半分ずつ持ち、「もしどちらか一方が不義をしたら、半鏡がもう一人の所へ飛んで行くだろう」と言った。後に他郷にある蘇規の所へ妻の半鏡が飛んで来て、彼の半鏡とぴったり合わさったので、蘇規は妻の不義を知った。

同様の話は『太平御覧《たいへいぎょらん》』（巻七一七）に引く『神異経』にもあり、ここでは不義をした妻のもつ鏡が鵲《かささぎ》となって夫の前に飛んでいった、という点が『今昔物語』の話とは異なる。また、この話は、夫婦が離別することを指す「破鏡《はきょう》」という語の故事として知られる。この語から派生して、夫婦が離縁しなければならない嘆きを指す「破鏡の嘆」という語やあるいは夫婦の離縁など、一度壊れてしまった関係は再び元のように返すことはできないことを意味する「破鏡再び照らさず」という言葉がある。『神異経』は前漢の武帝代に東方朔が著したとされているが、実際には六朝中期以降の作品と考えられている。

同様の類型的な説話として、「破鏡団円」の故事のもとになった『太平広記』（巻一六六）に引く唐・孟棨の『本事詩』をあげておこう。徐徳言という人は戦乱のさなか、妻と再びめぐり会う時の目印として、鏡を二つに割って半鏡を与え、「正月の十五日に町で売れ」と言いおく。後に、徳言は約束の日に市場で半鏡を見出し、妻が今は越公楊素の寵愛を受ける身であると市場の男から聞いて嘆くが、事情を知った楊素は、彼女を徳言のもとに戻し、老年まで睦まじく暮らした、という内容である。

このような説話にみられる鏡を割って夫婦で持ち合うという図式が、実際の行為として示される遺跡や遺物もある。一つの器物を分割して、夫婦を中心とした複数の被葬者に副葬する事例であり、東アジアでは漢代における銅鏡の分割埋納が、つとに指摘されている。すなわち、漢代の洛陽・焼溝三八号墓や洛陽・老城八一号墓に代表される例であり、これらの墓では一面の鏡を分割して、隣接して営まれた夫婦それぞれの墓に副葬されている。(12) 同じく、六朝期の四川省昭化・屋基玻崖墓では陶製の鏡を二つに割って、並列した崖墓にそれぞれを副葬していた。(13)

これらと関連すると思われる調査例が韓国でも確認されている。公州・水村里四号墳と五号墳では、一つの頸飾りが分割して埋納されていた。報告者は、この二つの墓が隣接して築かれており、なおかつ、一連の頸飾りが分割されて埋納されていたことから、被葬者間の関係が夫婦であったと推定している。(14)

このように鏡などを分割して、その一片ずつを夫婦と推定される被葬者にそえて置かれていることについては、上記の説話との関連のほかに、中国古代の墓に副葬された鏡の銘文にみられる「相思」を来世まで願ったことによる行為とする見方がある。(15)

中国の説話が日本の芸能などに取り入れられた例は数多いが、鏡に関していえば、能の『松山鏡《まつやまかがみ》』があげられる。その概要は以下のとおりである。

越後国松之山に住む男は、妻の三回忌の命日に持仏堂へ向かう。すると、そこにいた自分の娘が何かを隠すので、世間の噂のとおり、新しく迎えた継母を呪詛しているのだと思い、叱る。しかし隠したのは亡き母が遺した鏡で、娘は鏡の中に母の姿が見えると慕って泣く。鏡に映る自分の姿を母と信じていた娘の心に感じて、地獄から戻ってきた母の霊が、鏡にまつわる説話を語る。その場に地獄から倶生神が現れ、母を連れ戻そうと、鏡に娑婆での罪科が写っていると母に示すが、そこに写っていたのは菩薩の姿だった。これは娘の母を思う心の故である。娘の心に胸を打たれた倶生神は母を連れることなく、地獄へ戻っていく。

「底より曇り真澄鏡　あれこそ母よ御覧ぜよと我が影に指をさす　げに哀れなりされぱこそ稚き身の心なれ」という、鏡に映るわが身を母の姿とみた娘の語に示されるこの話は、能以外に長唄としても演じられ、明治時代には「孝子の鑑」として、尋常小学校国語読本に紹介されている。細部に若干の違いはあるもののこの話は御伽草子『鏡男絵巻《かがみおとこえまき》』としても知られる。また、『松山鏡』は落語としても知られている。松山村の孝行な男が、鏡を見て「亡父だ」と思い、毎日拝む。妻が鏡をのぞくと女の顔が映るので、「夫は愛人をこの中に隠しているのだ」と誤解して、夫と喧嘩する。隣村の比丘尼が仲裁に入って鏡を見、「愛人は反省して坊主頭になっている」と言う、という話である。『松山鏡』の系譜については、中国の笑話集である明朝末期の『笑府《しょうふ》』にこれをもとめる見方もある(16)が、はるかにさかのぼる五世紀頃に漢訳された『百譬経《ひゃくゆききょう》』に「宝篋《ほうきょう》の鏡」の喩えとして、妻と夫が酒考えられる。[17]

壺の中に映った顔を他人と思って嫉妬しあう、という話があることから、これがもとになっていると考えられる。

このように類型的な説話である『松山鏡』は能や御伽草子として中世以降に流布したらしい。また、落語として構成された場合、鏡というものを知らない人物を主題としており、荒唐無稽とはいえないまでも、実際の考古資料の出土傾向からは、地方に住む人々が鏡を知らなかったとは思えない。

その端的な事例をあげると、江戸時代の一般的な鏡は青銅製の柄鏡で、これを鏡台に懸け置いて用いたが、江戸から離れた地方の村でガラスの鏡が用いられていたことが発掘調査で明らかになっている。他のいくつかの項でもふれた嬬恋《つまごい》村の鎌原《かんばら》（群馬県嬬恋村）は天明三年（一七八三）の浅間山の大噴火による土石流で埋った村として知られる。ここで発掘された当時の一軒の家屋から、長脇差・銅製の印鑑・硫黄の塊などの遺物とともに当時は稀少であったガラス製の鏡が出土している。[18]

このように古典や説話に現れる鏡については、考古学の知見によって背景となる時代や社会における古鏡の実態が明らかにされることによって、文学作品としての解釈だけでなく、歴史的な理解が行われるようになってきた。

（1）今村与志雄訳『唐宋伝奇集』（上）、岩波書店、一九八八年
（2）長谷部楽爾『陶磁体系』三九巻・磁州窯、一九七四年

(3) 亀井明徳「日本出土唐代鉛釉陶の研究」『日本考古学』一六、二〇〇三年。
(4) 『読売新聞』『朝日新聞』二〇〇五年三月九日付朝刊、詳細は未報告。
(5) この話は『古今著聞集』(橘成季撰、一二五四年)にもみられる。
(6) 石野亨「鋳銅鏡に現れる魔境現象」『バウンダリー』一四—一二、一九九八年
米山博幸・石野亨「魔境面の鏡面状態と光の反射に及ぼす加工工程の影響」『近畿大学理工学部研究報告』一三、一九七八年
(7) 中川あや「唐鏡の変遷——盛唐期を中心に——」『考古学雑誌』八八—一、二〇〇四年
(8) 中村潤子『鏡の力　鏡の想い』大巧社、一九九九年
(9) 久保智康『中世・近世の鏡』日本の美術三九四、至文堂、一九九九年
(10) 小田富士雄「豊前・足立山発掘の古鏡」乙益重隆先生古希記念論文集刊行会編『九州上代文化論集』乙益重隆先生古希記念論文集、一九九〇年
上村俊雄「南九州出土の湖州鏡について」『鹿児島大学法文学部紀要人文科学論集』三九、一九九三年
(11) 西幸隆「釧路から出土した湖州鏡」森浩一・佐原眞監修『考古学の世界』第1巻、北海道・東北、ぎょうせい、一九九三年
(12) 中国科学院考古研究所『洛陽焼溝漢墓』一九五九年(中国文)
賀官保「洛陽老城西郊八一号漢墓」『考古』一九六四年—八期(中国文)
(13) 張彦煌・龔廷万「四川昭化宝輪院屋基玻崖墓清理記」『考古通訊』一九五八年—七期(中国文)
(14) 李勲「墓制を通してみた水村里遺跡の年代と性格」『百済文化』三三、二〇〇四年(ハングル)

(15) 杉本憲司・菅谷文則「中国における鏡の出土状態」森浩一編『鏡』日本古代文化の探求シリーズ、社会思想社、一九七八年
(16) 興津要『古典落語』下、講談社（講談社文庫）、一九七二年
(17) 関山和夫『落語風俗帳』白水社、一九八五年
中村潤子『鏡の力鏡の想い』（前掲）
(18) 浅間山麓埋没村落総合調査会・東京新聞編集局特別報道部共編『嬬恋・日本のポンペイ』東京新聞出版局、一九八〇年

4　考古学から読む『おもろそうし』

『おもろそうし』と考古学資料

『おもろそうし』は琉球の祭祀歌謡である「おもろ」を集成したもので、収録されている歌謡はほぼ一三世紀から一七世紀におよぶといわれる。(1) その編纂は首里王府によってなされ、内容には信仰のみならず、琉球の歴史や文化そして風土のすべてが凝集されているといってよい。「おもろ」には考古学に関わる歌詞や内容もふんだんに盛り込まれている。ここでは、そのいくつかを例示しながら、近年の考古学の成果とともに瞥見してみたい。

まず、グスクに関する「おもろ」をみていこう。グスクとは沖縄諸島に分布する城郭であり、ほぼ一二世紀から一六世紀にかけて造営された。その構造と構築方法は独特であり、九州以北の中世・近世の城郭とは系譜を異にすると考えられている。沖縄戦で失われはしたものの、近年になって建物が復原され、世界遺産となった首里城《しゅり》(那覇市)も、完成期のグスクの姿を示している。グスクは漢字では「城」と書き表されるが、文字どおりに城郭である場合と信仰の対象となる拝所を指したり、これを含む場合もあって、単純な意味での戦闘用の城郭とは異なる。

首里城の発掘でとくに注目されるのが、京《きょう》の内《うち》と呼ばれる祭祀空間の調査成果である。ここは「おもろ」に歌われた霊力の満ちた聖域空間である。たとえば、「聞得《きこえ》大君《おおきみ》ぎゃ　今日　降らす　雨や　京の内庭に　金　降り満ちへて」（第一・一九）すなわち、「霊力豊かな聞得大君が、雨乞いをして、今日降らす雨は、（首里）城内の京の内庭に金（米）を降り満たしてくださることだろう」というふうに歌われる。

図9　整備復原された首里城京の内

首里城の整備復原の過程で発掘された首里城の調査成果のなかでも、とりわけ注目されるのは、出土した中国産陶磁器の質量であり、他のグスクとは隔絶しているとされる。その首里城のなかでも、京の内で出土した中国製陶磁器は花瓶や壺・盤・馬上杯・皿・水注《すいちゅう》等多様な器種があるうえに、そのなかには世界に三例（北京の故宮博物院に二例）しかない青磁水注があることがわかり、世評の注目を集めた。このことに端的に示されているように、当時の最高級品が中国から首里城にもたらされていたことがわかってきた[2]。

出土遺物から読むおもろ

いっぽう、首里城を歌ったおもろの中には、琉球王国当時、王の周辺で用いられていた器物や道具に関する歌もある。

聞得大君ぎや　赤の鎧　召しよわちへ
刀うちい
大国　鳴響《とよ》みよわれ
又鳴響む精高子《せだかこ》が
又月代《つきしろ》は　さだけて
又物知りは　さだけて
（第一―五）

（現代語訳）
名高く霊力豊かな聞得大君が美しい鎧を召し給いてお祈りをし給うたからには、国王さまは刀を佩いてぞ、首里大国にも名高く鳴り轟かせ給え。月代神女、物知りの人を先に立てて。

ここでは女性である聞得大君が鎧を着用するとされており、このこと自体も興味ぶかいが、首里城跡では実際に武器や武具の部品などが出土していることが、ことさらに注目される。すなわち、首里城跡の各所から鎧を構成する小札《こざね》（首里城跡廣福門地区、物座地区）や兜の前立物《まえだてもの》である鍬形《くわがた》（首里城跡北殿地区、南殿地区）の破片や鎖帷子などが出土しており、(3)とくに鍬形は当時、九州以北で用いられていたものと同様な形状であり、おもろに歌われた鎧兜の実態を知るための資料となった。

聞得大君が主催していた琉球の国家祭祀において、斎場御嶽《せーふぁうたき》は最も重要な祭場の一つである。『おもろそうし』には、斎場御嶽に関する歌も数多く収められている。

　斎場嶽　御嶽
　ゑよ　ゑ　やれ　押せ
　そこにや嶽　御嶽
又三庫裡《さんぐーい》　在つる
又三庭あしやげ　在つる
又雪の色のつま黒
又真白雪のつま黒
又金京鞍《きょうくら》　依り掛け
又銀京鞍　依り掛け

（中略）

又大君の　召しよわちへ
又国守りぎや　召しよわちへ
又与那覇《よなは》浜《はま》　降れわちへ
又馬天《ばてん》浜《はま》　降れわちへ

（後略）　　（第一〇―五一四）

（現代語訳）

斎場嶽、そこは御嶽で、お祈りをします。ゑよ、ゑ、やれ、押せ。聖域内の三庫裡、三庭あしやげにある、蹄が黒く、美しい白馬に、京の金鞍、銀鞍を掛け、（中略）大君、国守り神女が乗り給いて、与那覇浜、馬天浜に降り給いて（後略）

また、斎場御嶽には、別の美称もあり、これもおもろに歌われている。

聞得大君ぎや
世果報《ゆがふ》社《もり》に
島世《しまゆ》　揃えへわちへ

又鳴響《とよ》む精高子が
佐敷金杜《さしきかなもり》に
世果報
聞こえ吾が成さい子に
（第一―一二八）

（現代語訳）

名高く霊力豊かな聞得大君が、世果報社（斎場御嶽の美称）、佐敷金社に世の中を揃え給いて、名高い我が父なるお方（国王）に奉ろう。

これらのおもろでは琉球の国家祭祀の場である斎場御嶽または世果報社が歌われている。そのうち、斎場御嶽は『琉球国由来記』（一七一三年）によると、御嶽内には首里城に関わりのある六つの拝所があると記されており、世界遺産登録にともなって発掘調査が行われた。その結果、斎場御嶽の三庫理からは、三個の金製勾玉を含む九個の勾玉、青磁の碗・皿・盤、厭勝銭《ようしょうせん》とみられる九枚の金製の銭と鉄銭（鉄製の銭）、銅銭などが出土した。厭勝銭というのは、実際の流通に供されたのではなく、まじないのために使われる銭である。斎場御嶽では金製の厭勝銭が金製の勾玉と供に出土しており(4)、このような組み合わせは日本列島全体でも他に例がなく、琉球王府の信仰形態を知ることのできる貴重な資料として、重要文化財に指定されている。

また、金製の厭勝銭が鳩目銭《はとめせん》という質の悪い鉄銭を模していることが注目される。鳩目銭は琉球王朝自体が発行した銭ではなく、いわゆる私鋳銭《しちゅうせん》と考えられるが、簡易な方法によって、かなりの数量が鋳造されたものと思われる。この銭は粗雑な鋳造による質の悪い銭であり、極めて薄く、指で挟むと折れてしまうようなものも含まれている。当間銭の琉球における鋳造は池原《いけはら》の石碑（沖縄県沖縄市）の碑文から一六五七年頃とされている。(5)

琉球王朝でも銭の鋳造は行われたが、実態的な流通にいたったかどうかは明らかでない。むしろ、琉球王朝の祭場である斎場御嶽から金の勾玉とともに出土した金の鳩目銭の存在は、実物の鳩目銭そのものの価値に基づいていると考えられるならば、琉球国王の周辺でさえも、悪銭《びたせん》である鳩目銭が重用され、これを背景として国家的な祭祀にも用いられていたことが想定される。

その他にも、御嶽の地鎮に用いられた鳩目銭が知られている。近年の発掘調査で明らかにされた例としては、クシヌ御嶽（カネノ森）があげられる。ここでは海砂利の敷かれた祭場の下から地鎮のための鳩目銭が大量に出土している（調査範囲では四四点）。伴出遺物から一七世紀中葉から一八世紀前半頃に形成されはじめ、明治末年頃まで祭祀が行われたとみられている。(6)

このように琉球の国家的祭儀の場である斎場御嶽で、流通価値の低い鳩目銭を金で作った祭祀用の銭が出土していることから、悪銭とされてきた鳩目銭が琉球の社会や習俗のなかで、重要な役割を担っていたことが明らかになった。

琉球と異国・異域

『おもろそうし』には首里以外の地域に関する歌も数多く収められている。まず、そのなかで、近年発掘調査が行われたグスクに関するおもろをあげてみよう。

知念杜《ちねんもり》ぐすく
あまみきよが
宣立て初めのぐすく
又 大国杜《ぢやくにもり》ぐすく
（第一九―一三一一）

（現代語訳）
知念杜城、大国杜城は立派なグスクである。祖神アマミキヨが初めて宣立て（神歌を歌いはじめた）由緒あるグスクである。

ここでは、知念城（知念杜城）は琉球の祖神であるアマミキヨが地上に降りて初めて上天の神に向かって祈りの言葉を発したグスクとされている。構造としては東に正門、北に裏門のアーチ型の城門があり、近年、この正門や裏門付近などが発掘調査された。

知念城はこの地域に拠った按司《あじ》（地方領主）の居城であり、神域でもあるとされ、『球陽』（尚敬王一七年）の記録によると一七世紀末に改築されたとする。

また、別のおもろでは次のようにも歌われている。

知念杜ぐすく
唐の船
ここら寄るぐすく
又　大国杜ぐすく

（現代語訳）
知念杜城、大国杜城は立派なグスクである。唐からの交易船がたくさん寄ってくる。立派なグスクである。

このおもろが示すように、グスクの発掘調査では、陶磁器を中心とした中国からの移入品が出土することが知られている。同様の例としては全体的な調査が行われた勝連城《かつれん》や今帰仁城《なきじん》があげられる。

勝連城は「おもろ」では、この地の按司であった阿麻和利によって築かれたと伝えられる。勝連城は、沖縄本島中部の東海岸にある旧勝連町（現うるま市）にあるグスクで、築造そのものは一二～一三世紀頃とされるが、その後、改修が加えられ、現在のような姿になったのは一四世紀頃と推定されている。

勝連城はおもろに「勝連わ何にぎゃたとえる　大和の鎌倉にたとえる」とみえ、鎌倉や京都にたとえられるほど、栄えていたグスクであると歌われている。この遺跡はグスクのなかでも、まとまった発掘調査のなされた遺跡であり、多数の中国製陶磁器をはじめとした多様な遺物が出土している。生活文化の面で、とりわけ、注目されるのは多種の動物の骨が出土していることである。種類としては、牛、馬、ニワトリ、ヤギなどの家畜の骨、それからカメ、イルカ、クジラなどの魚介類の骨も多く、現在、絶滅危惧種となっているジュゴンも含まれていた。これらは当時、食用にされた動物の残滓であると考えられる。とくにジュゴンはザン（鱬鯁）として『おもろそうし』にも、これを捕獲することやその網について歌われている(7)。さらに熱帯地域に住むオウムの骨も出土しており、その飼育が推定される。このような動物遺存体からは、グスクに拠っていた時代の生活が復原される。

おもろには東南アジア諸国を指す「なばん」（南蛮）、ベトナム南部の「かうち」（交阯）、中国を表す「唐」、宮古島地方を指す「みやこ」、本土である「やまと」、京・鎌倉を指す「きや」「かまくら」などの諸国、諸地域を指し示す語が頻出し、このことは各地との交流と交渉によってたつ琉球の相対的な位置が顕著に現われている(8)。

琉球王の眠る浦添ようどれ

浦添《うらそえ》ようどれ（沖縄県浦添市）は、浦添城址の北西側中腹にある琉球国王の陵墓であり、英祖王墓と尚寧王墓の二つの墓室からなっている。王たちが葬られている浦添ようどれの「ようどれ」とは、おもろのなかにも、「朝どれ」つまり朝凪と対に用いられていることから、夕凪を意味するとされている。さらに、この語から転じて、琉球の古語で、ものごとのしずまった状態という意味から派生し、墓を意味するようになったと説明されたり(9)、世を穏やかにするという意味だとされている(10)。

浦添ようどれは沖縄本島が三つの王統に分かれていた三山時代に、浦添を中心とした中山王統の王であった英祖《えいそ》王が即位した一二六〇年の翌年にこの地に築いた陵墓とされる。浦添ようどれには、英祖王のほかにも尚寧《しょうねい》王が眠っている。尚寧王は第二尚氏と呼ばれる王統に属し、一六二〇年に没した。尚寧王は琉球王・尚真（在位一四七七～一五二六）によって王家の墳墓として築かれた玉陵《たまうどぅん》には葬られず、英祖王統の陵墓である浦添ようどれに葬られた。尚寧王の代に薩摩・島津氏の侵略で奄美大島が分割され、その支配下に置かれ、尚寧王自身も重臣とともに薩摩に連行された。彼が「悲劇の国王」と呼ばれる所以である。尚寧王が玉陵に埋葬されなかった理由については、侵略を受けたことを恥辱としたためであるという説もあるが、出身地への埋葬を望んだという説もある。これらの吟味は琉球史の専門書や論文にゆずるが、尚寧王が浦添ようどれを補修し、そこに葬られたことは、かつて墓内

から出土した文字資料と文献（『中山世譜』『王代記』）から、確実とされている。(11)

浦添ようどれに対して、太平洋戦争で破壊された遺跡を整備、復原するために実施された発掘調査によって、横穴状の墓の中から、琉球王のものを含む改葬骨と蔵骨器などが発見された。二つの横穴の中には供養者や蓮華などが彫刻されたあわせて六つの石製の石棺が納められていた。これらの石棺はいずれも中国製の石材を用いていたこともわかっている。

図10　浦添ようどれ発掘調査の現地説明会風景

二つの墓のうち、ここを造営したと伝えられる英祖王が葬られたとされる墓室は、面積が約五〇平方メートルもあり、天井はもっとも高い部分で約三メートルにも達する。英祖王の墓室に安置された石棺の一基からは、成人男女と子供の骨があわせて一〇体分以上も納められていた。人骨の一部は火葬された痕跡があり、洗骨葬《せんこつそう》とともに火葬が行われていたことがわかった。洗骨葬というのは、近年まで沖縄地方で行われていた葬法で、墓の中に遺体を安置し、骨化したところで骨を洗い、厨子甕と呼ばれる蔵骨器に納めて、墓内に安置する葬法をいう。

日本列島では沖縄地域独特の葬法である。この調査成果によって、沖縄独特の葬法が、すでに一三世紀中頃には王家において行われていたと考えられるようになった。

また、墓内からは礎石と高麗系瓦《こうらいけいがわら》が発見されており、墓の中に瓦で葺かれた建物が造られ、その中に蔵骨器が置かれていたことがわかっている。高麗系瓦とは朝鮮半島の王朝である高麗時代の技術で造られた瓦である。一見してわかる特徴としては、普段、私たちがみているものとは違い、文様のついている部分（瓦当面）が平瓦に対して鈍角についている点である。このような形状の瓦は日本列島では過去から現在にいたるまで用いられることはないが、中国や韓国に旅行した経験のある人は、その時に見た古い建物に葺かれている瓦を思い浮かべるとよい。隣接した浦添城址からは「癸酉年高麗瓦匠造」という銘文のある高麗系瓦が出土しており、この干支は一三三三年または一三九三年を示すとされ[12]、琉球に高麗の技術が移入した年代の一端を示している。

発掘された浦添ようどれは、火葬や仏教的構図の彫刻された石棺、滴水瓦で葺かれた墓内の建物など、さまざまな文化要素の複合であり、今後の調査成果も期待され、琉球王家の墓というだけでなく、琉球の文化を構成する要素を解明するための基礎的な資料となるだろう。

このような多様な文化要素が受け入れられた背景としては、琉球の地理的環境にもとづく、外国や他地域との交流と交渉が頻繁に行われたことがあげられる。

そのことを端的に示すおもろをあげてみよう。

具志川《ぐしかわ》の真玉内《まだまうち》は
げらへて
良く　げらへて
勝《まさ》りゆわる精高子
又金福《かなふく》の真玉内は
げらへて
又唐の船　せに　金
持ち寄せるぐすく
良く　げらへて
又大和船　せに　金
持ち寄せぐすく

（第一一—五八二）

（現代語訳）

具志川の真玉内（久米島具志川城の美称）、金福の真玉内を造営して、唐の船、大和の船が酒や財宝を持ち寄せるグスクを見事に造りあげて、勝れ給う霊力豊かな方であることよ。

唐や大和の船が酒や財宝を持ってくる、と歌われた具志川城は、那覇からは約一〇〇キロメートル

図11　久米島・具志川城

西の東中国海に浮かぶ久米《くめ》島の北西海岸の崖にある。ここでは現在の地表にも中国製陶磁器の破片が認められるほどであり、グスクが営まれた時代に海洋貿易拠点の一つであったと考えられる。

おなじく久米島の大原《おおはら》第二貝塚では、中国漢代の銭貨である五銖《ごしゅ》銭《せん》が一〇枚もまとまって出土した。久米島では五銖銭が北原《きたはら》貝塚、清水貝塚、ウルル貝塚などでも発見されている。北原貝塚は久米島空港の敷地にあるが、ここからは唐代の銭貨である開元通宝《かいげんつうほう》が一〇枚も出土しており、この島の中国との交流の歴史を端的に物語っている。

五銖銭や開元通宝といった中国銭は、古代の都であった平城京などでも出土することは稀であるのに対し、琉球諸島では数多くの遺跡で出土することが注目されている。開元通宝は、漢代以後隋代まで使用されていた五銖銭に代わって、唐代初めの武徳四年（六二一）以降鋳造され、その規格はこれ以降、中国王朝の銭貨の基準となり、中国の経済史と社会史において画期をもたらした。

開元通宝は発行された時代よりずっと後の遺跡からも出土する場合がある。また、豊臣秀吉の時代に開元通宝を模した私鋳銭が、堺などで造られていたことが、考古学の調査によって明らかにされている。私鋳銭とは中国を主とした東アジアの歴代王朝が正式に鋳造した公鋳銭とは異なり、民間において、公の許可を得ずに鋳造された銭貨を指す。とくに近年では、中世から近世の初めにかけて、正式の銭貨を模してそれらを直接、間接に写して鋳造していたことを示す鋳物に関係する遺物などが出土しており、その実態が考古学的に明かになりつつある。

図12　開元通宝の出土した仲間第一貝塚

このような新しい時代に模鋳された開元通宝とは異なり、他の時代の銭が全く混じらず、唐代の開元通宝のみが一個所から、三三枚もまとまって出ているのは、時の都の所在地や政権のあったところではなく、石垣島の北西海岸に所在する崎枝赤崎《さきえだあかさき》遺跡（沖縄県石垣市）だけである。(13)また、西表島の仲間《なかま》第一貝塚（沖縄県竹富町）で発見された開元通宝のうちの一枚には、裏面に「福」の字が鋳出されていた。(14)唐代の会昌《かいしょう》年間（八四一～八四六）には仏教を廃する政策がとられ、仏像や梵鐘などを原材料として開元通宝を鋳造し、とくに華南地域の銭不足を補おうとした。(15)東洋史や仏教史にいう会昌の廃仏であり、日本史との関係でいえば、平安時代の日本から唐に赴き、後に比叡山山門派の祖となる円仁《えんにん》（慈覚大師、七九四〜八六四）が、時あたかもこの排仏に遭遇している。この事件にともない、会昌五年（八四五）から鋳造された銭は会昌開元銭と呼ばれ、背面には鋳造地の漢字を一字とって鋳出された。仲間第一貝塚の開元通宝にみられた「福」の文字は、この銭が会昌開元銭であり、なおかつ、福州（中国福建省）で鋳造されたことを示している。

琉球諸島で発見された唐代の銭について、かつては、帰国の道半ばで倒れた遣唐使の墓に供えられたものだという説が唱えられていた(16)。しかしながら、琉球諸島で開元通宝が出土する遺跡は三〇を越え、そのような解釈は成り立ちがたくなった。むしろ、仲間第一貝塚から出土した会昌開元銭は、鋳造地である福州を含めた閩越《びんえつ》地域（中国東南地域）との地理的な近さからも、東中国海による海上航路によって、中国から直接、西表島にもたらされたことを示している。

おもろに歌われた「唐の船」によってもたらされた銭について、まさに唐代の貨幣である開元通宝をはじめとして、遺跡から出土する中国銭貨によって、その実態が明らかにされつつある。

いくつかの例をあげてみてきたように、おもろの描き出す世界が、実際の発掘調査によって、鮮やかに姿を現してきており、これによって琉球の地域文化の特質をより深く探求できることになろう。

（1）外間守善『古典を読む　おもろそうし』岩波書店、一九八五年

（2）沖縄県教育庁文化課編『首里城跡：京の内跡発掘調査報告書』沖縄県教育委員会、一九九八年
内間靖「発掘成果にみる首里城――出土資料を中心に――」『首里城復元期成会会報』一八、一九九九年

沖縄県立埋蔵文化財センター編『首里城京の内展：貿易陶磁からみた大交易時代』沖縄県立埋蔵文化財センター、二〇〇一年

（3）沖縄県立埋蔵文化財センター編『土からあらわれた金属製品――甦った金属製品の輝き――』沖縄県立埋蔵文化財センター、二〇〇六年

（4）知念村教育委員会編『斎場御嶽整備事業報告書』知念村教育委員会、二〇〇二年

（5）ただし、東恩納寛惇「南島通貨史の研究」『東恩納寛惇全集』四、第一書房、一九七九年（初出は一九五六年）では当間鳩目銭の初鋳を『琉球国旧記』を典拠とし、明暦二年（一六五六）としている。

（6）宜野湾市教育委員会『クシヌウタキ――埋蔵文化財緊急発掘調査・拝所復原工事実施報告書――』一九九七年。なお、クシヌウタキの鳩目銭出土状態は市立博物館に復原展示されている。

（7）『おもろそうし』第九―五〇五、第一一―六五〇など。

（8）外間守善『古典を読む　おもろそうし』（前掲）

池宮正治「『おもろさうし』にあらわれた異国と異域」『日本東洋文化論集』九、二〇〇三年

（9）新城俊昭『改訂版　高等学校　琉球・沖縄史』東洋企画、一九九七年など。

（10）高良倉吉『おきなわ歴史物語』ひるぎ社、一九八四年

（11）高良倉吉『おきなわ歴史物語』（前掲）

（12）高正龍「沖縄出土「癸酉年高麗瓦匠造」銘瓦の製作年代」『田辺昭三先生古稀記念論文集』同古稀記念の会、二〇〇二年

（13）石垣市教育委員会『崎枝赤崎貝塚』一九八七年

（14）大濱永亘『八重山の考古学』一九九九年

（15）徐殿魁「試論唐關元通宝的分期」『考古』一九九一―六（中国文）
李如森「唐代会昌〝開元通宝〟銭」『中国古代貨幣』一九九八年（中国文）など。

（16）金関丈夫「野国貝塚出土の開元通宝について」『琉球民俗誌』法政大学出版局、一九七八年、初出は『琉球新報』一九五九年三月二九〜三〇日。

5 漢詩のなかの信仰と技術

唐代詩と金石文にみえる霊山

漢詩は作者が同時代を憂い、また美化し、あるいは過去を懐旧しつつ、吟詠した内容からなっていて、必ずしも現実をそのまま写したわけではない。しかしながら、作品のなかには詩人が生き、あるいは感じた社会や時代背景が影を落としている。そして、詩人の詠む言葉が実生活と関わる場合は、その変化を示す性質をもつ考古資料と関係する場合がある。いくつかの例をあげてみよう。

唐代を中心とする詩には道教や仙人および彼らが住む霊山と関連する作品が多い。日本でも知られる有名な詩人にも、そのような作品があることは研究者以外には、それほど知られていない。

例えば、李白は『天台山暁望』という詩の中で、天台山を「華頂　百越に高し」と形容し、あるいはまた、「薬を服し　金骨を錬る」として、仙人になるための服薬を詠み、道教の霊山であることを示している。この詩は天宝元載（七四二）の作品とされ、時の著名な道士たちの推薦により、李白が玄宗

皇帝に召しだされた年であり、時勢に応じて、豊かな想像力で神仙に至ろうとする姿勢を表現したらしい。(1)

「春眠暁を覚えず」で始まる『春暁』の詩によって、著聞する孟浩然《もうこうねん》(六八九〜七四〇)は、四〇歳まで故郷である襄陽(湖北省)に隠棲した後、科挙試験を受け、進士に応じようとしたが、落第する。この後、彼は失意のうちに、いったん故郷に戻るが、屈辱の念は晴れることなく、南へと旅立つことになる。(2)その詩中の情景に導かれながら、憔悴の孟浩然の心に映じた道教の霊山としての天台山を点描しよう。

孟浩然の詩のなかで、唐代の天台山について知ることができる詩作は数々ある。まず、天台山に向かう際には「羽人　丹丘にあり　吾亦た此れ従り逝かん」とあり、(3)羽人すなわち仙人が住すところであるとし、そこに向かおうとする気持ちを表現している。

また、天台山の特質について、端的に示す詩作としては題名そのものが『天台の道士に寄せる』という詩があり、その内容には天台山が海上にあるという三仙山を眺められるといい、また、仙薬である霊芝を採取したり、伝説の仙人である赤松子《せきしょうし》に仙界に連れていってもらうことなどが詠われている。(4)他にも「鶏鳴いて日の出を見、毎に神仙と会う。往来す、赤城の中」とか、友人である太一という道士が「霞を餐らい、赤城に臥す」と詠じている。(5)

漢詩に詠まれた霊山は考古学資料としての金石文にもみえる。金石文とは金属器に刻されたり、鋳出された銘文のことを指し、中国では殷代より青銅器に文章が記される。このような金石文に天台山と並ぶ名山であり、霊山として著聞する泰山が記されることがある。いうまでもなく、泰山（山東省泰安）は五岳中の東岳であり、古代より、天子が諸侯をここに会し、封禅の儀式を行なった山である。また、別に死者の集まる山ともいわれ、仏典では地獄のことを太山とも呼ぶ。

図13　泰山山頂付近

　泰山が記されるのは青銅で作られた鏡であり、後漢代の方格規《ほうかくき》矩四神鏡《くししんきょう》の銘文には、[6] しばしば「上大山見神人、食玉英飲澧泉、駕交龍乗浮雲（後略）」のような文章を含む類型の銘文がみられることが指摘されている。[7] ここに出てくる「大山」は「太山」とも記されるが、これはある文字を同音の他の漢字で表す漢語に特徴的な音通という表記法であり、泰山を指すことに違いはない。銘文そのものは「泰山にのぼって神人に見え、玉英を食し、澧泉を飲み、交龍に駕して、浮雲に乗り」というほどの意味で、この後に吉祥句が続く場合が多い。

　この類型の銘文にみられる「神人」「玉英」「澧泉《れいせん》」「上天」などはいずれも神仙思想および後の道教に関連する語句であり、泰山に登ると神人に会える、という文からは、後漢代に泰山は神仙の居るところと認識されていたことがわかる。そして、このような銘文に記されているのは、いずれも不老長生に資する仙人の生活であり、また、道家の養生に対する方法である(8)。この類型の銘文では「上泰山」の文字が用いられる場合もあり(9)、神仙の住む山としての泰山が、すでに認識されていたことが知られる。

中国の人々にとっては、信仰の名山であるとともに現実感をともなう存在であったことが、漢詩に詠まれ、金石文に刻された霊山によって知られる。

唐詩に謳われた雲母

漢詩のなかには、現代の私たちの眼からみると奇異に思われる中国の歴史上の風俗がしばしばみられる。その一つに仙薬の摂取がある。仙薬とは文字どおり、不老不死の仙人となることを目的として服用するものであって、仙人になるためには良き師によって精勤に学び、また、名山に入ってさまざまな修行を行わねばならないが、これらの目的は仙薬を作ることにあり、これを欠いては仙人になることはかなわない。また、ひとくちに仙人といっても段階があって、最上のものとして肉体はそのままで虚空に昇る天仙、次に名山に遊び、あるいは名山に入ってから昇仙する地仙、その下位には肉体としての屍体を残して魂のみ昇仙したり、屍がなくなる屍解仙がある。そして、仙人として最上の天仙になるための仙薬として不可欠のものが丹と金液であって、これなくしては不老不死を得ることはできない。[10]

この他に仙薬として用いられるものには玉石すなわち鉱物や岩石そして植物などがあり、最古の本草書として知られる『神農本草経《じんのうほんぞうきょう》』ではそれまでの薬物を上薬、中薬、下薬に分類しているが、このうち一二〇種の上薬のなかに雲母があげられている。雲母を含む上薬とは「養命」すなわち命を養う仙薬とされている。[11]

中唐の詩人である白居易《はくきょい》は日本では白楽天《はくらくてん》として知られ、『枕草子』に「文は文集・文選・はかせの申文」とみえるように「文集」といえば『白氏文集』を指すほどに日本古代にも広く読まれていた。その白楽天の詩に『簡寂観に宿す』と題した作品がある。

宿簡寂観
巌白雲尚屯　林紅葉初隕
秋光引間歩　不知行遠近
夕投霊洞宿　臥覚塵機泯
名利心既忘　市朝夢亦尽
暫来尚如此　況乃終身隠
何以療夜飢　一匙雲母粉

巌白くして雲、尚集り、林紅にして葉初めて隕つ。
秋光間歩を引き、行の遠近を知らず。
夕に霊洞に投じて宿し、臥して塵機の泯ぶるを覚ゆ。
名利は心既に忘れ、市朝は夢亦尽く。
暫く来たるも尚此の如し、況や乃ち身を終わるまで隠るるをや。
何を以てか夜の飢えを療さん、一匙の雲母粉。[12]

この詩は秋の夕べに道観（道教寺院）を訪れた白楽天が、その風景を詠ったものである。ここには秋風の景観ととともに、「何を以てか夜の飢を療さん、一匙の雲母粉」として、仙薬としての雲母が詠まれている。中年以降の白居易は道教に傾倒したというから[13]、白楽天が実際に雲母を服したことも想定されるが、唐代における心象風景の中の仙薬の描写としても興味をひく。この詩には「雲母粉」の語がみられ、また、漢詩中には「雲母散」という語もみられることから、実際に雲母が服用される時は粉末や散薬の状態のものを用いるという認識があったことも知られる。

白楽天の詠んだ雲母は実際に中国古代の墓から出土することがある。雲母の出土状態のわかる例は必ずしも多くはないが、その典型として、河北省景県で発掘された北魏代の高氏の家族墓をあげよう。この墓には高雅夫婦（河北省景県高氏墓群一三号墓）と彼の娘たちあわせて四人が合葬されており、ここから、金箔とともに雲母片が発見されている。中央の主室に高雅夫婦を埋葬し、北側と東側に耳室があってここにはそれぞれ第二子である高徳雲と彼の長女で北魏・孝明帝の妃となった高元儀が葬られていることが、伴出した墓誌から判明している。高雅は北魏末の熙平三年（五一八）に死んだが、東魏の天平四年（五三七）に詔書によって改葬されている。報告文に示された図を参照すると、高雅とその妻の遺骸の周りに散在した状態で金箔と雲母片が出土していることがわかる[14]。

このほかに漢代の墓（陝西省咸陽・師範学院科技苑工地楼基内一号漢墓〔前漢〕、河南省泌陽板橋三一号墓〔後漢〕など）からも雲母片が出土しており[15]、また、西域の敦煌でも東晋代の墓（仏爺廟湾三号墓・三七五年）から雲母片の出土が報じられていることを勘案すると、[16] 漢代以降において、地域的に偏在することなく、埋葬にあたり、墓室内において雲母が使用されていたことが想定される。

このように墳墓から出土する雲母については、白楽天が詠んだ服用する仙薬としての属性を基本にしながら、その特性を活かして、墳墓では別の用い方がなされている。それは遺骸の保存という役割であり、これを記した文献を、しばらくみてみることにしよう。

前漢代の雑事を録したとされる『西京雑記《せいけいざっき》』には墳墓に関係する話のなかに、つぎのような雲母の使用法がでてくる。春秋時代の晋の幽王の冢は高く壮大であったが、墓門はすでに開いていた。石や漆喰を取り除いて一丈余りの深さに達すると雲母が深さ一尺も積もっており、一〇〇体以上の遺骸が縦横に重なりあっているのが見えたが、すべて腐乱しておらず、ただ一人のみが男性で、あとはすべて女性であった。ある者は座り、ある者は臥し、またある者は立っており、衣服や容貌、顔色は生きている人と異ならなかったという。[17]

戦国時代の魏の王子である且渠《かっきょ》の冢は墓穴が浅くて狭く、棺や柩はなかったが、ただ幅六尺、長さ一丈ばかりの石の寝台と石の屏風があって、それらの下にはいずれも雲母があった。寝台の上には男と女の二つの屍があって、どちらも年は二〇歳ばかりで、ともに東枕で安置され、裸で衣服はなかった。肌艶や顔色は生ける人のようで、鬢《びん》や髪の毛、歯や爪もまた生きているようであった。魏王はこれを恐れ怪しんで敢えて近づかず、元のように扉を閉ざして帰った。[18]

また、『太平御覧』に引く「東園秘記」という逸書には、雲母で死体を覆うと、死体は朽ちはてないと述べ、その例として以下の話をあげている。国中で第一等の美人であった馮《ふう》貴人（皇后につぐ女官）が亡くなって十数年後に盗賊が墓をあばいたところ、容貌は生前のようであり、ただ体が冷たくなっていただけであったので、盗賊はみなで貴人の体を犯したが、後に捕らえられた。この賊が言うには貴人の棺には数斛《こく》の雲母があったという(19)。

中国の代表的な本草書としてあげられる明代の『本草綱目《ほんぞうこうもく》』にも、これらの記述をとりあげている。すなわち、著者の李時珍は、昔の人の話に聞くとして、さきの晋の幽王の墓の話や馮貴人の墓の話を紹介し、このように屍体が朽ちないのは冢中の棺の内部に雲母を詰めていたからだと説明している(20)。これらは事実を記したものかどうか別にしても、中国古代人たちの雲母に対する認識の一端を示しているものとみてよかろう。すなわち、彼らは雲母のもつ霊妙な力によって、亡骸を生きた肉体の如く保つことできたと考えていたのである。

典型的な記載をあげてみてきたように、中国においては雲母には仙薬としての効能のほかにも、屍体を不朽のものとする効力などが伝えられていた。そして、実際の墓においても、このような雲母の用途が検証され、その結果、詩文や説話の世界の一部が、現実の次元に位置づけられることになった。

蘇東坡の詩と築城工法

北宋の蘇東坡《そとうば》（蘇軾《そしょく》、一〇三六～一一〇一）や金代末から元代初の元好問《げんこうもん》（元遺山、一一九〇～一二五七）の如き高名な詩人の作品にも謳われている。たとえば、蘇東坡の『将官梁左蔵が莫州に赴くを送る』という詩がある。この詩は武官である梁左蔵すなわち梁交が遼との国境地帯である莫州《ばくしゅう》（現在の河北省任丘県）に赴任する際に、彼を送るために詠まれた。

送将官梁左蔵赴莫州　　将官梁左蔵が莫州に赴くを送る
　燕南垂　趙北際　　燕の南垂　趙の北際
其間不合大如礪　　其の間　合せざること大いさ礪《と》の如し
至今父老哀公孫　　今に至るまで父老　公孫を哀しむ
蒸土為城鉄作門　　土を蒸して城となし、鉄を門となす。
城中積穀三百万　　城中の積穀　三百万
猛士如雲驕不戦　　猛士　雲の如くなれども驕って戦わず
一朝鼓角鳴地中　　一朝　鼓角　地中に鳴り
帳下美人空掩面　　帳下の美人　空《むな》しく面を掩《おお》う

（後略）

引用部分の大意は次のとおりである。

いにしえの燕の南端、趙の北辺の国境に砥石ほどの隙間がある。（その俗謡のとおりに易県の城にたてこもった）昔日の公孫瓚の末年を土地の古老たちは今でも哀れに思っている。彼は蒸土《じょうど》を用いて城を造り、鉄で門を構えたうえに、城の中には三〇〇万石の糧食を積み貯えていたけれど、雲のごとく集った勇猛の武士たちは彼の命にそむき、戦おうとはしなかった。ある日、突然押し寄せた敵の太鼓や角笛の音は地に響き、帳の下にいた美女たちは、空しく顔を覆う(21)。

この後には、このような乱世と対照させて将官・梁左蔵の時代の平穏さを表した詩句が続く。対照的に往古の戦乱を謳う形容として、「土を蒸して城となし、鉄を門となす」と表現されている。ここで用いられた「蒸土」については、実際に「土を蒸し」た工法なのかどうか、審らかではなかった。しかしながら、蘇東坡が鉄の門と対句として用いられるほどに「蒸土」は堅牢な築城技法として、比喩的に用いていることは確かである。

蘇東坡が詠んだ「蒸土」の語が中国の文献上で城郭築造の工法として現れるのは、五胡十六国時代の大夏《たいか》の皇帝である赫連勃勃《かくれんぼつぼつ》が鳳翔と改元した年（四一三年）に行った有名な築城記事として知られている。

改元して鳳翔とした。叱干阿利《しうかんあり》という人物を築城の責任者（将作大匠）に任じ、嶺北の夷と夏の十万人を徴発し、朔方水《さくほうすい》の北、黒水の南にある都城を造営させた。（赫連）勃勃は自ら「朕は今まさに天下を統一し、万邦に君臨した。よって（新しい都城に）統万と名づけるべし」と言った。叱干阿利は技巧にたけ、しかも残忍で凶暴でもあった。彼は「蒸土」によって城を築き、（蒸土に）錐が一寸でも入ると、それを作った者を殺して城壁のなかに埋め込んでしまった。（赫連）勃勃はこれを忠義であるとして、叱干阿利にすべての営繕の任を委ねた。(22)

赫連勃勃の統万城築城については、ほぼ同様の記述および「蒸土」という語が『北史』、『新五代史』、『資治通鑑《しじつがん》』、『冊府元亀《さっぷげんき》』などの後の史書や類書にも引かれており、史上に著聞することになる。そして、その築城記事の残忍さ、暴虐性とともに後世には詩文にも現れ、さきの蘇東坡の詩だけでなく、金末から元初の元好問の如き高名な詩人の作品にも詠じられている。すなわち、時を重ねて蘇東坡によって、鉄の門と対句として謳われるほどに、赫連勃勃の統万城の記載に現れる「蒸土」は堅牢な築城技法として後世まで伝えられていたことが知られるのである。

このように史上に名高い統万城の遺跡は、内蒙古自治区との省境に近い陝西省域北西部を流れる黄河支流の無定河上流に位置し、東城と西城の二つの区画からなる不整形な平面形の都城である。(23)一九七五年以来、数次にわたって発掘調査が行われた結果、城址の遺構の確認や遺物の出土もさることながら、もっとも重要な成果は城壁の築造工法が判明したことである。すなわち、発掘調査に際して、統万城の城壁のサンプルを分析した結果、砂、粘土、石英、水を加えた石灰を混合したものであることが判明した。石灰を主剤として粘土や砂と混合して固める方法は、土木・建築技術としては近代以降にも使用された三和土《たたき》といわれる工法である。そして、その作業過程で生石灰に水を加える際に熱が生じ、蒸気があがることを知らない記録者によって、史料上には「蒸土」と記されたものと推定されている。(24) 以上のように、近年の発掘調査によって、五胡十六国の一つであった大夏の城壁構築法として史料上に現れた「蒸土」が、土木工法でいうところの「三和土」に該当することが知られた。

図14　大夏・統万城「蒸土」の城壁

「三和土」は筆者の年代には懐かしい響きをもつ言葉である。子供の頃、近所の友達の家に遊びに行くと、「三和土」で塗り込められた土間があり、その向こうの上り框《かまち》には、農作業やお使いの合間に四方山を語る顔見知りの人々がいた。その「三和土」が、蘇東坡の詩に詠われた「蒸土」と同様な技術であり、技術的淵源が一五〇〇年あまり前の遊牧民族の造った城にまでさかのぼることが発掘調査によって明らかにされた。

漢詩にことよせて、考古資料と人間との関わりを述べてきたが、このことを通じて考古学や歴史学が個々の具体的事象を分析することによって、人間の営為の実態を理解するために有効な手段であることを示した。

(1) 加藤国安「李白の天台山・天姥山の詩――自由な魂への飛翔(一)――」『愛媛大学教育学部紀要 第Ⅱ部 人文・社会科学』三六―一、二〇〇三年
加藤国安「李白の天台山・天姥山の詩――自由な魂のありかを求めて(二)――」『愛媛大学教育学部紀要 第Ⅱ部 人文・社会科学』三六―二、二〇〇四年

(2) 加藤国安「孟浩然と天台山――霊山での至高体験――」『東洋古典学研究』一八、二〇〇四年
その他、孟浩然の天台山行については下記の文献参照。
丁錫賢「孟浩然游天台山考」『東南文化』一九九〇―六(中国文)

(3) 詩題「将に天台山に適かんとして臨安の李主簿に留別す」

(4) 詩題「越中で天台の太一子に会う」

(5) 詩題「天台山を尋ねる」

(6) 確実な出土例の代表的な資料としては、佐賀県桜馬場遺跡出土鏡群の中の一例や福岡県前原市井原鑓

溝遺跡出土鏡などがある。
唐津湾周辺遺跡調査委員会『末盧国——佐賀県唐津市・東松浦郡の考古学的調査研究——』六興出版、一九八二年、三四七～八頁
梅原末治「筑前国井原発見鏡片の復原」『日本考古学論攷』弘文堂出版、一九四〇年
(7) 樋口隆康「中国古鏡銘文の類型的研究」『東方学』七、一九五三年
(8) 駒井和愛「銘文に見える神僊の名と道家の養生説」『中国古鏡の研究』岩波書店、一九五三年
(9) 確実な出土例の代表として洛陽西郊の新代に属すとみられる鏡がある。
中国科学院考古研究所洛陽発掘隊「洛陽西郊漢墓発掘報」『考古学報』一九六三—二（中国文）
(10) 仙人、昇仙および仙薬については多くの著述があるが、本稿の論旨に関連するもののみをあげる。
窪徳忠『道教と中国社会』平凡社、一九四八年
村上嘉実『中国の仙人』平楽寺書店、一九五六年
アンリ・マスペロ『道教——不死の探求——』川勝義雄訳、東海大学出版会、一九六六年
吉田光邦『錬金術』中央公論社、一九六三年
吉田光邦『中国科学技術史論集』日本放送出版協会、一九七二年とくに「七　中世の化学（煉丹術）と仙術」およびその付論「神仙・道士・方士たち」
大形徹『不老不死——仙人の誕生と神仙術——』講談社、一九九二年
吉川忠夫『古代中国人の不死幻想』東方書店、一九九二年
(11) 『神農本草経』序録

上薬一百二十種為君。主養命以応天、無毒。多服久服不傷人、欲軽身益気不老延年者、本上経。

原本は早くに散逸したが、陶弘景の『本草集注』や、細部を除いて大差はないため『証類本草』と総称される北宋代の三本草書（『証類本草』『大観本草』『政和本草』）などにもとづいて復元されている。本草書の異同と書誌学的変遷は赤堀昭「敦煌本『本草集注』解説」龍谷大学仏教文化研究所編『敦煌写本本草集注序録・比丘含注戒本』一九九七年によった。また、『本草経集注』以降の本草書と本草学の変遷については、森村謙一「中国の本草学と本草学者」吉田忠編『東アジアの科学』勁草書房、一九八二年を参照。『神農本草経』のテキストは下記によった。

『神農本草経』大塚敬節・矢数道明編『森立之』近世漢方医学書集成五三、名著出版、一九八一年所収の『神農本草経』森立之本

(12) 読み下しは下記文献を参照した。

佐久節訳『白楽天全詩集』第一巻、日本図書センター、一九七八年

(13) 平野顕照「白居易壮年期と道教」『大谷学報』七二―三・四、一九九三年

(14) 河北省文物管理所「河北景県北魏高氏墓発掘簡報」『文物』一九七九―三（中国文）

(15) 河南省文化局文物工作隊「河南泌陽板橋古墓葬及古井的発掘」『考古学報』一九五八―四（中国文）

(16) 甘粛省敦煌県博物館「敦煌仏爺廟湾五涼時期的墓葬発掘簡報」『文物』一九八三―一〇（中国文）

(17) 『西京雑記』巻六

幽王家甚高壮、羨門既開。皆是石堊揆除丈余深、乃得雲母深尺余。見百余屍縦横相枕籍、皆不朽唯一男子余皆女子。或座或臥亦猶有立者、衣服形色不異生人。

（18）『西京雑記』巻六
魏王子且渠冢其浅狭無棺柩。但有石林広六尺長一丈、石屏風林下悉是雲母、状上両屍一男一女皆年二十許。倶東首裸臥無衣衾、肌膚顔色如生人、鬢髪歯爪亦如生人。王懼催之、不敢侵近還擁閉如旧焉。

（19）『太平御覧』巻八〇八所引・東園秘記
以雲母壅尸、則亡人不朽。馮貴人素国色已七已十余年、塚為賊所発形貌如故、但冷耳。盗共奸通之後捕得之。此賊言貴人棺有数斛雲母。

（20）『本草綱目』金石部第八巻・雲母・発明
（李）時珍曰、昔人言雲母壅尸、亡人不朽。盗発馮貴人冢、形貌如生、因共姦之、発晋幽公家、百尸縦横及衣服皆如生人、中並有雲母壅之故也。

（21）読み下しと解釈は下記の文献を参考にした。
小川環樹・山本和義『蘇東坡詩集』第四冊、筑摩書房、一九九〇年、
岩垂憲徳・久保天隨・釈清潭訳『蘇東坡全詩集』第二巻（復刻版）、日本図書センター、一九七八年

（22）『晋書』巻一三〇・載記三〇・赫連勃勃
乃赦其境内、改元為鳳翔。以叱干阿利領将作大匠、発嶺北夷夏十万人、于朔方水北、黒水之南営起都城。勃勃自言、朕方統一天下、君臨万邦、可以統万為名。阿利性尤工巧、然残忍刻暴、乃蒸土築城、錐入一寸、即殺作者而并築之。

現代語訳は五井直弘『中国古代の城』研文出版、一九八三年、ジョセフ・ニーダム／東畑精一・籔内

清監修『中国の科学と文明』第一〇巻、土木工学、思索社、一九七九年、四六〜四八頁などにもみられる。

(23) 統万城の規模は東壁(東城東壁)は七三七メートル、北側(東城と西城をあわせた北側の長さ)一〇六一メートル、西壁(西城西壁)七二一メートル、南壁(東城と西城あわせた南側の長さ)一〇五一メートルで、城壁の幅はもっとも広い部分で一六メートルであり、馬面の部分では三〇メートルに達する。この遺跡では一九七五年以来、三度の発掘調査が行われ、瓦や仏像、銅印などが出土している。

(24) 陝西省文管委員会「統万城城址勘測記」『考古』一九八一—三(中国文)
戴応新「統万城的重新発現与考古概述」『赫連勃勃与統万城』陝西省人民出版社、一九九〇年(中国文)

Ⅱ　いきものとひと

1　国木田独歩『鹿狩』に歴史を読む

海に臨み棲む鹿

古代の食肉として重要な位置を占めるのが鹿と猪である。国語辞典を引くと、「しし」の項には「食用の獣肉」という説明されている。また、別に「シシ」は猪、鹿などの野獣の総称とある。このように「いのしし」は食用獣肉の代表であり、鹿も古来、「かのしし」と呼ばれた。ちなみに、国語辞典で「かのしし」の項には「鹿」という説明とともに「鹿の肉」とも説明されている。現代の辞典にも記されているように、「シシ」すなわち食用獣肉としての鹿と猪は、日本の食生活史のなかでも、もっとも重要な存在であった。

このような鹿と人間の生活との関係を示す最も古い遺物として、今から一万二千年前の縄文草創期から後期にわたる複合遺跡である上黒岩岩陰《かみくろいわいわかげ》遺跡（愛媛県久万高原町）では、投槍のささった鹿の腰骨が出土している。(1) これは鹿の腰骨を貫いて直腸に達し、致命傷になったことを示すとされている。矢じりの刺さった人骨は弥生時代を中心として、各地で多数見つかっているが、鹿の角の投槍の刺さったままのものとしては日本で初めての出土例とされる。

鹿や猪を題材とした文学作品となると、山岳小説や狩人を主人公とした物語、あるいは動物小説などが想定されるかもしれない。しかし、鹿を対象とした狩猟を取り扱った作品としては、国木田独歩《くにきだどっぽ》の『鹿狩』をあげねばならない。

この短編は、後に独歩が養子に行くことになる叔父に、一二歳の時連れて行ってもらった鹿狩りの思い出にもとづいて書かれている。『鹿狩』のもとになった事実は独歩の日記である『欺かざるの記』の明治二六年(一八九三)一二月五日付に記されている。(2)「二日は土曜日、三日は日曜日。土曜日の夜――鹿狩りに誘はれ、弟と吾と合して十名、桂港より乗船して猿○(不明)と称する浦前に着き、明くれば日曜日、終日野山に狩り暮らし、その夜は猿○(不明)に宿し、四日朝、吾等五名は陸地より徒歩佐伯町に帰る」とあるのがそれである。明治二六年といえば、独歩が徳富蘇峰《とくとみそほう》の紹介と矢野龍渓《やのりゅうけい》の周旋で、大分県佐伯の鶴谷学館の教師生活を送った年で、当時彼は数え年二三歳であった。

この『鹿狩』は、その時の経験に少年時代の思い出を織りまぜて書かれた作品で、要約すると次のようになる。叔父である作中の「今井の叔父さん」は銀行の頭取をしていて、土地の名士一〇人ほどで出かけた。叔父さんは豪放で、酒好きで、また「僕」に対してやさしい人柄として描かれている。その叔父さんが一杯やって、眠っているとき鹿が現れ、叔父を起こしている間に逃げるだろうと思った少年は叔父の銃で鹿を撃つ。この日の猟は六頭だったが、少年の仕留めた鹿が一番大きかった。少年の行動は叔父さんに褒められる。その叔父さんは実は狂気の独り息子を抱えており、この鹿狩りの後二月ばかり経った頃、その独り息子が自殺するという悲劇の主として描かれている。息子が亡くなった後、「僕」が養子になった。

「僕」すなわち独歩と叔父を中心としたほのぼのとした筆致で鹿狩りの様子を描き、優しく磊落《らいらく》な叔父が、息子の狂気と自殺という暗い心の影をもちながらも、その家に「僕」が養子に貰われていくことで、読むものに一定の安堵をもたらして終るという小品である。題名のとおり鹿狩りの模様を中心として、それに関わる人間の心象を淡々と綴っているが、とくに、鹿狩りが行われた場所が注目される。さきに掲げた独歩の日記からして、狩りの場所は鶴見半島と推定される。現状でもこの鶴見半島には、耕作地に猪や鹿などが侵入することを防ぐ鹿垣が設けられているところがあるという。

このような海に面した半島や場合によっては島に鹿が棲息していることは、古代より知られており、『風土記』にもいくつかの記載がある。その一つとして、『播磨国風土記』揖保郡伊刀嶋の地名の由来に関して次のような話が載せられている。

伊刀嶋《いとしま》　もろもろの島を総称した名である。
右、品太《ほむだ》天皇は射目人を餝磨《しかま》の射目前《いめざき》に立てて、御狩りをなされた。この時、我馬野《あがまの》から出てきた鹿が、この丘を通って海に入り、伊刀嶋に泳ぎ渡った。その時、翼人は（射目人《いめびと》）ずっと見ていて、語りあって、「鹿はとうとうあの島にたどり着いた」といった。そのために、この島を伊刀嶋と名づけた。(3)

すなわち、品太（応神）天皇が餝磨郡射目前（兵庫県姫路市手野付近か）に射目人という役目の人を立てて狩りをした際、我馬野から走り出た牝鹿が海に入り、伊刀嶋（兵庫県家島群島）に泳ぎ渡った。その様子を見ていた翼人（狩人）の語が、島の地名となった、としている。

これは各地の『風土記』にしばしばみられる地名起源に関する伝承であるが、ここでは陸地から島に泳ぎ渡る鹿のありさまが地名の起源となったと記されている。(4)

離島や小島に鹿が棲息する実例として、まず、博多湾の北部に位置し、海の中道によって、陸続きとなっている志賀島《しかのしま》（福岡市東区）をあげよう。志賀島にある志賀海《しかうみ》神社には、多数の鹿の角を奉納する鹿角堂がある。同じく博多湾の中央に浮かぶ能古島《のこのしま》（福岡市西区）には、農作物などに対する鹿の害を防ぐ江戸時代の鹿垣《ししがき》が残っている。この島は、江戸時代には福岡藩の鹿狩りの場とされていたほど多くの鹿が棲み、農作物が荒らされることから、その対策として天保七年（一八三六）には島の南北を分断するような石垣を完成させて島南側の耕地への鹿の侵入を防いだ。これが鹿垣であり、石を積んで土を盛った土塁と溝によって鹿の侵入を防ごうとした。また、幕末には英国軍船の乗組員一行が、少なくとも二度にわたって、この島で狩猟を行っているが(5)、その猟の対象は鹿であったと考えられる。このような例からも、島でありながら、多数の鹿が棲息する場合があることが知られる。

いっぽう『鹿狩』の舞台となった半島と自然環境の類似する離島などの海浜部の狩猟については、『肥前国風土記』松浦郡値嘉《ちか》郷条の白水郎《あま》の記載が名高い。

そこの白水郎たちは馬や牛に富んでいる。(中略)この島の白水郎は容貌が隼人《はやと》に似て、常に騎射を好み、その言語は世人と違っている。

ここでは値嘉島すなわち現在の長崎県五島列島の白水郎は多くの牛馬を所有しており、その容貌は南九州の隼人に似ていて、馬に乗って弓を射ることを好み、その言語も当時の普通の人とは異なっていた、と説明されている。この記述によるならば、五島列島には馬に乗って、弓を用いて狩猟や戦闘を行う海民がいたことになる。この記述と直接に関係する考古学資料としては、五島列島のなかで、それも「値嘉島」の名を伝える小値賀《おぢか》島などにおける馬具や鏃の出土が確実な古墳ということになるが、そのような例は明らかではない。しかしながら、それよりもなお、この記載と関連して、興味深い遺跡が知られている。小値賀島の神ノ崎《かみのさき》遺跡(長崎県小値賀町)では古墳時代の地下式板石横石室墳が確認されており、このような墳墓は、熊本県南西部から鹿児島県北西部すなわち、古代に「隼人」

と呼ばれた人々が集住した地域に分布することが特色である。このような類型の墓が小値賀島に認められることは、さきの『肥前風土記』に記された小値賀の白水郎の容貌が隼人と似る、という記述と関連し、この記載が神ノ崎遺跡の所在する小値賀島を示す可能性がたかいと考えられている(6)。海と陸での生業を想定できる島嶼に住んだ古代人の生活の一端が、考古資料によって明らかにされた事例である。

鹿の説話と出土遺物

離島に棲息した鹿を縄文人たちが狩猟の対象としていたことを証明する遺物も知られている。対馬(長崎県対馬市)の東側に所在する佐賀《さか》貝塚は、西日本の代表的な縄文時代中~後期の遺跡として知られている。この貝塚からはイノシシの骨で作った鹿笛《しかぶえ》が出土している(7)。鹿笛とは、発情期の牡鹿の鳴き声をまねて音を発する笛で、近年までマタギと呼ばれる東北地方の山猟師が使用していた。佐賀貝塚出土品は形も大きさもマタギの鹿笛と瓜二つで、縄文後期という年代をいわなければ、民俗資料といっても疑わないほどである。

佐賀貝塚の現在の立地は、対馬東岸に二八個所ある漁港のなかでも最大の佐賀港と近接している。また、佐賀は、厳原《いずはら》に島府を移すまで、対馬島主の宗氏《そうし》が本拠としたという歴史性が重なっている。佐賀貝塚からは骨製の銛が二〇〇点以上も出土しており、漁労が生業の中心であったことは間違いない。けれども、いっぽうで佐賀貝塚の縄文人たちは鹿笛を用いて、巧みに鹿をとらえていたことが推測される。

もしかりに、どこの遺跡から出たかを言わずに、鹿笛だけをとりあげて、これを使った人々の暮らす環境や生業を思う時、マタギたちの生きる白神山地のような山深い自然や、少なくとも集落の背後に広がる里山のある景観を想像するであろう。しかしながら、佐賀貝塚は海に接する集落でありながら、そこに暮らす人々は、背後にせまる丘陵に近世まで多く棲息したイノシシを狩る民でもあったのである。

図15　現在の佐賀貝塚

また、縄文人にとって、鹿はただ狩りの対象であっただけでなく、人の死に際し、葬送儀礼のなかでの呪術的行為にも関係していたようである。それを示すのが、山鹿《やまが》貝塚（縄文後期、三〇〇〇〜四〇〇〇年前・福岡県芦屋町）で発見された鹿角を用いた器物（報告書では鹿角製叉状垂飾品とする）を副葬した人骨である。鹿角が出土した墓は三体の人骨が同じ墓穴から出土しており、二体は女性で、その間に埋葬された一体は乳児であると推定されている。女性のうちの一体には首飾りとしての大珠、耳飾り、二六個にも及ぶ貝輪《かいわ》などの装身具を着装し、腰のあたりからは、鹿の角を加工して、一端に穴を開けた遺物が出土した。これを副葬していた女性人骨の着けていた装飾品の質や数量と、背中の骨が人為的に抜き取られていたことなどを勘案すると、ある種の呪術的な行為が想定される。このことから、鹿角についても、同様に呪術的な器物であると推定されており、集落の祭祀を司った人物とする見方もある(8)。

鹿狩りの話題にもどると、すでにふれた対馬の例のように縄文時代から離島でも行われていたことがわかっているが、場合によっては鹿狩りが祭祀と結びついていることがあり、そのような例については、『常陸国風土記』多珂《たか》郡の条に次のような記述がある。

古老がいうことには、倭武《やまとたける》天皇が東方の辺境地帯を巡察しようとして、この野に旅宿りなされた時、ある人が申し上げて、「この野にいる鹿は数えきれぬほど、その数が多い。(中略)また、海には鰒《あわび》魚がいて大きさは八尺ばかりである。また種々さまざまな珍味があり、魚捕りの収穫は多い」といった。そこで天皇は野にお出かけになり、橘皇后を海の方に遣わして、お互いに獲物の獲り比べをし、わかれわかれになって山と海のものを探した。この時、野の狩りの方は一日中走りまわっていたが、一匹の獣も獲れなかった。海の漁はほんのわずかの間に、たくさんの美味なものを得た。狩りと漁とがすっかり終わって食事を勧め申し上げた時、天皇は家来に仰せられて、「今日の遊びは朕と后とが、それぞれ野と海に行って祥福を争って、野の獲物はとれなかったが、海の食べ物はことごとく、みな食い飽きた」、と言った。後の世の人はその跡を追って、飽田の村と名づけた。

これは多珂郡の飽田《あきた》村（日立市小木津相田）の古老の所伝とされ、内容はヤマトタケルが土地の者に、この地は鹿が非常に多く、また、海では鮑がたくさんとれる、と聞いて、橘皇后と海の幸、山の幸の獲り比べをしたという話である。その結果、皇后がわずかな時間にたくさんの鮑を獲ったのに対し、ヤマトタケルは鹿を一頭も射ることが出来なかった。そして、ついに「野の幸」は得られなかったが、「海の幸」は飽きるほど食べられたというので、この地を「飽田」と名付けられたというといういわゆる地名起源説話である。ここでは鹿は山の幸を象徴するものとして典型化されている。

鹿と関連する地名起源説話は他地域にもある。たとえば、『豊後国風土記』速見《はやみ》郡頚の峰の条には以下のような話が載せられている。

この峰の下に水田がある。もとの名は宅田《やけだ》であった。この田の苗を鹿がいつも食べていた。それで田主は柵を造って待ち伏せしていた。すると鹿がやってきて、その頚をあげて柵の間に差し入れて、たちまち苗を食べ始めた。田主は捕らえて、その頚を切ろうとした。その時、鹿が憐れみを請うていうには、「私は今、誓約いたしましょう。私の死罪を許してください。もし、大きなお恵みをたれられ、私が生きながらえることができましたなら、私の子孫にも苗を食べてはいけないといいつけましょう」と。田主は大変奇怪なことと思い、放免して斬らなかった。その時以来、この田の苗は鹿に食われず、豊かな実りを得ることができるようになった。そういうわけで頸田といい、またその峰の名とした。

これも地名起源を説くものであり、苗を食べる鹿を田主が捕らえたら、鹿が命乞いをした。許してやったところ、その後は鹿害がなく豊作が続いた、それをもとに地名と山の名がついて、という話である。

いっぽう、『播磨国風土記』讃容《さよ》郡には、鹿と農耕とが関わる次のような話がある。

讃容というわけは、大神妹背《いもせ》（夫婦）二柱の神がおのおの先を争って国のとりあいをした時、妹《いも》玉津日女命《たまつひめのみこと》が鹿を生け捕って、寝ころがし、その腹を切り裂いて、その血に種籾をひたして、稲を蒔いた。すると一夜の間に苗が生えたので、ただちにこれを取って植えさせた。ここに大神は勅して、「あなたは五月夜《さよ》に植えたのか」と仰せられ、すぐさま他の所に去ってしまわれた。だから、五月夜の郡と呼ぶ。

すなわち、鹿の腹を割いて、その血に種籾を蒔いたところ、一夜で苗になったという内容であり、とくにこの話は鹿狩と農耕儀礼との関係を示すものとして注目される(9)。

志賀島や能古島のような小さな島での鹿に関係する儀礼や神事に対しても、狩猟祈願の儀礼としての側面と、『播磨国風土記』讃容郡の地名起源説話に典型的に示されているように、米を生み出すと信じられていた鹿の呪力を得て、豊作を祈るという農耕儀礼としての意味とを両義的に考える必要がある。

このような農耕儀礼は、稲作農耕が始まった弥生時代以降に行われたと考えられる。ただし、鹿に関する祭祀そのものは縄文時代にもみられる。たとえば、彦崎《ひこざき》貝塚（岡山市灘崎町）では、縄文後期の粗製深鉢に鹿の頭蓋を入れた遺構が発見された。また、この貝塚ではサルの骨が付着していた土器も出土しており、動物を用いた祭祀行為の存在が推定される(10)。

弥生時代には、農耕集落を単位とする儀礼を示す遺物も知られている。大木《おおき》遺跡（福岡県筑前町）出土の甕棺《かめかん》（弥生中期初頭）には、鹿が当時の集落との関係で表現されたと思われる線刻画がある。ここでは鹿は中央に大きく描かれ、その背後に数棟の高床倉庫が表現され、倉庫の左側にはH形の構造物がある。これが集落の入り口を示すと考えられ、それが正しければ、鹿は集落内にいることになる。このことからこれらの絵は実際の狩りではなく、集落内の儀礼を描写していると推定されている。また、草場《くさば》遺跡（福岡県福智町）出土の土器片（弥生中期）にも、人が槍を振り下ろし、それによって鹿が射抜かれた有様を示すと解される線刻がある。

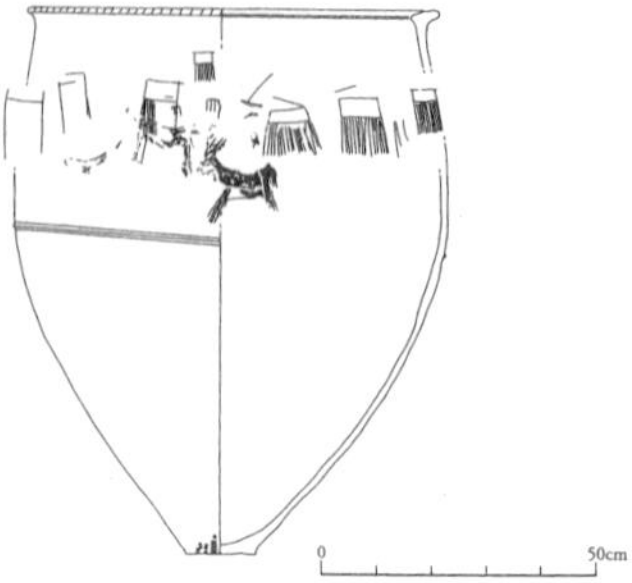

図16　大木遺跡から出土した鹿の絵のある甕棺

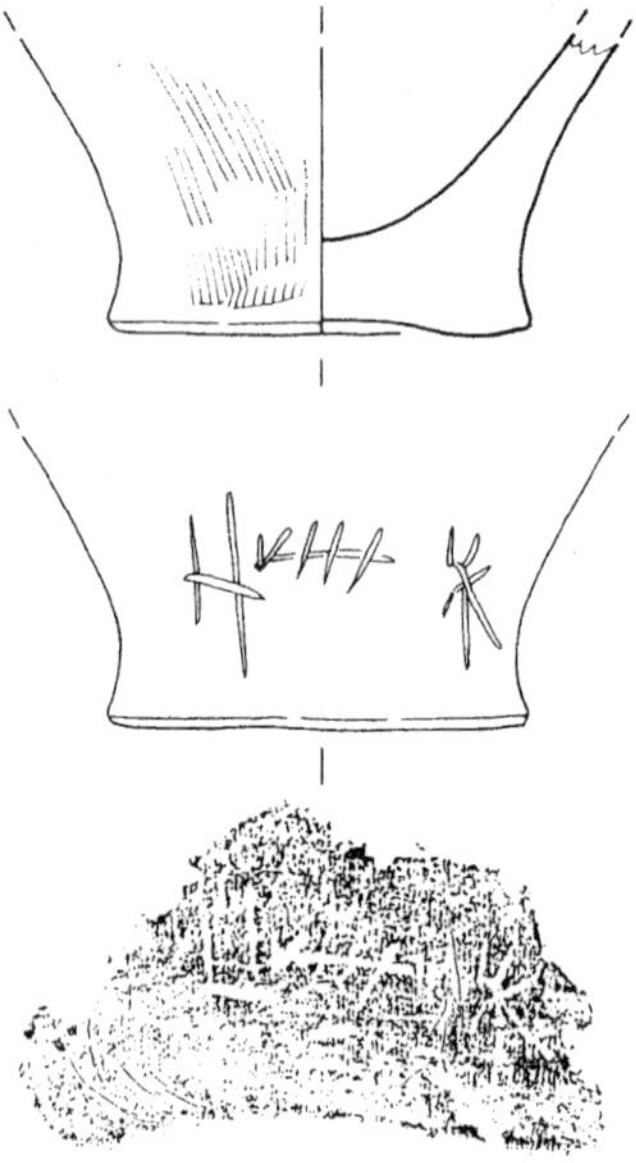

図17　草場遺跡出土絵画土器（スケールアウト）

祭祀の鹿・食べられた鹿

鹿と関連する祭祀行為を示す遺物としては、鹿や猪の肩胛骨を焼いてできた焼け痕の具合から吉凶を占う卜骨《ぼっこつ》がある。卜骨が出土した遺跡としてとくに注目されるのが青谷上寺地《あおやかみじち》遺跡（鳥取県青谷町）である。弥生時代の卜骨は、これまで全国で一五〇点ほど発見されていたが、青谷上寺地遺跡だけで新たに三〇〇点近く出土している。とくに、この遺跡で発見された卜骨集積遺構は国内初の確認例であり、韓国で発見された同様の遺構の例（勒島《ヌクド》遺跡）との関連が考えられている。卜骨は弥生時代前期（約二三〇〇年前頃）に朝鮮半島から伝わり、現代でも一部の神社などで祭儀として行われている習俗である。

韓国で卜骨が出土する遺跡は、紀元前後から三世紀頃までさかのぼり、その分布は西部ないしは南部の海岸沿いや島嶼に所在することが特徴であって（海南・郡谷里貝塚、金海・会峴洞、金海・鳳凰台、金海・府院洞、金海・楽民洞など）、いずれも中国との海上航路に関係する立地であると考えられる。(11) このような出土遺跡の分布から、卜骨の行われた重要な意味として、海上航路の安全に対する祭祀を考えるのが穏当であろう。

これらの事例から知られるように弥生時代には、鹿や猪が狩猟の対象であっただけでなく、信仰や習俗に関係していたことがわかっている。

古墳時代には集落やそこに営まれた住居と関係する状況で鹿の骨が出土することもある。たとえば、中筋《なかすじ》遺跡（群馬県渋川市）では、六世紀初めの榛名山《はるなさん》の噴出物によって埋まった集落の竪穴住居址から、鹿の可能性のある骨片が出土した。(12) 中筋遺跡では平地式住居と竪穴住居という二種類の住居址が発見されており、それぞれ夏の家と冬の家であり、季節によって住み分けたとする見方が示された。とくに冬の家の屋根には、カヤ材の上に土を置いた屋根がそのまま残っており、それまで疑いもなくカヤ葺きであると思われてきた竪穴住居の一つの類型が明らかになった。住居内から出土した鹿の骨は、たんに食料であったものか、その他の用途があるのかは判然としない。中筋遺跡における動物の役割が推定できる資料として、住居址の東側にある広場状の空間には石で囲み、土器を置いた祭祀場とみられる遺構が発見されており、ここから猪の骨が出土しており、この集落の祭祀に猪が供されていたことがわかった。これを勘案すると、住居址から出土した鹿の骨も祭祀に用いられることがあった可能性が考えられよう。

時代が下がり、近世の武家屋敷における鹿を含む獣肉食の実態を示す事例として、近年の調査で京都市内の小学校跡地（本能小学校）より検出した江戸時代前期の土坑から出土した多量の動物遺存体をあげておこう。この遺跡の所在地は『寛永十四年洛中絵図』によって、江戸時代の大名家である本多甲斐守の京屋敷であることがわかっている。多量の動物遺存体が出土した土坑（SK二〇五三）は、発見された場所やその検出位置や出土土器類の年代からみると、一七世紀前半頃と推定され、まさに本多甲斐守邸の時代に該当することがわかった。この土坑からは、土器・陶磁器類や貝殻・魚骨・鳥骨などの食物残滓とともに、一六六三点の獣骨が出土した。その種は実に多様であり、イヌ・ネコ・カメなどのほかに、ニホンジカ・カモシカ・ツキノワグマなどの野生動物の獣骨が含まれていた。これに対し、動物骨の検討を通して、近世の京都市中では、魚貝類や鳥類を魚店《うおだな》などで購入することができたとしても、ニホンジカ・カモシカ・ツキノワグマは狩猟によって獲られた可能性が考えられている。一七世紀末の貞享から元禄年間に生類憐みの令に代表される政策が行われる以前は、将軍や大名による狩猟がしばしば行われていたことを勘案し、ニホンジカは同一個体の椎骨に解体痕があり、肋骨にも肉を取り外した痕跡が見られることから屋敷に持ち込まれ、解体されたと考察されている。野生動物が屋敷内へのどのような状態でもたらされたかについても、鹿は角だけで、前頭骨から鋸で切断されていることから、必ずしも一頭の個体そのものとして持ちこまれたとは限らないとされる。また、ツキノワグマも大坂城下町に出土例があることから、近世には野生動物の流通販路が存在した可能性が指摘されている。[13]この遺跡から出土した多種の動物遺存体によって、江戸時代初め頃の武家屋敷では多様な野生動物が利用されており、京の町中にあっても武家では素朴かつ野趣あふれる食生活をしていたことがわかってきた。

半島に棲む鹿に対する狩猟を題材とした国木田独歩の『鹿狩』は、少年時代の独歩の目からみた明治の生活誌を背景とした哀感が漂っている。この作品に導かれながら、縄文時代の島嶼における鹿猟から、近世武家の獣肉食まで、考古学資料を通した人間の暮らしの移ろいを点描してみた。

（1）江坂輝也ほか「愛媛県上黒岩遺跡」日本考古学協会洞穴遺跡調査特別委員会編『日本の洞穴遺跡』平凡社、一九六七年

愛媛県歴史文化博物館編『上黒岩岩陰遺跡とその時代――縄文文化の源流をたどる――』愛媛県歴史文化博物館、二〇〇五年

（2）藤田修一「国木田独歩「鹿狩」論」『成城文芸』七一、一九七三年

（3）この項にあげた『風土記』現代語訳は吉野裕訳『風土記』平凡社（東洋文庫一四五）、一九六九年を

参考として、一部筆者が書き改めた。

（4）『風土記』にみられる海を渡る鹿の説話については、下記の文献を参照した。
平林章仁『鹿と鳥の文化史』白水社、一九九二年
岡田精司「古代伝承の鹿――大王祭祀復原の試み――」直木孝次郎先生古稀記念会編『古代史論集』上、塙書房、一九八八年

（5）能古島の鹿垣については下記を参照した。
大高利夫編『島嶼大事典』日外アソシエーツ、一九九一年
「嘉永六年癸丑以来福岡藩史編輯」川添昭二・福岡古文書を読む会校訂『新訂黒田家譜』七巻中、文献出版、一九八四年

（6）森浩一『考古学と古代日本』中央公論社、一九九四年、一三八～一四一頁

（7）峰町教育委員会編『佐賀貝塚』峰町教育委員会、一九八六年
峰町教育委員会編『佐賀貝塚』峰町教育委員会、一九八九年

（8）九州大学医学部解剖学教室編『山鹿貝塚――福岡県遠賀郡芦屋町山鹿貝塚の調査――』芦屋町・山鹿貝塚調査団、一九七二年

（9）横田健一『日本古代の精神――神々の発展と没落――』講談社（現代新書）、一九六九年
岡田精司「古代伝承の鹿――大王祭祀復原の試み――」（前掲）

（10）岡山市教育委員会文化財課編『彦崎貝塚範囲確認調査報告書』岡山市教育委員会、二〇〇六年
岡山市教育委員会文化財課編『彦崎貝塚2』岡山市教育委員会、二〇〇七年

(11) 殷和秀「韓国出土卜骨に対する考察」『湖南考古学報』一〇、一九九九年(ハングル文)

(12) 渋川市教育委員会編『中筋遺跡――発掘調査報告書 第2次――』一九八八年では「骨片」とされているが、その後の解説では鹿の骨と記述されている。
渋川市教育委員会編『中筋遺跡』渋川市教育委員会(パンフレット)

(13) 以上の本多甲斐守京屋敷址出土の動物骨についての記述は下記の文献によった。
丸山真史・富岡直人・平尾政幸「本多甲斐守京邸出土の動物遺存体」『京都市埋蔵文化財研究所研究紀要』一〇、二〇〇七年

2　芥川龍之介作品のなかの考古学

『藪の中』の背景としての在来馬

近代以降の文学のなかには古典に題材をもとめた作品がしばしばあり、なかでも、芥川龍之介には古代や中世の説話を典故とした名作が多いことが知られている。古典を題材とした芥川の作品には文学的な内容だけにとどまらず、考古学的な事実と関連する個所が散見される。その例を『藪の中』という作品にとってみよう。この小説を摘要すると次のようになる。

山中に打ち捨てられた男の死骸について、検非違使《けびいし》によって尋問が行われ、七人の証言者が証言、告白するという形でなりたっている。木樵《きこり》に始まり、旅法師、放免《ほうめん》（下役人）、男の義母である媼、盗賊の多襄丸《たじょうまる》の供述が続くが、それぞれの発言内容は少しも一致せず、取調べは混迷の一途をたどる。やがて男の妻と男自身の死霊によって、盗人に弓も馬も何もかも奪われたあげく、藪の中で木に縛られ、妻が手込めにされる。その後、妻は逃げるが、その様子をただ見ていただけの男は殺される、という結末となる。ただし、芥川研究で常に取り上げられるように、この男を殺した主体は明確には記されていない。

この作品は『今昔物語集』巻二九第二三「妻を具して丹波国に行く男、大江山において縛られたること」という説話が題材となっている。時代設定は平安時代頃に設定されてはいるが、心理小説とする評論もあるように、登場人物の内面に光をあてることが主題である。作品の評価は専門識者にゆずるとして、考古学的に注目されるのは、作品の題名となった山中の藪の中で遺骸をみつけた検非違使の言として、殺された男が「四寸《よき》の馬」に乗っていたとされていることである。四寸といえば一二センチあまりであり、現実的でないことから、これを四尺の誤植と解釈する場合もある。

しかしながら、実際には、この語は「四尺四寸」の馬の意味であり、尺の部分を省略して、「四寸の馬」といったのである。伊勢貞丈《いせさだたけ》（一七八四年没）が著した故実書である『貞丈雑記《ていじょうざっき》』（一八四三年刊）には次のようにみえている。(1)

馬の丈は四尺を定とす。四尺に一寸あまるを一寸といい、二寸あまれば二寸という。以下、是に准じ知るべし（中略）四寸より七寸迄は、寸の字をすんといわず、よき（四寸）、いつき（五寸）、むき（六寸）、ななき（七寸）という也。

いっぽう、日本最初の類書であり、幕末に編纂が開始され、明治になってから刊行された『古今要《ここんよう》覧稿《らんこう》』（一九〇五〜〇七年刊行）にも「凡そ馬の丈は四尺を定とす。されば四尺あるをば尺といい、それより一寸高きをば一寸という。二寸あるをば二寸という（中略）四尺の馬をば世の常とするが故に之を小馬といい、四尺五寸あるを中馬といい、五尺を大馬という（後略）」とあり、この書が編纂された時点でも、体高四尺が標準的な馬と認識されていたことがわかる。(2)

古典にみえる記述を一例あげると、『宇治拾遺物語』に、小野宮殿すなわち藤原実頼《さねより》の大饗の時に引出物として引立てられた馬が、「黒栗毛なる馬の、たけ八きあまりばかりなる」（巻第七第六「小野宮大饗ノ事、付西宮殿・富小路大臣等大饗ノ事」）とあり、「八き」とあるのは実際には「八寸」すなわち「四尺八寸」（約一四五センチ）の馬を指し、大饗《おおあえ》の引出物らしく、当時としてはやや大型の馬であった。

このように、『藪の中』やその出典である『今昔物語』の舞台となった平安時代の終わり頃には、馬の大きさをいう際には「四尺」が基準となり、これに「四寸」などの具体的な数値を付加して表現したものと考えられる。馬の体高とは足元から背中までの高さを指すので、「四寸の馬」すなわち四尺四寸では、背中までの高さが一三〇センチあまりの馬ということになる。私たちが現在、目にする馬はサラブレッドやアラブ馬であり、その体高は一六〇センチにもなる。『藪の中』の馬は現代の馬より二まわりも小さい日本の在来馬であった。

明治時代になって、富国強兵の政策のもとに在来馬が西洋種に替えられていくまでの長い間、日本人の暮らしは小さな馬たちの背や足に負うところが大きかった。ただ単に、物資を運搬するだけでなく、田畑での使役も、中世・近世の東日本では馬が主役であった。

当然ながら、大小の武士集団が割拠して争った戦国時代でさえ、在来の小型馬が用いられていた。一六世紀後半に日本にやってきたキリスト教宣教師のルイス・フロイスは「われわれの馬はきわめて美しい。日本のものはそれに比べてはるかに劣っている」と記している[3]。また、九州のキリシタン大名がローマ教皇のもとに派遣したいわゆる天正遣欧使節（一五八二年派遣、一五九〇年帰国）がもたらしたアラビア馬と日本の馬が聚楽第で披露されたことがある。豊臣秀吉とともにこれを見たイエズス会の宣教師は、「アラビア産の馬の巨大で見事な体軀」と「その後に続いた日本の馬は矮小で醜く、皇帝（秀吉）の厩の中で最良の馬でも（アラビア産馬に比べると）駄馬に類するものであった」と書き残している[4]。

図18　在来馬の一種（与那国馬）

日本の馬はこのように小さかった。けれども、その小さな体に騎馬武者を乗せ、大きな荷物を背負って、人とともに歴史の中を歩き、また駆けてきた。このような在来馬の姿が、近年の考古学調査によって、より鮮明に像を結ぶようになってきた。なかでも、特筆される成果の一つが古墳を築く際に、周囲にわざわざ馬を殺して埋める風習があったことがわかってきたことである。また、古墳の周囲に馬を埋葬した、いわば「馬の墓」の発見例も増加している。

この種の遺構が知られるきっかけとなった事例の一つが、新井原《あらいばら》一二号墳（長野県飯田市・全長三六メートルの帆立貝式古墳・五世紀）である。この古墳では周りに掘られた穴から横倒しになった馬の骨が丁重に埋葬されていたことがわかっている。この馬には騎乗した人が馬を制御するための道具である轡《くつわ》が装着され、杏葉《ぎょうよう》という飾り金具も着けたまま埋葬されていた。同じく、茶柄山《ちゃがらやま》九号墳（長野県飯田市・五世紀）という直径三〇メートルの円墳では、周囲に掘られた空堀の中に馬を埋葬した穴が八個所もみつかっている。大作《だいさく》三一号墳（千葉県佐倉市・四号土壙）では、馬具などの出土状態から、当初の埋葬状態が推定復原され、馬の首と胴体とが逆向きに埋められていたという説も示されており、この場合は埋葬の際に人為的に馬の首が切られたことになる。(5) また、五輪堂《ごりんどう》遺跡（長野県千曲市・六世紀中頃）では、馬の骨が出土した墓穴から土器が出土しており、馬を葬るに際して、何らかの供え物が行われたと推定されている。

このような古墳に伴う馬に対して、葬礼としての具体的な行為を示している稀有な例が知られている。すなわち、長原南口《ながはらみなみぐち》古墳（大阪市・六世紀前半頃）では、墳丘の周囲に掘られた濠（周濠）の中から、前足を折って立った状態の馬の四肢骨が発見されたのである。いっぽう、この馬の頭骨は古墳の

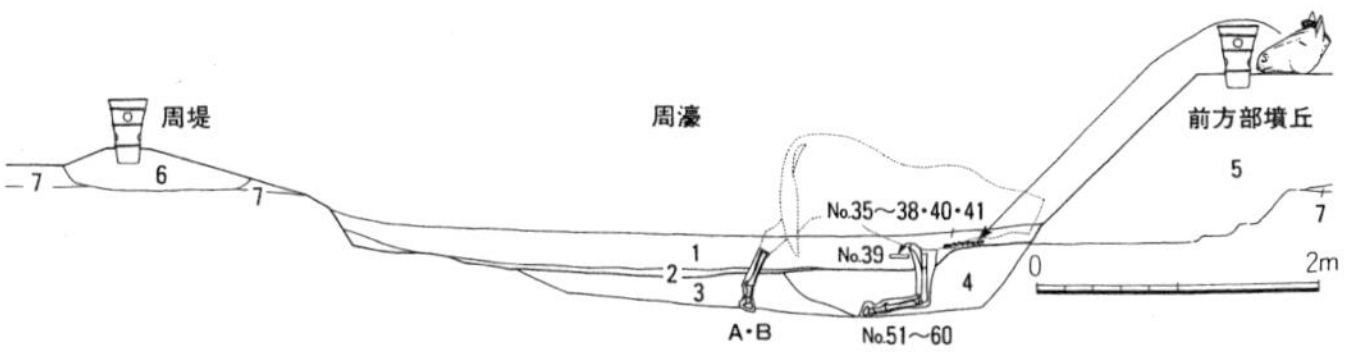

図19　古墳に伴う馬の殉殺過程の推定復原図（長原古墳群南口古墳）

墳丘上から単独で出土した。これらのことから、古墳に接した濠の中に馬を立たせたままで殺し、頭骨のみを古墳の上に供献するという葬送祭祀が行われていたことがわかった(6)。この場合は一種の馬の殉殺といえるが、このような例をも含めた馬の埋葬例は全国で八〇例以上も知られていることから、古墳時代にはかなり一般的に人の埋葬に際して、馬を用いる葬礼があったことがわかってきている(7)。

古墳に伴う馬の埋葬の中で馬の全身骨格が残っていた例をあげると、もっとも大きな馬でも体高一三八センチほど（山梨県笛吹市姥塚古墳）であった(8)。古墳時代には、このような小型馬に総重量三〇キログラムにもなる鉄製の甲冑をつけた人が騎乗していたと考えられている。

時代が下って、奈良・平安時代には馬や牛の脳が皮なめしの柔軟剤として使われていたと推定されている。城山《じょうやま》遺跡（大阪市）では奈良時代後半の溝から馬の頭の骨や腿の骨、脛の骨、肋骨などが出土したが、頭の骨と腿の骨には鋭い刃物でつけられた傷があり、死後、解体されたことがわかっている。とくに、頭の骨は脳を取り出すために、意識して丁寧に割られた状態であった。『延喜式』（九二七年完成）には「鹿皮をなめすのに、脳をあえ」という記

載があり、古代には馬などの脳（脳漿）を用いた皮なめしの方法があったと推定されている。(9)

また、律令国家の基本法典である『養老律令』（七一八年成立、七五七年より施行）の「廐牧令」には（一）馬が死んだ場合は皮と脳をとる、（二）牛が死んだ場合は皮と角と胆嚢をとる、（三）牛の胆石（牛黄という漢方薬）があった場合は別に納める、（四）駅馬や伝馬（律令制の交通、逓送《ていそう》の制度に使われた馬）として使用している時、もとの役所の管轄以外の場所で死んだ場合、現地で皮と肉を売って、その代金を所轄の役所に納める、というような規定がある。いわば死んだ牛馬の利用規定である。脳による皮なめしを含めて、古代には馬や牛の皮や角、内臓などが盛んに利用されていることが注目されている。(10)このように古代には現代の実生活の常識からは想像できないような牛馬の利用が行われていた。

従来は文献史料によって知られていた在来馬に関して、発掘調査によって、古墳時代にはすでに実用の騎馬として使役されており、奈良・平安時代には脳漿による皮なめしなど特徴的な牛馬の利用があったことが具体的に明らかになった。

在来馬は明治時代の近代化と富国強兵政策によって、急速に減少していく。いっぽう幕末の馬を知る資料として、徳川幕府最後の将軍である徳川慶喜の乗馬の写真が残っているが、やはり小型であり、この時期には、まだ江戸時代の在来馬の姿をとどめている。近代以降、消え行く趨勢の在来馬も、とくに近年にいたり、保護されるようになり、一定の数を維持している。現在、在来系統の馬は八馬種が大切に保護されている。

『藪の中』の原典である『今昔物語集』の説話には「四寸の馬」の語句はなく、芥川が挿入したものである。この言葉の考古学的、歴史的な吟味を通じて、彼が単なる翻案や節度のない創作ではなく、歴史性をつよく意識して、この作品を執筆したことが知られる。

『運』にみえる財宝としての砂金

古典や説話に題材をとった芥川の作品には、この他にも考古学資料と関連する要素が含まれている。たとえば、『運』は観音様に願をかけた若い女がたどる運命を、老婆と若い男が皮肉めいた口調で語る短編であり、この作品も『今昔物語集』（巻一六第三三「貧女、清水の観音に仕へて盗人の夫にあひたる語」）からの翻案である。

『運』は清水寺の近くに住む陶器師（焼き物づくり）の翁による昔語りの体裁をとる。その概要は以下のとおりである。

西の市で麻績《おみ》（麻の紡織およびその製品）の店を出していた女が、昔、清水《きよみず》の観音に願をかけた帰りに、言い寄る男に八坂の塔の中へ連れ込まれる。そこで一夜を過ごした後、男は出かけるが、そこには男の身の回りの世話をする老いた尼法師がいた。塔の中には男が奪ってきた絹や綾、砂金などの財宝が満ちている。女は逃げようとするが、それに気づいた老尼と争いになったあげく、尼は死んでしまう。その後、かくまわれた家で前夜の男が捕縛された姿をかいまみて、自分自身に対する切なさに涙を流す。

この作品では砂金が宝物の典型として現われており、文中では袋に入れられた状態の砂金が描写されている。砂金は金属工芸品などの鍍金に必要なだけでなく、古代・中世には銭と同じように支払いに用いられた。古代では聖武天皇が大仏を建立するにあたって、最大の懸案は鍍金用の金の準備であった。時にあたり、天平二一年（七四九）陸奥国守百済王敬福《くだらおうきょうふく》が、小田《おだ》郡産出の黄金（砂金）を献上すると、天皇は宣命を発して大いに喜び、年号を「天平」から「天平感宝」へと改め、やがて、天平勝宝四年（七五二）、盛大な大仏開眼の供養会が催されることとなる。

この時に砂金を産した場所として、黄金山《こがねやま》神社（宮城県涌谷町）周辺の産金遺跡が知られている。昭和三二年（一九五七）の発掘調査により、下部が欠失した「天平」の文字が刻された六角形の焼き物の建築材が出土し、ここが奈良時代の産金遺跡であると考えられるようになった。ここでは川の中から、現在もわずかながら砂金が採取できる。

平安時代から中国に渡る僧が増えるが、彼らのなかでも社会経済史の面から興味深いのは円仁《えんにん》（慈覚大師、七九四～八六四）と成尋《じょうじん》（一〇一一～一〇八一）の用いた貨幣とその代替の財物である。後に天台座主となる円仁は銅銭と砂金（沙金）、絹を用いて支払いをしており、銅銭の使用は彼の記した旅行記として名高い『入唐求法巡礼行記《にっとうぐほうじゅんれいこうき》』の記述から判明する三四回の支出のなかで一四回とされる。これに対して、二〇〇年あまり遅れる成尋の場合は彼の旅行記である『参天台五台山記《さんてんだいごだいさんき》』の記述によって、銅銭や銀に加えて砂金や水銀による支出もみられることが指摘されている。[11] ここで支払いに用いられている水銀は、古代から中世にかけて、外国との貿易品であった。[12] とくに唐から宋代の中国では水銀の需要が大きく、日本から輸入されたが、その結果として、日本が神仙思想における東方の蓬萊や扶桑という霊山や霊地として認識されたのではないかという指摘もある。[13]

いっぽう、成尋の支出のなかで銅銭による例は約二三〇回にものぼるという。[14] 円仁の渡唐から成尋の入宋にいたる経済の変化が、彼らの日記にも如実に現れており、この点でも古代から中世に中国へ渡った僧たちの記録が、歴史資料として重要であることを示している。

実際に古代遺跡から出土した砂金の実物としては、鴻臚館《こうろかん》跡の出土例が知られている。鴻臚館とは古代に筑紫（今の福岡市中央区）・難波・平安京に設けて外国使節を接待した宿舎であり、公許貿易市場をも兼ねた。鴻臚館の名称が文献上にみえるのは九世紀前半以降であるが、その前身である「筑紫《つくしの》館《むろつみ》」は、持統二年（六八八）に新羅国使・全霜林をここでもてなしたという『日本書紀』の記事にすでに現われている。

鴻臚館の遺跡は、現在の福岡城内と推定されていたが、平和台球場の改築に伴う発掘調査によって、その実態が知られるようになった。本来、鴻臚館は外国使節のための客館であったが、平安時代には外交使節の来航が途切れ、かわって新羅や唐の商人の来航が増加する。結果として、鴻臚館は外国からの賓客が滞在する施設から、実質的な商取引の場へと変化していった。鴻臚館の属性の変化を示すように、発掘調査によって、九世紀以降には交易品としての性格をもつ遺物が大量に出土している。

鴻臚館跡出土例を含めて、奈良時代から平安時代にかけての砂金の用途と機能を考える際に参考になるのが、正倉院所蔵の「鳥毛立女屏風《とりげりつじょのびょうぶ》」の下張りに使われていた反古紙の記述内容である。これは当時の貴族が新羅の商人から購入を希望する品物や数量、代価を記したいわば許可申請書で、そこには香料や薬、鏡などがあげられている。その代価は当初は真綿で支払われていたが、九世紀半ばには砂金に変わっていることが指摘されている(15)。

古代において、このように砂金は支払いに用いられていたが、芥川が翻案した『運』のなかでも、八坂《やさか》の塔に運び込まれた盗品の砂金は、絹や綾とともに交換価値をもつ財物であり、出典となった『今昔物語集』の時代の社会経済史的な背景を示している。

芥川成長の地と穴蔵

『大導寺信輔《だいどうじしんすけ》の半生』は、芥川が生まれてから高等学校までの自分の半生を描いた回顧録と位置づけられている。事実そのままではないが、芥川はその冒頭にあたって、彼が育った土地の描写で筆を起こしている。

大導寺信輔の生まれたのは本所の回向院の近所だった。彼の記憶に残っているものに美しい町は一つもなかった。美しい家も一つもなかった。殊に彼の家のまわりは穴蔵大工だの駄菓子屋だの古道具屋だのばかりだった。それ等の家々に面した道も泥濘の絶えたことは一度もなかった。おまけに又その道の突き当りはお竹倉の大溝だった。南京藻の浮かんだ大溝はいつも悪臭を放っていた。彼は勿論こう言う町々に憂欝を感ぜずにはいられなかった。しかし又、本所以外の町々は更に彼には不快だった。

この冒頭の記述には芥川自身の生誕地に対する実際の環境と心象風景とがないまぜになっており、ことさらに生活感のある描写となっているように私には感じられる。この部分の記述のなかでも、家の周りに住んでいたという「穴蔵大工《あなぐら》」については、近年の考古学の調査から、その実態が明らかにされている。

穴蔵がいつ頃から用いられたかについては、厳密な見解があるわけではないが、甘露寺親長《かんろじちかなが》の『親長卿記《ちかながきょうき》』の文明一〇年(一四七八)一二月二五日の条に「今夜、火事あり、五霊殿なり、(中略)予の近辺に及び、具足等穴蔵に収納し終わんぬ」とあるのが、文献にみえるもっとも古い穴蔵の記載とされる。(16)

また、日本イエズス会が長崎学林で慶長八年(一六〇三)に刊行した日本語とポルトガル語(葡萄牙）の辞書である『日葡辞書《にっぽ》』には「地下に穴を掘って物を貯える所」と説明されている。
その後、都市としての江戸が形成されていくなかで、多発した火災から家財を守るために江戸城、大名屋敷や商家で多数の「穴蔵」が建造されていた。穴蔵の大きさは畳二枚分から四枚分ぐらいまでとされ、深さは三尺（〇・九メートル）から約一間（一・八メートル）とさまざまであった。[17]
近年における江戸時代の遺跡の発掘調査によって、実際の遺構として、多数の穴蔵が発見されている。事例が多すぎるため、典型的なものをあげると、日本橋一丁目遺跡（旧東急デパート新館（白木屋跡地点など）で検出された穴蔵は、防水のため分厚い木材が使われ、構造も精密であったことがうかがわれる。また、京橋二丁目五番地（日本橋と銀座に挟まれた町）で発見された穴蔵も、基盤となる土だけでは強度を維持できないため、板で囲い壁を作っている。とくに湧水の多い下町の穴蔵では板木で壁を造作する過程で、船大工の技法を用いて木を組み、水の浸入を防いだとされている。それを裏づける例としては、新橋駅近くの旧汐留《しおどめ》貨物駅跡地から発見された汐留遺跡は、もともと海浜部の低湿地であり、江戸時代に入って埋め立てられ、龍野藩脇坂家、仙台藩伊達家、会津藩保科（のち松平）家の屋敷地となったことがわかっている。この遺跡でも発掘調査によって、多数の木組み構造の穴蔵が発見されている。
このような穴蔵を造った穴蔵大工については、江戸時代後半期の風俗を集大成した『守貞謾《もりさだまん》（漫）稿《こう》』に次のように述べられている。

窖《あな》工

俗に穴蔵屋という。霊岩島川口町にこの工多し。また他坊にも往々これあり。（中略）土蔵ある人も金銭の類は必ず窖に納む。また、少戸の者は土蔵より費の易きをもって、これを造り、火事蔵物を納むの備えとす。極粗製には無底もあり、号してやっこ穴蔵という。精粗ともに水漏りて、平日の用ならず。

京坂には蓄金の用のみにこれを造るに石をもってす。水漏れず。あるいは解船材をもってす。別に窖工これなし。江戸は木製なり。

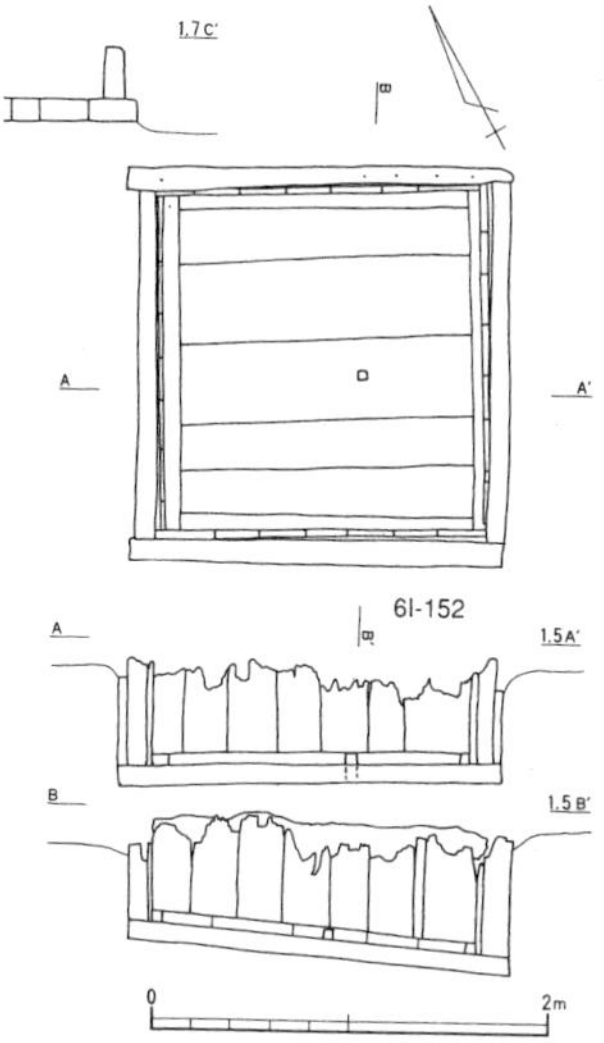

図20　汐留遺跡の伊達家屋敷跡で発見された木組み構造の穴蔵の一例

（現代語訳）

俗に穴蔵屋という。穴蔵屋は霊岩島川口町に多いが、他にもおり、土蔵のある家の人も金銭は必ず穴蔵に納める。小さな家の者は土蔵より費用が安いので穴蔵を造り、火災時に雑物を納めるための備えとしている。粗悪品には底のないものもあり、これを称してやっこ穴蔵という。精巧なものも、粗雑なものも、ともに水が漏れて日常の用にはよくない。京坂では蓄金用のみ石で造る。別に窖工はいない。江戸は木製である。(18)

この記述に現われているように、板材を組んで造作を行う穴蔵が、実際の遺構としても確認されており、低湿地である下町の特徴的な構造物であったことがわかる。

いっぽう、山の手では地下水位が低いため、地下の壁面を石組みすることができ、乾燥状態の空間を作ることが可能であった。そのような地質をいかした施設として、山の手では穴蔵のほかにも、例えば尾張藩麴町屋敷地跡で江戸時代の麹室《こうじむろ》が発掘されている。

このような江戸の穴蔵は落語にも、八代目桂文楽による『穴泥』という話の題材となっている。『穴泥』の概略は次のとおりである。三両の金子の工面に歩き回っていた男が、入り込んだ家の穴蔵へ落ちてしまう。それに気付いた主人が、手伝いの男に三両で「泥棒を摑まえてくれ」と頼んだところ、穴蔵に落ちた男は三両ならこちらから上る、という落ちがつく。

この話は、当時、穴蔵が階層をとわず生活に密着していたことが背景となっている。明治に入って、穴蔵は銀行や火災保険などの近代的制度や保障の充実とともに消滅していき、関東大震災を境にして姿を消すといわれている。しかしながら、江戸から東京にかけて、穴蔵が人々の身近な存在であったことは発掘された遺構と文献の記載や落語から明らかであり、それはまさしく芥川龍之介の育った風景を象徴している。

周知のように芥川の作品には古典を翻案した王朝小説が多いが、自伝的作品にも、彼自身の成長した土地と時代という歴史性が色濃く流れている。ここでは、そのような芥川作品の構成要素を考古学的に読み解くことを試みた。

(1) 伊勢貞丈『貞丈雑記』一〜四、島田勇雄校注、平凡社（東洋文庫）、一九八五〜六年

(2) 『古今要覧稿』巻第五一〇・禽獣部・馬三

(3) 佐久間正ほか訳注『「日本国王記」「日欧文化比較」』大航海時代叢書第一期一一、岩波書店、一九六五年

(4) バルトリ編『耶蘇会史』（大日本史料第一一編別巻）

(5) 千葉県文化財センター編『佐倉市大作遺跡』千葉県土地開発公社、一九九〇年

(6) 大阪市文化財協会編『長原・瓜破遺跡発掘調査報告』Ⅷ、一九九五年

(7) 松井章・神谷正弘「古代の朝鮮半島および日本列島における馬の殉葬」『考古学雑誌』八〇―一、一九九四年

(8) 桃崎裕輔「古墳に伴う牛馬供犠の検討」『古文化論叢』三一、一九九三年

(9) 松井章「養老厩牧令の考古学的考察――斃れ馬牛の処理をめぐって――」『信濃』三九―四、一九八七年

(10) 松井章「養老厩牧令の考古学的考察――斃れ馬牛の処理をめぐって――」(前掲)
(11) 井上泰也「円仁の『日記』を読む――沙金の消息――」『立命館文学』五六四、二〇〇〇年
井上泰也「成尋の『日記』を読む――『参天台五台山記』の金銭出納――」『立命館文学』五七七、二〇〇二年
(12) 小葉田淳「水銀の外国貿易・国内産出と産業発達との関係」『中世日支通交貿易史の研究』刀江書院、一九四一年、初出は一九三四年
(13) シャルロッテ・フォン・ブェアシュア「唐・宋における日本蓬萊観と水銀輸入について」『アジア遊学』三、一九九九年
(14) 井上泰也「成尋の『日記』を読む――『参天台五台山記』の金銭出納――」(前掲)
(15) 田島公「大宰府鴻臚館の終焉――8世紀~11世紀の対外交易システムの解明――」『日本史研究』三八九、一九九五年
(16)『親長卿記』第三、文明一〇年一二月二五日条(『史料纂集』一四六)
(17) 江戸の穴蔵については、以下の二書に拠っている。
古泉弘『江戸の穴』柏書房、一九九〇年
小沢詠美子『災害都市江戸と地下室』吉川弘文館、一九九八年
(18) 喜多川守貞『守貞謾稿』朝倉治彦・柏川修一校訂編集、東京堂出版、一九九二年
喜多川守貞『近世風俗志(守貞謾稿)』(一)、宇佐美英機校訂、岩波書店(岩波文庫)、一九九六年

3　犬と猿の文学と考古学

猿の芸能と出土遺物

動物をとりあげた文学作品は、数そのものは多いとはいえないが、そのなかには傑作と呼ばれるものも多い。いうまでもなく、夏目漱石の『吾輩は猫である』は猫を主人公とし、その視点で描かれた小説の代表作である。また、フランツ・カフカの『変身』は、ある朝起きると、自分の体が毒虫になっていたところからはじまるノーベル文学賞受賞作である。

これらは動物や昆虫が主人公であったり、それらが社会を客体化した作品である。この種の作品をはじめとして、動物を取り上げた文学のなかで、不仲の典型句とされる犬と猿について、それぞれに考古学資料から掘り下げてみたい。

猿を主題とした作品は世界の文学作品としては寡聞にして知らないが、日本の古典芸能では、しばしば猿がとりあげられる。そのなかでも狂言『靫猿《うつぼざる》』は猿を主題とした演目として名高い。そのあらすじは次のとおりである。

太郎冠者を伴って狩りに出かけた大名は、道で猿を連れた猿曳きに出会う。以前から靫（矢を入れて携行する筒状の道具）に猿皮を施したいと思っていた大名は、猿曳きに猿を譲れと言うが、猿曳きは断る。しかし、大名が弓矢で脅すので、猿曳きはやむなく承知する。猿曳きが猿を引き寄せ、因果を含めて打杖で殺そうとした時、猿は無邪気にも、その杖を取って船の艪を押す芸をする。そのいじらしさを見た猿曳きが殺しかねて泣き出すと、大名も哀れと思い猿を助ける。猿曳きは喜んで、お礼に猿に舞を舞わせる。機嫌をよくした大名は、褒美に扇や小刀、衣服までを与え、自らも猿の仕種を真似て興ずる。

演目名である『靫猿』の靫とは、矢を入れて背負う道具のことで、中世には猿皮をかけた靫が当時の伊達者の間で流行したらしい。もともと『靫猿』はその猿皮靫の流行と、大道芸人ではあるが、寿ぎの祝言職としてそれぞれの旦那衆を持っていた猿曳きをからませてできた狂言である。

『靫猿』の主題となった「靫」と同じように矢を入れる道具は、古墳時代にすでに現れており、「靫《ゆき》」の文字で表し、埴輪や装飾古墳の題材として見られる。中世の「靫」は矢羽が上向きになるように矢を入れるのに対して、古墳時代の靫は鏃が上になることが大きな違いである。いうまでもなく、鏃は矢を放った際に対象物に貫通する側であり、鍛造による鋭利な刃先がついているため、古墳時代の靫のように鏃が上になっていると、射手の方も矢を取り出す際に手を傷める可能性が高い。ただし、よく光る金属製の鏃がみえるように収められた靫は、見映えの点では、威嚇の効果があることは明らかであり、一定の視覚的な意味が重視されたことは想定してよかろう。

　猿を用いた芸能として、『靫猿』にみえる猿曳き、すなわち猿回しがあるが、中世には「猿牽」「猿飼」としても史料に現われる。たとえば、『大乗院寺社雑事記《だいじょういんじしゃぞうじき》』寛正四年（一四六三）一一月二三日条には「七道者」として「猿楽、アルキ白拍子、アルキ御子（巫女）、金タタキ、鉢タタキ、アルキ横行、猿飼」とみえ(1)、放浪する芸能者の一種として、猿回しがあげられている。『三十二番職人歌合』（一五世紀後半に成立）には「猿牽」（二番）すなわち猿曳きが描かれている(2)。また、『看聞《かんもん》日（御）記』応永二三年（一四一六）三月七日の条に公卿が猿回しに扮したという記載があることなどから(3)、すでに、この頃には猿回しが広く行われていたことがわかる。

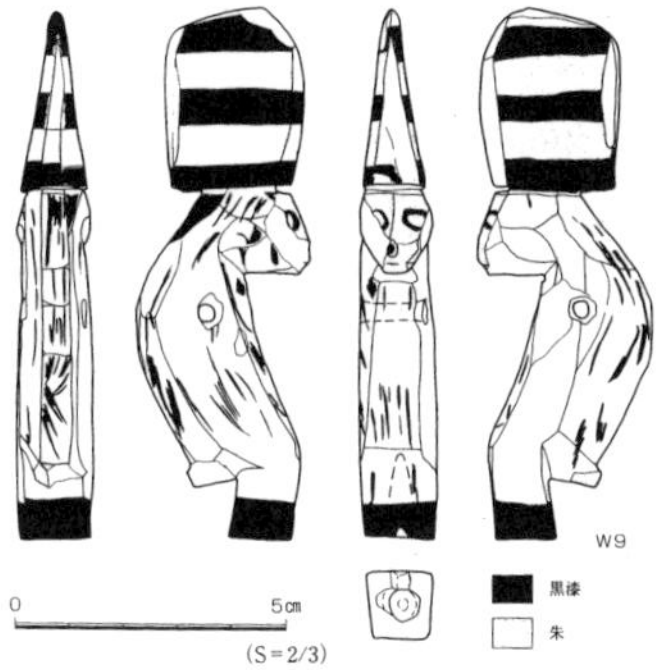

図21　鹿田遺跡出土猿形木製品

　いっぽう、猿に関する実物の考古資料としては、中世の遺跡から、猿を象った芸能と関係する遺物が出土している。岡山大学構内の鹿田《しかた》遺跡（岡山市）で出土した鎌倉末の猿形木製品は「首掛けの箱廻し」に使われた人形とされている。これはカヤの木を削りだして、烏帽子を被る猿の姿を表した遺物で（長さ九・二センチ）、目と鼻と口は黒漆の線で描かれ、顔面と尻は赤く塗られており、猿の特徴を示している。また、烏帽子の部分はとくに写実的であり、黒と赤の漆で彩色されている。底には穴があけられており、ここに紐を通して、操作されたと推定されている。(4)

一四世紀前半頃のものとされているこの遺物と類似する絵画の表現としては、『洛中洛外図屏風』（国立歴史民俗博物館甲本）にみられる「くぐつまわし」の図像があげられている。(5)これは胸の前に箱をかけ、そのなかに数体のくぐつ（人形）を入れて歩いており、このくぐつを操って行う芸能が想像される。くぐつまわしとは、このように胸に箱をかけて、その中から木偶人形を取り出して舞わせた大道芸人であり、中世以降、とくに江戸時代には正月の祝儀として門付けをすることが多かった。

猿に関する習俗

いっぽう、動物が対外交渉に関係するというのは、意外に感じるかも知れないが、中世には猿が外交に用いられていた。中世にはニホンザルが朝鮮半島にもたらされていたことが、高橋公明氏によって論じられている。すなわち、高橋氏は『朝鮮王朝実録』には、日本の通交者から一五世紀の朝鮮王朝に、なんども猿が贈られていたことを示す記述があることを指摘している。とくに注目されるのは「司僕寺」という馬の飼養を職掌とする役所で、日本から献上された猿を飼いならし、朝鮮各地の軍事拠点に送り届けていたことである。このように朝鮮で猿が重用された理由としては、『朝鮮王朝実録』に、猿がいれば、馬が病気にならない、という記事がみられることがあげられている。(6)

日本では古くは、平安末期の歌謡集『梁塵秘抄《りょうじんひしょう》』(二の巻)に白拍子《しらびょうし》の歌があり、猿が廏《うまや》の側に飼われていた風景が詠まれているように、日本でも猿は廏の守り神として飼われていた。そのような事例は、柳田国男『山島民譚集』や石田英一『河童駒引考』などの民俗学や文化人類学の名高い著作に示されるように、日本では廏で猿を飼うことによって、馬を病や災厄から守ることができるとする信仰があった。過去から現在にいたるまで、動物学的な見地からは朝鮮半島には野生の猿が棲息しないらしく、このことが日本からもたらされる猿が重用された理由であると考えられている。(7)

図22 中国古代墳墓の壁画にみられる厨房の図(遼陽・棒台子屯壁画墓)

猿は現在の日本では食用にはしないが、古代の中国で猿を料理した。このことがわかる考古学資料として漢代の画像磚や画像石が知られる。たとえば、山東省滕《とう》県・曹王墓出土画像石には厨房の様子が表現されており、釜やカマドの周りで調理や煮炊きをする人物たちの上には、食材が吊り下げられている。その中には四足獣ではなく、明らかに手足が表現された動物があり、これが猿を表していることは明らかである。遼寧省遼陽・棒台子壁画墓の厨房を描いた壁画にも、忙しく立ち働く人々の上に吊り下げられている食材のなかに猿が表されている。これらによって、中国古代にも猿が食されていたことがわかる。

しかしながら、文献の記載からは猿が日常的な食物とは考えがたいことも指摘されている。(8) 前漢の淮南王劉安《わいなんおうりゅうあん》が老荘思想に基づいて編纂した『淮南子《えなんじ》』に次のような記述がある。

ある楚人が猿を調理して、隣人を食事に招待した。隣人は出された羹《あつもの》が、犬を材料にしたものと思いおいしく食べた。食べ終わって猿の羹であることを聞かされるや、地に這いつくばって食べたものをすべて嘔吐してしまった。

この記述からは中国古代には猿を食べることを忌避した地域があったことがわかる。

古典・絵巻物のなかの犬

いっぽう犬は、とくに近代文学の中ではごく一般的な生活の描写として、多くの作品の中にしばしば登場するが、犬を主題とした作品は稀である。いっぽう、古代の文献や説話には、しばしば犬が現われる。いくつかの例をあげてみておこう。

時代の古いほうからみていくと、『日本書紀』（巻七・景行天皇四〇年是歳条）には次のような説話がある。景行天皇の時に、ヤマトタケルは東征からの帰途、信濃国の山中で道に迷った。その時どこからともなく白い犬が現れ、犬に導かれたヤマトタケルは美濃国に出ることができた、という話である。また、同じく『日本書紀』（巻一四・雄略天皇一三年八月条）には雄略天皇の時に春日小野臣大樹《かすがのおののおみおおき》が兵士百人を率い、文石小麻呂《あやしのおまろ》の家を囲み、火をかけた。炎の中から、馬ほどの大きさの白犬が飛び出し、大樹を追った。大樹が刀を抜いて斬ると、白犬は文石小麻呂になった、という。

時代が下がるため、『日本書紀』にみえる説話と同様には論じられないが、犬に関わる有名な話柄として、藤原道長が法成寺《ほうじょうじ》の門を入ろうとした時、白犬が引き止めるので、安倍晴明に占わせると、呪物が道に埋めてあることがわかった、という『宇治拾遺物語』（巻一四第一〇）の説話がある。この話では晴明に「犬は通力のものにて告げ申して候」といわしめており[9]、ここでも、犬が呪詛を人間に知らせることが述べられている。

犬については、ほかにも多様な説話があるが、これらの話は犬が人間に危険を知らせたり、危急に際して、犬が人に化して戦うなどの類型がある。

これに対し、古典にみられる犬として著聞するのが、清少納言の『枕草子』にみえる、中宮定子の周辺にいたと記されている翁丸という犬である。翁丸は一条天皇の愛猫に飛びかかったり、中宮の食事の時には、お余りを頂こうと庭先でこちらを向いていたが、帝の寵愛の猫に飛びついたのを見咎められ、さんざんに打擲《ちょうちゃく》されたと記されている。これらの記述は、平安時代の宮廷で犬が放し飼いにされていた例として、しばしば引用される。

ただし、古墳時代には埴輪の犬が多く出土しており、中には群馬県境町上武士で出土した埴輪犬のように、鈴付の首輪をしたものもあり、古代でも時代や状況によって、犬の飼い方が異なることを示している。

中世の絵巻物でも同様に放し飼いにされていた犬たちがしばしば描かれている。一例をあげると、『一遍上人絵巻』では住居の周りにたむろしている犬たちの様子がうかがえる。これに対し、鎌倉時代末頃の制作とされる『石山寺縁起』などでは、放し飼いにされた犬とともに、家屋の入り口に紐でつながれた猫が描かれており、現代とは逆に犬が放し飼いにされ、猫がつながれていた証左とされる。

また、『今昔物語集』にも多くの犬にまつわる話が出てくるが、そのなかで生業と関連するものをあげると、巻二九第三二「陸奥の国の狗山の狗、大蛇を咋い殺せる語」が興味深い。この話は多くの犬を買い、それらを連れて山奥に入っては、犬や鹿をかみ殺させて狩をする男が、いつものように山で夜を明かそうとしているところを、大蛇が男を呑みこもうと狙っていたが、飼っていた犬がかみ殺し、男は危ういところを救われる、という話である。

この説話では、狩猟具を用いず、犬だけを使って、獣をかみ殺させて猟をする男が主人公となっている。もし、このような狩猟法が実際にあったならば、考古学的な物質資料の痕跡を残すことのない生業があったことになる。考古学資料でわかることと、物質としては残らないが、その背景にあることとが示されており、考古学資料の限界と性質を考えるために参考になる説話である。

また、『今昔物語集』には、前世に人間であった時に、傲慢で貪欲だった罪業で、汚物を食う犬に生まれ変わったという話がある。そのなかで、巻一九第三「内記慶滋《ないきよししげ》の保胤《やすたね》出家せる語」は厠で排泄物を食おうと様子をうかがう犬に、僧となった慶滋保胤が前世の報いだということを説く、という設定になっている。内容は、前世は人間であった犬に対して、はじめは慈悲を示していた保胤は、食物を与えても、争いをやめない犬に対し、ついにこれを見捨てる、という話である。

これらの説話にみられる汚物を食う犬は、平安後期から鎌倉前期頃の絵巻である『餓鬼草紙《がきぞうし》』に描かれた餓鬼の姿を髣髴させる。すなわち、伺便《しべん》餓鬼や食糞餓鬼は前世に貪欲で布施を行わず、僧に不浄の食物を与えた因縁で餓鬼道に落ちたのであり、町の辻と思われる場所で排便する人々に群がり、便を狙う姿が描かれている。このような説話と絵巻では、犬や餓鬼が汚物を食うことが記され、あるいは表されている。

直接にこれと関わる考古資料を想定することは難しいが、餓鬼とともに描かれた排便をする人々は、高い下駄を履き、手には木片を持っており、この頃の排便の様子を表している。近年にいたり、この木片すなわちチュウギ（籌木）と呼ばれる遺物が、藤原京や秋田城、鴻臚館址、奥州藤原氏に関する遺跡である平泉の柳之御所《やなぎのごしょ》遺跡など、古代・中世の遺跡で出土することはよく知られている。

このように説話・伝承や絵巻のなかにみられる犬に対して、直接的、または間接的に関係する考古資料が発見されており、それらを読み解く材料となっている。

土の中の犬

つぎに、文字に記されたり、絵画に描かれた犬から離れて、実際の遺跡から出てくる犬をみてみよう。最も時期のさかのぼる発掘例としては、縄文時代でももっとも早い時期の夏島貝塚（縄文草々期・神奈川県横須賀市）で九千数百年前の犬の骨が出土している(10)。

また、埋葬されていた例として、上黒岩岩陰《かみくろいわいわかげ》遺跡（愛媛県久万高原町）から八千数百年前とされる犬の骨が出土している。縄文時代には犬と人間が一つの墓穴に葬られた例（前浜貝塚・宮城県気仙沼市、大曲輪貝塚・名古屋市）や一つの墓穴に三体の犬が葬られた例（高根木戸貝塚・縄文中期・千葉県船橋市）も知られている(11)。

弥生時代では、弓を射る人物と猪を囲む五頭の犬の狩猟図文が鋳出された銅鐸（東京国立博物館蔵品）がよく知られている。弥生時代になると、犬はこのような狩猟に用いられただけでなく、食用に供されたとみられている。その例として名高いのが、壱岐の原《はる》の辻《つじ》遺跡（長崎県壱岐市）である。ここは、邪馬台国や卑弥呼のことを記した『魏志倭人伝』に出てくる国々の一つである「一支国」であることが、ほぼ確実とみられる遺跡として知られる。この遺跡では、近年の発掘調査によって調理された痕跡のみられる犬の骨が出土している。原の辻遺跡では、倭人が通交する時の窓口となった楽浪郡からもたらされたと思われる土器や馬車の部品、朝鮮半島の土器などが出土しており、弥生時代にさまざまな地域の人たちがやってきた国際的な集落であったと考えられている。このような外来の賓客をもてなすための料理に、犬を用いたとする見方も示されている。この推定に間違いがなければ、当時はもてなしのための佳品とされたのであろう。

その後、中世の町がそのまま洪水で埋まっていた草戸《くさど》千軒《せんげん》遺跡（広島県福山市）でも、包丁などで解体した痕跡のある犬の骨が出土している。おなじく、中世の鷺田《さぎた》遺跡（東広島市）では、解体した後の犬の骨がまとまって捨てられた穴（土坑）が発見されている。また、一六世紀頃とされる沓掛《くつかけ》城（愛知県豊明町）でも、調理された可能性のある犬の骨が出土している。

図23　解体痕のある犬の頭骨（草戸千軒町遺跡）

このような中世における犬の食用と関連して、しばしば引用されるのが、ルイス・フロイスの記述である。いうまでもなく彼はイエズス会士であり、永禄六年（一五六三）に来日し、長崎で日本二六聖人の殉教を目撃した。これ以外にも、滞日中に見聞したことなどを記した数多くの日本通信を本国に送った人物として知られ、長崎で没した。彼が布教活動を記した『日本史』には、当時の食生活について、次のように書きとめられている[12]。

ヨーロッパ人は牝鶏や鶉、パイ、ブラモンジなどを好む。日本人は野犬や鶴、大猿、猫、生の海藻などをよろこぶ。

われわれは犬は食べないで、牛を食べる。彼らは牛を食べず、家庭薬として見事に犬を食べる。

フロイスの見聞ないし伝聞した範囲では、一六世紀後半の日本で、犬や猿が食されていたことになる。

江戸時代に入っても、明石城武家屋敷（兵庫県明石市）、仙台城三の丸跡（仙台市）などから、解体あるいは調理された痕跡のある犬の骨が出土している。明石城城下町では、江戸時代の武家屋敷から出土した動物骨のうち、もっとも多く出土したのが犬の骨で、その多くに解体または調理した痕跡が認められる。また、東京大学構内遺跡でも、刃物の痕跡の残る犬の骨が出土している。

岡山城二の丸から出土した哺乳動物の骨として、イノシシ、ブタ、ウシ、ノウサギ、タヌキ、イヌ、オオカミ、アナグマなどがあり、人の食用になった可能性が高いと報告されている。獣骨が発掘された地点は、江戸時代の初めには大手門を入った重要な場所であり、家老屋敷があったり、上流武士の住んだ場所と推定されており、これらの屋敷で生活していた住人の食料であったと考えられている。[13]

このように上層武士の屋敷内から、イヌを始め多くの獣骨が出土したことは、これまで知られていなかった武士階層の生活の新たな側面を知る資料となった。また、大坂でも江戸時代には食用にされた犬の骨が多く出土することが指摘されている(14)。

このように各地の時代の異なる遺跡から、解体または調理の痕跡の残る犬の骨が出土する事実は、時代や地域をこえて、我々の祖先が広く犬を食材の一つとしていたことを教えてくれる。また、悪法として名高い江戸時代の「生類憐みの令」も、五代将軍徳川綱吉の偏向した嗜好だけによるのではなく、当時、犬を食用にするという習慣が発令の背景にあったという近世史の研究も現われている(15)。

いっぽう、江戸時代には大名屋敷や富貴な町人などの間で、中国からもたらされた高級室内犬である狆《ちん》を飼うことがあったらしい。これを物語る考古学資料として、東京都下の高輪に所在する伊皿子《いさらご》貝塚（東京都港区）から出土した二基の狆の墓石が有名である。一基の墓石には「天保乙未年九月一日、離染脱毛狗之霊、三田御屋敷大奥御狆、名染」、もう一基には「素毛脱狗之霊、高輪御狆白事」と刻まれていた(16)。これらの狆は、高輪にあった大名屋敷の奥向きで飼われていた「染」と「白」と、それぞれ名づけられた二匹の狆の墓であることがわかった。さらに、それぞれに「離染脱毛狗之霊」「素毛脱狗之霊」という戒名もつけられていた。

すでにふれたように縄文人も犬を埋葬しているから、江戸時代の犬の墓は驚くにはあたらないかも知れない。これらは、いずれも人と動物の長いつながりを示す端的な例である。ここで説話や古典にみえる猿と犬を引きながら、関連する考古学の話題をとりあげたのは、双方が人間の営為を鮮明かつ尖鋭に示しているからである。人とともに時を重ねてきた動物たちのありさまを眺めることが、私たち自身の姿を、時を越えて再考する契機ともなっている。

（1）辻善之助編『大乗院寺社雑事記』三、角川書店、一九六四年
（2）森暢編集担当『伊勢新名所絵歌合・東北院職人歌合絵巻・鶴岡放生会職人歌合絵巻・三十二番職人歌合絵巻』新修日本絵巻物全集28、角川書店、一九七九年
（3）『続群書類従』補遺二・看聞御記（上）、一〇頁
（4）岡山大学埋蔵文化財調査室「岡山県鹿田遺跡出土の猿型木製品」『動物考古学』一三、一九九九年
岡山大学埋蔵文化財調査研究センター編『医学部基礎研究棟・ＲＩ治療室新営工事に伴う発掘調査』岡山大学埋蔵文化財調査研究センター、二〇〇七年
（5）岩崎志保「鹿田遺跡出土猿形木製品について」岡山大学埋蔵文化財調査研究センター編『医学部基礎研究棟・ＲＩ治療室新営工事に伴う発掘調査』（前掲）
（6）高橋公明「日本猿、朝鮮へ行く」『年報 中世史研究』九、一九八四年
（7）高橋公明「日本猿、朝鮮へ行く」（前掲）
なお、一九世紀の旅行家・探検家で、三〇年にわたり世界各地へ旅行したイサベラ・バードは一九世紀末に朝鮮半島を旅行した際に猿の棲息を記しているが、実際の見聞ではなく、伝聞によるものと考えられる。

イサベラ・バード、朴尚得訳『朝鮮奥地紀行』１・２、平凡社（東洋文庫）、一九九三・一九九四年

イサベラ・バード、時岡敬子訳『朝鮮紀行――英国婦人の見た李朝末期――』講談社（学術文庫）、一九九八年

(8) 渡部武『画像が語る中国の古代』平凡社、一九九一年、一五三～四頁

(9) なお、『十訓抄』第七―二一、『古事談』巻六―六二にも同じ話がある。

(10) 杉原荘介・芹沢長介『神奈川県夏島における縄文文化初頭の貝塚』（明治大学文学部研究報告）臨川書店、一九八一年（初版は一九五九年刊）

(11) ここにあげた犬の埋葬については、

金子浩昌『貝塚の獣骨の知識』東京美術、一九八四年

かみつけの里博物館編『犬の考古学――国内最古の家畜を考える――』かみつけの里博物館、二〇〇二年などを参照。

(12) ルイス・フロイス著、岡田章雄訳注『ヨーロッパ文化と日本文化』岩波文庫、一九九一年

(13) 松井章・石丸恵利子「岡山城本丸下の段出土の動物遺存体」出宮徳尚・乗岡実『史跡保存整備事業史跡岡山城本丸下の段発掘調査報告』岡山市教育委員会、二〇〇一年

(14) 久保和士「近世大坂の食文化」『動物と人間の考古学』真陽社、一九九九年

(15) 塚本学『生類をめぐる政治――元禄のフォークロア――』平凡社、一九八三年

(16) 港区伊皿子貝塚遺跡調査団編『伊皿子貝塚遺跡』港区伊皿子貝塚遺跡調査団、一九八一年

4　鯨の文学・考古学と日本文化

古代歌謡のなかの鯨

鯨は長きにわたって、日本人の食材としてだけでなく、生活文化全般のなかで重要な役割をになってきた。とりわけ近現代の食生活史のなかでの鯨の位置は大きいが、鯨肉に対する追憶や感覚は世代や育った環境によって大きく異なる。この章では小型の鯨類であるイルカを含めて、文学に現われる鯨を取り上げ、これを考古学資料によって検討することによって、鯨を媒介とした日本文化史を点描してみたい。

鯨と関連する可能性のある古代文献の記述で、有名なものとしては、『古事記』の歌謡があげられる。すなわち、兄のエウカシ（兄宇迦斯）が誅された後で、弟のオトウカシ（弟宇迦斯）が神武天皇の一行に対して、行った饗宴の場面での歌である。

宇陀の高城に鴫《しぎ》罠張る
我が待つや鴫は障らず　いすくはし鯨障る
前妻が肴乞はさば　たちそばの実の無けくをこきしひゑね
後妻が肴乞はさば　いちさかき実の多けくをこきだひゑね
ええ　しやこしや　こはいのごふぞ
ああ　しやこしや　こは嘲咲ふぞ(1)

（現代語大意）

宇陀の山の上の狩場に鴫の罠を張っていると、私が待っている鴫はかからず、鯨がかかった。本妻が肴を欲しがったら、肉の少ないところを剝ぎ取ってやるがよい。新しい妻が肴を欲しがったら、肉の多いところをたくさん剝ぎ取ってやるがよい。

エー、シヤコシヤ。これは相手に攻め近づく時の声ぞ。

アー、シヤコシヤ。これは、相手を嘲笑する時の声ぞ。(2)


鈴木三重吉《すずきみえきち》が少年少女向けに書いた『古事記物語』には、この話がたいへん親しみやすく、訳されている。

（引用者註：イワレヒコの）命は弟宇迦斯が献上した御馳走を、家来一同にお下しになって、お祝いの大宴会をお開きになりました。命はそのとき、「宇陀の城に鴫罠をかけて待っていたら、鴫はかからないで大鯨がかかり、罠はめちゃめちゃにこわれた。ははは、可笑しや」という意味を、歌にお謡いになって、兄宇迦斯の謀の破れたことを、喜びお笑いになりました。

鴫を捕ろうとしたら、鯨が捕れた、という歌い出しで始まるこの歌は、内陸の宇陀（奈良県）で捕れるはずのない鯨を題材としている。そのため、原文で「久治良」とある語の真偽が問題にされており、これを「鷹」の異名とする説と文字通り「鯨」とする説とがある。この歌は古代の宮廷儀礼で久米氏が奏する歌謡を指す久米歌の一つで、神武天皇大和平定の歌とされる。先学の言うとおり、古代の戦いの歌には笑い誘う一種の戯れ歌としての要素があるとするならば(3)、内陸における鴫猟は時空を超えることもあろう。

この他にも、鯨と関係して、『古事記』仲哀天皇の条には鼻の欠けたイルカが登場する。後に応神天皇となる太子が敦賀に宿った夜、夢にその地の神様が現れ、わが名を御子の「名易《ながえ》」、すなわち名をさしあげましょう、と言った。明日の朝、改名のお祝いの贈り物を浜辺に置いておきますと告げられた。翌朝、浜へ行くと、鼻の傷ついたイルカが浦いっぱいに集っていた。これを見て太子は、「我に御食《みけ》の魚を給ひき」、つまり、神が太子のために、食料の魚を下さったと感激した。そして、その神の名を称えて、御食津大神と名づけ、それが気比大神である。鼻の傷ついたイルカによって、浦が血で臭かったので、その浦を「血浦」と呼び、角鹿となった。(4)

この話の背景としては、「名易」すなわち、神に名をもらう、という呪的行為の存在がある。この「名易」という行為は、成人に伴い、名を替えることとされ、(5)民俗事例では「名替」として、海民を中心として、近代以降も行われたらしい。(6)いっぽう、イルカの出てくる後段は地名起源説話であって、性格の異なる二つの説話からなることも指摘されている。それは別の問題であるとしても、地名起源の説話に海岸に集まるイルカの光景が記されていることは、そのようなイルカの習性に関して、古代人が現実感を伴って知悉していたことがわかる。

古代における鯨の利用

古代における鯨の呼称について、『壱岐国風土記』逸文「俗くにひと、鯨を云ひて伊佐とす」とあることから、一般には「いさ」あるいはこれをふくむ「いさな」が「鯨」を指すとされる。『万葉集』では「いさな」は「鯨魚」と表記され、「鯨魚取」「勇魚取」「不知魚取」とも見え、一二の歌に例があるとされる。(7)万葉歌に「鯨魚取り近江の海を沖放けて漕ぎ来る船辺付きて漕ぎ来る船沖つ……」（巻二—〇一五三）とあるように、「近江の海」すなわち淡水の琵琶湖にもかかっており、「鯨魚取り」は実際の鯨捕りというよりは、その意味から発して、浜辺・灘など海に関連した語へと続き、かつ一首全体に重要な役割をもつ枕詞として用いられている。(8)

いっぽうでは、「越の海の角鹿の浜ゆ大船に真楫《まかじ》貫き下ろし鯨魚取……」（長歌・巻三—三六六）のような歌もあり、この場合は角鹿すなわち現在の敦賀沖（福井県）の日本海で実際に行われた大型魚を対象にした漁撈が想定される。

いずれにしろ、古代では現在の語と表記は同じであっても、まったく異なる意味を示す場合もあり、古代文献の記載だけでは、語句の検討が難しいことがある。「鯨」や「鯨魚」についても、このことがあてはまるが、語義の未詳を補うものとして、鯨やイルカに関する近年の考古学資料の蓄積がある。遺構や遺物の知見によって、『古事記』『日本書紀』編纂の時代をはるかにさかのぼる縄文時代には、鯨を利用し、イルカを選択的に捕らえていたことが、考古学的な事実となってきた。

まず、鯨に関する遺物としては、北部九州から西南九州にかけての縄文時代中期以降の遺跡から、鯨の椎骨の椎端板を土器製作用の台として使用した結果、土器の裏底に椎端板の圧痕がついた土器が出土することがある。(9) この遺物の存在は鯨を捕獲した傍証となるが、厳密にいえば漂着した鯨の骨を用いた場合もあるため、捕鯨が行われていた可能性を示唆するにとどめられる。

これに対し、鯨の仲間であるイルカを捕ることを生業としていると考えられる縄文遺跡が発見されている。日本海に面した能登の真脇《まわき》遺跡（石川県）である。ここでは縄文時代前期後葉～晩期の各層から、イルカの骨が出土しており、合計すると少なくとも二八六頭分を数える。これらの骨は、調査区全体での分布をみても、頭蓋骨から尾椎まで数量的に大きな偏りはない。これは、真脇の入江でイルカを捕獲し、浜で解体したあと、河口の後背湿地に骨を捨てたためとされている(10)。

いっぽう、韓国でも鯨に関する有名な先史遺跡がある。盤亀台《パンクデ》遺跡（蔚山広域市）は日本では専門家以外には知られることもないが、韓国では歴史の教科書にも掲載され、小学生でも知っている。この遺跡は太和江の上流にあり、流れに面した垂直の崖に彫りこまれた絵画群である。考古学ではこのような種類の遺跡を岩壁画とか岩画（主として中国で用いる）という。盤亀台の岩壁画は高さ約二メートル、長さ約八メートルにもわたる規模と画の種類の豊富さで知られる。そこには犬・鹿・魚などのような岩壁画にしばしばとりあげられる動物のほかに、ウミガメやオットセイ、虎などとともに潮を吹く鯨の姿が表現されている。これらの動物は、狩猟や捕鯨の構図のなかで生き生きと表現されており、たんなる図としてではなく、これらの岩壁画を残した人々にとって身近な動物や生活の様子を描いたものとされ、見る者に素朴な中に自然とともに生きた人間だけが描くことのできる雄渾さを感じさせる。盤亀台の年代は、画題の種類が青銅器時代の器物に表された動物表現に通ずることから、今から約三〇〇〇年近く前までさかのぼるというのが通説である。

日本の縄文時代に戻ると、真脇遺跡のように直接に生活に関わるイルカの捕獲だけではなく、北代《きただい》

図24　復原された北代遺跡

遺跡（富山市）のように縄文時代中期に属する建物址の柱穴に鯨の骨が納められていた例もある。ここではおそらく、後世の地鎮祭に該当するような、建築にかかわる祭祀が行われていたと考えられる。

鯨に関する弥生時代の遺物として有名なものが、壱岐のカラカミ貝塚（長崎県壱岐市）で発見された鯨骨製のヘラ状の道具である。これについては岩礁などについたアワビをはがしとるための道具（アワビオコシ）であることがはやくから指摘されている。[11] また、鯨に関係する古墳時代の資料として、同じく壱岐の鬼屋窪《おにやくぼ》古墳（古墳時代後期）の線刻画がある。石室の壁面に、八本の櫂で進む船と、縄をつけた銛が刺さった鯨が表現されており、捕鯨の場面を現わしていると推定されている。[12]

本州以外でも、利尻島の亦稚《またわっか》貝塚（北海道利尻町）で出土したトナカイの角には、鯨やアシカのような海獣、ヒグマなどが彫刻されており、とくに鯨については、死んでも海に沈まないセミクジラを表現したのではないかという見方がある。この遺物はユーラシアの北方に棲息するトナカイの角を用いていることが、この遺跡の属する地域性を示すとともに、本州の古墳時代頃から平安時代の後半頃にかけて、オホーツク海沿岸に展開したオホーツク文化に属し、海と密接な人々の暮らしを物語っている。

中世における鯨の利用に関しては、『吾妻鏡《あずまかがみ》』に元仁元年（一二二四）のこととして、海岸に漂着したイルカまたは鯨のことを記したと推定される記載がある。すなわち、近国の浦々で「大魚」が多く死んで、波に浮かび、三浦崎から六浦《むつら》浜に寄り着いて、鎌倉じゅうに満ち溢れた。人々はこれを買って、家々で煮詰め、油を採ったため、異様な香りが街中に満ち溢れた、とある。(13) これによって、鎌倉周辺の人々が、浅瀬に乗り上げ、大量に寄り付いたイルカ（あるいは小型の鯨）を煮て油を採る方法を知っていたことがわかる。この記載と関連する遺構として、由比ヶ浜に注ぐ滑川河口の波打ち際にあたる由比ヶ浜南遺跡（鎌倉市）で、一三世紀頃の牛馬とイルカの頭骨を一列に並べた状態で発見されており、海浜部の砂を留めるための遺構とする見方もあるが(14)、祭祀的な意味も考えられる。いずれにしても、中世の鎌倉において、イルカが利用されたことを端的に示す事例である。(15)

鯨組と呼ばれる専門的で集団的な捕鯨が始まったのは、一六世紀末頃からとされるが、それをはるかにさかのぼる縄文時代から鯨は利用され、また、イルカについては、すでに縄文時代には選択的に捕獲していたことが知られた。そして、これが日本文化における鯨の利用のさきがけとなった。

江戸時代になると、大名屋敷でもイルカが食されたことが近年の発掘調査でわかっている。現在の東京大学の敷地は、江戸時代には加賀金沢前田家の上屋敷であった。今に残る赤門は、もともと加賀前田家の御守殿《ごしゅでん》門であり、文政一〇年（一八二七）に一一代将軍家斉の娘である溶姫《やすひめ》が、一三代藩主前田斉泰に嫁入りしたときに建てられた。この赤門の他には往時を知るよすがもないと思われた加賀藩邸は、発掘調査によってその姿を現すとともに、江戸時代の大名屋敷の生活が具体的に知られることになった。多数の遺構と遺物のなかでも興味ぶかい成果の一つが、当時の食物残滓などをすてた土坑、つまりごみ穴から出土する骨などから、食用にされた魚類・鳥類・動物の実態がわかってきたことである。とくに注目されるのは、平成一八年（二〇〇六）の調査（東京大学情報学環・福武ホール建設予定地）で、加賀藩邸の敷地から、ほぼ一頭分のイルカの骨が出土したことで、これによって江戸時代の大名藩邸における食物やその流通経路について、新たな知見が得られた[16]。

伝統的捕鯨と呼ばれる江戸時代の捕鯨を主題とした稀有な小説としては、まず、幸田露伴『いさなとり』をあげねばならない。

> 下田の村に住む老猟師の彦右衛門は、若い頃、船で九州に赴く。そして、捕鯨の拠点であった生《いき》月島《づきしま》へたどりつき、そこで捕鯨船に乗りこむ。彦右衛門はそこで結婚したが、ある日、久しぶりに漁から帰ると、妻のお新は不義をはたらいていた。彦右衛門は怒りのあまり、お新、情婦の伝太郎、継母の三人を殺してしまう。そして自らも死んでしまおうと、彦右衛門は子どもの新太郎と海に漕ぎ出すが、途中で子を捨てる。その後、嵐にあい、難破しかけた彦右衛門は、朝鮮半島南岸の熊川《ウンチョン》に流れ着く。そこで、生月島を出奔した捕鯨の元締めである松富の隠居に出会う。隠居は妻殺しを告白する彦右衛門を、はげしい言葉でなじる。生月島にもどった彦右衛門は、懸命

に働いて、一定の富も蓄えた。やがて彦右衛門は年をとり、捕鯨船に乗ることがかなわなくなると、生月島を発って下田に戻り、結婚して、娘にも恵まれる。一家で東京見物に出かけた帰り、軍艦を見に行くが、そこで会った士官の荒磯大尉は、自分がかつて捨てた我が子新太郎が長じた姿であった(17)。

この長編の主題は一人の鯨捕りの半生を描くことであり、そのなかで江戸時代の捕鯨のありさまは、第六六「浪湧き風なまぐさし」と第六七「小人は山の奥にも海の果にもあり」の章で活写されている。ここでは大包丁を手に海中に身を投じた羽差《はざし》と呼ばれる男たちが、銛が打ち込まれた鯨の鼻に穴をあけて、鯨が海底に沈むことを防ぐための大綱を通す様子が描写されており、読む者に息をのむ迫力を感じさせる。

舞台となった生月島は長崎県全体のなかでは北西部に位置し、平戸島の沖にある島で、現在、二つの島は橋で繋がれている。この島の歴史は、江戸時代の隠れキリシタンと捕鯨によって特徴づけられる。生月島の捕鯨は平戸藩の鯨組であった益冨《ますとみ》組によって始められ、鯨を解体、加工する施設が軒を並べる、当時の日本最大規模の捕鯨基地であった。天明八年(一七八八)には司馬江漢がこの島を訪れ、鯨組主である益冨家に逗留し、実際に鯨船に乗って捕獲や解体・加工の様子を見物して、その模様をスケッチしている。この見聞の内容は、寛政六年(一七九四)に刊行された『西遊旅譚』(後に『画図西遊譚』という名称で再刊行）や『西遊日記』（一八一五年刊）に紹介され[18]、油彩画の『捕鯨図』や水墨淡彩の『捕鯨図巻』などにも反映されている。

これらの司馬江漢の紀行文や、生月島捕鯨の様子を紹介した図説である『勇魚取絵詞』（一八二九年刊）を参考にして、露伴はこの島を舞台に小説『いさなとり』を発表したとされる[19]。生月島には古墳も存在し、また平安時代には承和六年（八三九）に、藤原常嗣《つねつぐ》を大使とする遣唐使が帰着した地でもある[20]。その後も、中世には肥前の松浦地方を中心として、九州の北西部に割拠した武士団である松浦党《まつらとう》の活動の舞台となり、江戸時代には隠れキリシタンの島としても知られ、また、身長七尺五寸（約二二七センチ）体重四五貫（約一六八キロ）巨漢力士の生月鯨太左衛門《げいたざえもん》（一八四八年没）を生むなど、この小さな島は多様な歴史をもつ[21]。

捕鯨の方法にもどると、ここでふれた網捕式捕鯨は鯨に銛を打って、網で捕獲する集団的な方法で、江戸時代になって展開してきた。これを正面から主題とした小説としては、吉村昭『鯨の絵巻』が知られる。これは紀州太地に三百年の歴史を持つ鯨組で、網とり漁法の最後の筆頭羽差を務めた男の生涯をたどり、海の男たちの勇壮華麗な鯨との闘いと、滅びゆく古式捕鯨にしか生きられない者の悲哀を鮮やかに浮かび上がらせた作品で、とくに詳細な捕鯨の記述がなされている。この作品では、小舟を漕いで鯨に近づいて銛をうち、ふんどし一丁で出刃包丁をくわえ、泳いで鯨に取り付き、塩吹きの穴を突いて止めをさす羽差を主役として、鯨とり漁師の臨場感に溢れた描写がある。

このように文字通り命がけで捕った鯨は、「鯨一頭捕れれば、七浦潤う」という俗諺があるように、海岸地域の人々にとってかけがえのない恵みであり、そのためにひげや皮にいたるまで、余すところなく利用した。それは遠い昔の話ではなく、江戸時代の鯨の利用が息づく身近な食材として、鯨の皮と皮下脂肪をそのまま切り分けた「コロ」がある。出汁《だし》の味で食べる「おでん」ではなく、濃い汁で煮込んだ「関東煮」には欠かせない食材であり、関西で生まれ育ったある程度以上の世代にとっては、大げさでなく、自らの生活と文化を構成していた懐かしい食べ物である。

いっぽう江戸時代の後半を中心として、アメリカは北太平洋で捕鯨を展開した。幕府に開港をせまった嘉永六年（一八五三）のペリー来航の背景には、このアメリカの捕鯨業があったとされている。すなわち、アメリカは太平洋に展開する捕鯨船への水や食料品の補給をも目論んでいたのである。しかしながら、当時のアメリカの捕鯨では鯨油のみを採取し、鯨肉には目もくれず、当然のように棄てさった。鯨油からは蠟燭を製造し、一九世紀半ばには一大産業にまで成長していた[22]。このような状況をもとに書かれた作品がメルヴィルの『白鯨』である。

直接に捕鯨を主題としていなくとも、捕鯨船が鍵となっている作品も多い。たとえば、吉村昭『海の祭礼』は、日本に憧れ、鎖国のため捕鯨船の乗組員になってただ一人で利尻島に上陸したインディアンの血を引くアメリカ人青年ラナルド（またはロナウド）・マクドナルドと、彼に英語を学び、通訳として各国との条約締結に関わり外交官として活躍した森山栄之助（一八二〇～一八七一）を通して、ペリー来航の背景・開国にいたる経過を描いた作品である。

　幕末の漂流者として有名なジョン万次郎（中浜万次郎、一八二七～一八九八）は、もともと土佐の漁師であったが、天保一二年（一八四一）、一四歳の時に漁船に乗り込んでいて遭難し、無人島に漂着したところをアメリカの捕鯨船ジョン・ホーランド号に救助された。彼の英語名ジョンは、この船名に由来する。船長に愛された万次郎は捕鯨基地ニューベッドフォードに到着し、この地で学校を卒業した後、再び捕鯨船に乗り込み、世界各地を航海し、帰国して旗本となった。その聞き取り記録は、土佐の画家・河田《かわだ》小龍《しょうりょう》（一八二四～一八九八）によって、『漂撰紀略』としてまとめられた。小説としては、井伏鱒二『ジョン万次郎漂流記』（一九三八年直木賞受賞）が知られる。

図25　利尻島のラナルド・マクドナルド上陸記念碑

　これらの作品は幕末の日本を取り巻く世界にとって、アメリカの捕鯨が重要な伏線や背景となっていたことを端的に現している。かつて太平洋で大量の鯨肉を廃棄しながら、鯨油を採ることのみを目的とした捕鯨と鯨の利用の歴史を有するアメリカが、現代世界では捕鯨禁止の急先鋒となっている。その主張の前提は、考古学の対象となる時代から、近現代にいたるまで、生業や暮らしを通じて、鯨と密接に結びついてきた日本をはじめとした捕鯨文化を有する国や地域に対する理解のうえに成り立っているとは思えない。そうであるならば、なおさら捕鯨をめぐる議論は単なる利害の対立に終始することなく、さらに深い歴史や文化の間を揺れ動くであろう。

このようにイルカを含めた鯨類の利用は、日本の文化の中でも重要な位置をしめていた。そして、実際の利用に根づいた鯨との共生とそれに起因する鯨に対する認識も、また、歴史の中で培われてきた。最後に『平家物語』（巻第一一）にみえる壇ノ浦の合戦の場面で、象徴的に現れるイルカについてふれて、この項を閉じよう。源平両軍が対峙するさなか、イルカという魚が、一、二千匹も水面を這うようにして平家の船の方へ向かってきた。平宗盛は、天文博士・安倍晴信を召して占わせたところ、晴信は、このイルカがもと来た方へ泳ぎ帰れば源氏が滅び、このまままっすぐに通り過ぎれば、味方の軍はあやうい、といった。言い終わらぬうちに、イルカの大群は平家の船の下をまっすぐに泳ぎ過ぎた。これをみて、平家の運命もこれまでだ、と嘆じた。このくだりでは、イルカが合戦の勝敗を占う役割を担わせられており、その後の平家の運命を象徴している。

源平の合戦の勝敗を占う描写に示されるように、鯨やイルカは日本の生活や文化の襞にまで深く入り込んでおり、そのために考古資料として遺存し、また、文芸作品にも象徴的にとりあげられるのである。

（1）『古事記』中巻・神武天皇条

(2) 現代語大意については、土橋寛『古代歌謡全注釈』古事記編、角川書店、一九七二年を参考にした。
(3) 土橋寛『古代歌謡全注釈』古事記編（前掲）、六七～七二頁
(4) 『古事記』中巻・仲哀天皇条
(5) 尾崎知光「気比大神の名易の物語」太田善麿先生古稀記念論集刊行会編『国語国文学論叢』群書、一九八八年
(6) 尾崎知光「気比大神の名易の物語」（前掲）
河岡武春『海の民』平凡社、一九八七年
(7) 青木生子・橋本達雄監修『万葉ことば事典』大和書房、二〇〇一年
(8) 佐々木信綱『万葉辞典』中央公論社、一九四一年
伊藤桂子「枕詞「いさなとり」の考察」『学習院大学国語国文学雑誌』三五、一九九二年
(9) 三島格「鯨の脊椎骨を利用せる土器製作台について」『古代学』一〇、一九六一年で着目された。
(10) 宮崎信之・平口哲夫「動物遺体」能都町教育委員会編『石川県能都町真脇遺跡』能都町教育委員会、一九八六年
平口哲夫「縄文時代のイルカ捕獲活動」『石川考古学研究会々誌』三二、一九八九年
(11) 岡崎敬『魏志倭人伝の考古学』対馬・壱岐編、第一書房、二〇〇三年
(12) 森浩一「弥生・古墳時代の漁撈・製塩具副葬の意味」『考古学と古代日本』中央公論社、一九九四年
(13) 『吾妻鑑』巻一四・貞応三年五月一三日
十三日　近国浦々、大魚其名不分明多死。浮波上、寄于三浦崎六浦前浜之浜、充満鎌倉中。人挙買其、定

家家煎之、取彼油。異香満閭巷。

(14) 斉木秀雄・西本豊弘「鎌倉市由比ヶ浜南遺跡の獣類頭蓋骨骨列」『動物考古学』九、一九九七年

(15) 由比ヶ浜南遺跡発掘調査団編『神奈川県・鎌倉市由比ヶ浜南遺跡』由比ヶ浜南遺跡発掘調査団、二〇〇二年

(16) 東京大学埋蔵文化財調査室編『情報学環・福武ホール建設予定地発掘調査報告』東京大学埋蔵文化財調査室、二〇〇七年(ホームページ上で公開)

(17) 幸田露伴「いさなとり」坪内祐三編集『明治の文学』第一二巻・幸田露伴、筑摩書房、二〇〇〇年

(18) 司馬江漢『司馬江漢全集』第一巻紀行篇、八坂書房、一九九二年

司馬江漢『江漢西遊日記』平凡社(東洋文庫)、一九八六年

(19) 三瓶達司「いさなとり」『国文学解釈と観賞』四三―五、一九七八年

(20) 『続日本後紀』巻八承和六年(八三九)八月甲戌廿五日条

甲戌。勅参議大宰権帥正四位下兼左大弁藤原朝臣常嗣。大弐従四位上南淵朝臣永河等。得今月十九日奏状。知遣唐大使藤原常嗣朝臣等率七隻船。廻着肥前國松浦郡生属嶋。(後略)

(21) 生月島の歴史については、下記を参照した。

近藤儀左ヱ門『生月史稿』芸文社、一九七七年

(22) 都築博子「日本開国への「海の道」――米国太平洋捕鯨の視点から――」『太平洋学会誌』二八―二、二〇〇五年

都築博子「捕鯨を通じてのアメリカの東アジア・太平洋関係の展開――19世紀半ばの米布関係を中心

に――」『太平洋学会誌』二六―一、二〇〇三年
猪谷善一「日本の開国とアメリカの捕鯨業」『駒大経営研究』六―二、一九七四年

5　俳句と川柳にみる遺跡と遺物

象潟の歴史的環境

『奥の細道』（『おくのほそ道』）の旅程のなかでも、松尾芭蕉（一六四四～一六九四）が訪れることを最も心待ちにした地が象潟《きさかた》である。原文では「江山水陸の風光数尽して、今象潟に方寸を責む」とあるように、芭蕉が「方寸」すなわち心を急き立てた象潟への思いが凝集されている。その象潟で詠んだ一句はあまりにも名高い。

象潟や　雨に西施《せいし》が　ねぶの花

雨で煙る夏の象潟に咲いたねぶの花は、古代中国の美女である西施の憂いに沈んで半ば目を閉じた表情を思い起こさせ、蘇東坡《そとうば》（蘇軾《そしょく》、一〇三六～一一〇一）が、西湖《せいこ》の風景を西施の美貌になぞらえた詩（「飲湖上初晴後雨」）を念頭においているともいわれる。俳句の内容を吟味する任にはないが、この句がねぶの花に意識を集中させたところに、夏の雨にほの見える象潟の物憂さを引き出していると私には感じられる。

よく知られていることだが、芭蕉が訪れた象潟は現在とは全く違う風光をもっていた。文化元年（一八〇四）に起こった地震によって、象潟は地盤が約二メートル以上も隆起し、芭蕉が称えた景観は一変し、水面に浮かんでいた小島は陸地と化してしまったのである。

図26　象潟と鳥海山

現在の象潟は水田のなかにいくつもの小さな丘が散在する景観をみせるが、芭蕉の頃の風景を想像することはできる。この象潟の付近には、芭蕉の時代を遥かにさかのぼる歴史が刻まれている。現在の象潟町（秋田県にかほ市）の南部にあるヲフキ遺跡は、約六〇〇〇年ほど前から約三〇〇〇年前までの長きにわたって、断続的に営まれた縄文時代の集落遺跡であることがわかっている。ここからは土器や石器をはじめとして、多くの遺物が出土している。とりわけ注目されるのは現在までの発掘調査で七六〇点あまりの石《せき》鏃《ぞく》（石製の矢じり）が出土していることである。

このような石鏃については、古代の史料にも発見記事があり、当時から注目されていたことがわかる。奈良・平安時代に編纂された『続日本後紀』や『日本三代実録』には出羽国の秋田城や飽海郡において石鏃が降ったという記録が五度（八三九、八六八、八八四、八八五、八八六年）にわたって記されている。そのなかでも、『続日本後紀』承和六年（八三九）の記載は興味深い。その内容は次のようなものである。遣唐使の船が南海で漂流し、海賊に襲われた時、急に戦局が有利に転じて勝利した。その時、鳥海山に雲がかかり、一〇日間も雷鳴が轟いて、長雨の後、海浜に石の鉾や鏃が降って来た、とする。(1) 翌年の『続日本後紀』承和七年（八四〇）条には出羽国田川郡の西浜に石鏃が天から降ったが、これは、大物忌神《おおものいみ》の援軍が天上で戦い、海上で戦闘を行っていた遣唐使を救った。そして、これを鎮めるために大物忌神社の神階を正五位下から従四位下に特進させた、という記載があり、前年の記事にある功績によって位階を進めたことがわかる。(2)

このような平安時代の石鏃関係記事は、現在の秋田県と山形県に限定されている。その意味については、石鏃が粛慎《しゅくしん》や挹婁《ゆうろう》、そして石鏃発見記事とほぼ同時代の靺鞨《まっかつ》などの大陸の北方に居住した民族に特徴的な武器であるという中国正史の記載を知悉した出羽国の官人が、このような大陸北方地域と民族への強い意識によって記した、とする見方が示されている。(3) 加えて多賀城碑（七六二年建碑）の「去靺鞨国界三千里」とも共通する地理認識がみられることが指摘されており、これらは古代における地域固有の地理観や歴史観を示した研究であり、筆者もこの論に従いたい。

図27　秋田城外にある菅江真澄の墓

実際に石鏃が多数出土する縄文時代の遺跡としては神矢道《かみやみち》遺跡（山形県遊佐町）があげられる。ここから出土した石鏃は、発掘調査によって出土した分だけでも三〇九個体にのぼり、地表面で採集され個人所蔵となっているものも含めると二〇〇〇本近くになるという(4)。さきにみた象潟町のヲフキ遺跡でも、発掘調査によって七六〇個という多数の石鏃が出土しており、平安時代におけるこの地域の石鏃発見記事の背景となる遺跡であると考えられる。

芭蕉の一行が南から象潟に入る際には、三崎山峠を通って小砂川に行き、途中で雨が激しくなったため漁師小屋に雨宿りし、有耶無耶《うやむや》の関を通って、念願の象潟には昼ごろに到着している。一行は、翌日、雨の煙る中を象潟の見物に出かけ、さきにあげた名高い句を詠むことになる。芭蕉たちが通った道は、旧・三崎山街道として現在も残り、三崎山峠が難所であることは、紀行文で知られる菅江真澄《すがえますみ》（一七五四〜一八二九）が『齶田濃刈寝（秋田のかりね）』に記す。また、蘭医であり、諸国を巡った古川古松軒《こしょうけん》（一七二六〜一八〇七）も『東遊雑記』で述べている。そして、この峠にある三崎山遺跡では、日本でも唯一であり、最古の青銅刀《とう》子《す》が発見されている。この刀子は刃の部分が内側に反っている形態から、中国の殷《いん》代の所産とみられている。ここからは縄文時代の土器や石器も出土しており、これらによって、紀元前一三〇〇〜一〇〇〇年頃の年代が推定されている。

菅江真澄はヲフキ遺跡所在地である小砂川で二泊、象潟で三泊しており、その間、有耶無耶の関や象潟の地名について考え、潟めぐりをしたこと、藻を使った象潟布団のことなど、多岐にわたって記録している。とくに注目されるのは、ヲフキ遺跡が所在する小砂川の沖の飛島という小さな島にクジラやトド、アザラシがいたという伝聞や、浦人がアツシというアイヌ特有の丈の短い着物を着て、マキリというアイヌの用いる小刀を持っている、と記していることである(5)。これらの記述は象潟の地が、自然地理的にも、日本列島の北方地域と近く、またそれを基点として北前船によって北海道からの交易が活発に行われていたことを示している。

フグの句と出土遺物

俳句や川柳には食物をとりあげた作も多い。そのなかでも注目されるのが、フグを詠んだ句の多いことである。一茶、芭蕉、蕪村の作から、代表的な句をあげてみよう。

五十にして　鰒の味い　知る夜かな　　一茶
ふぐ食わぬ奴にはみせな　富士の山　　一茶
あら何ともなや　昨日は過ぎて　河豚汁《ふくと》　　芭蕉

ふく汁の　我活《い》きている　寝覚かな　　蕪村

このように、フグを詠んだ句の多さからも江戸時代には、フグが食されていたことがわかる。また、俳句では「ふく」と記されており、江戸時代の発音が知られる。もちろん、フグは川柳にも詠まれている。代表的な句を一つあげておこう。

鰒《ふぐ》買って　よその流しへ　もっていき　（『誹風柳多留』初編）

この句の意味は説明するまでもないが、フグを買ったものの自分の家では危ながってとても料理してもらえないので、仕方なく他家の流しへ持っていって料理してもらう、というのである。このように江戸時代にフグを食べることは、相当な危険があることが認識されていた。

フグの毒は、テトドロトキシンといわれる猛烈な毒性をもつ神経毒で、もっとも多量に毒をもっているのが卵巣だといわれる。そのような猛毒をもつフグであるが、縄文時代の貝塚からはフグの骨が出土することはよく知られていて、クロダイやスズキなどの骨と同じ程度の量でフグの骨が出土する貝塚もある。フグの骨が出土する縄文時代の貝塚は、あまりにも多く、その一々をあげえないほどである。筆者が遺物を観察したことのある遺跡の中から例をあげると、例えば浜詰《はまづめ》遺跡（京都府竹野郡網野町）は丹後地域を代表する縄文時代の遺跡で、ここでは縄文時代後期（約三〇〇〇〜四〇〇〇年前）の遺跡で、発掘調査によって、貝塚と竪穴式住居址が発見された。貝塚からは、シジミ、アサリ、ハマグリ、サザエ、アワビなどの貝類、ボラ、コイ、クロダイ、スズキ、マグロなどの魚類のほかにフグの骨も出土した。イノシシ、シカ、タヌキ、サル、イルカ、クジラなどの哺乳類や鳥類の骨も石器や骨角器とともに大量に出土し、フグに毒があることを知悉しつつ、これを利用した当時の人々のくらしぶりを今に伝えている。

直接にフグの骨が出た遺跡のほかにも、フグの毒と関係する可能性が示唆されたことで、考古学史のなかで名高いのが姥山《うばやま》貝塚（千葉県市川市・縄文時代中〜後期）である。大正一五年（一九二六）に行われた発掘で竪穴住居跡から五体（成人男性二、成人女性二、子ども一）もの人骨が折り重なるように発見されたことから、フグによる中毒説、地震による死亡説などが出された。これについては、一家族かどうかという点も含めて種々の議論がなされており、結論は出ていないが、少なくとも自然界に存在する毒と人間の関わりについての歴史を考える際の契機とはなろう。

フグの毒そのものではないが、現象としては同様に自然界に存在する毒物で一家が悲惨な運命をたどったことを詠んだものとして、近代以降にも尾崎放哉《ほうさい》の次のような句があり、参考としてあげておく。

茸の毒に死絶えし家のあるあわれ[6]

古墳時代にもフグの骨が出土する遺跡は多いが、そのなかで集落を構成した人々の生業がわかる遺跡として、西ノ庄遺跡（和歌山市・古墳時代後期）をあげておこう。この遺跡については、他の項でもふれたが、塩づくりや漁撈に関する遺構や遺物が出土しており、古墳時代の海民の集落と考えられている。西ノ庄遺跡では他の魚類と一緒にフグの骨が多く出土しており、古代の海の民は、フグの毒を熟知していたことがわかる。

フグを詠んだ俳句と時期的に近い遺跡として、大阪（遺跡の当時は大坂）では、豊臣秀吉の時代から江戸時代の初め（一六世紀末〜一七世紀初め）にかけての魚市場跡と推定される遺跡が発掘されており（大阪市中央区道修町）、ここでは魚や水産物の名前が記された荷札木簡が約三〇〇点も出土している。そのなかには「ふく」すなわちフグを記した荷札木簡があった。また、この大坂魚市場跡からはフグの骨も出土しており、木簡と実物とによって、当時フグが流通していたありさまが知られている[7]。

このほかでは、先にみた、「あら何ともなや　昨日は過ぎて　河豚汁」と詠んだ松尾芭蕉が聞けば、びっくりするような食べ方が現在も行われている。石川県の特産品である「ふくの子漬」であり、これはフグの体のなかでももっとも毒がつよく危険な卵巣を塩と糠に数年漬けこみ、発酵させて、ほとんど無毒の状態にしたものである。貯蔵と発酵をかねながら、珍味にしたてあげるという日本人の知恵と楽しみを凝集したような食べ物といえよう。

関西では、フグのことを、よくあたる、つまり、中毒をおこすことからなぞらえた、鉄砲のさしみ、鉄砲のちり鍋を略して「てっさ」「てっちり」と呼ぶとされる。これは俗説に類するものかもしれないが、江戸時代の文学作品にもフグにあたる、という表現は用いられている。たとえば、為永春水《ためながしゅんすい》の『春色梅児誉美《しゅんしょくうめごよみ》』（一八三二～一八三三年刊。『春色梅暦』とも記される）にみえるフグに関わる記述である。この作品は美男子丹次郎と深川芸者米八との恋愛を描き、人情本を確立したとされるが、そのなかで、金貸しのお阿という老婆が「毒魚」にあたって死ぬ、というくだりがある。[8]

近代の文学にも、フグを容姿の形容に用いる場合を除いて、毒によって死ぬことを取り上げた作品は少ない。目についたものとしては、薄田泣菫《すすきだきゅうきん》の随筆『物の味』（『艸木虫魚』所収）がある。この作品は、江戸中期の画家で円山応挙《まるやまおうきょ》に師事した松村呉春《まつむらごしゅん》（一七五三～一八一一）のことを記している。死のうと思いきめた呉春が、その日の夕方めぼしいものを売った金で、酒とフグとを買って来た。そして、酒をあおりながら、フグを食らい、死のうとする。しかし、翌朝、日が高く昇ってから、酒の酔いと毒魚の麻痺とから醒めた呉春は、それまでの自分を殺して、再び活かしてくれた河豚を思って、その味わいを永久に忘れまいと思った、と締めくくられる。ここではフグの毒と死が分かちがたく結びけられており、フグが作品自体の重要な要素となっている。題材は江戸時代にとっているにしろ、近代に入って、フグの毒の危険さに着目し、生死を分かつ要素として用いた作品である。

フグの毒のほかにも、自然界には意外なところに毒が存在する。たとえば色鮮やかな南海の貝類にも、猛毒をもつものがある。巻貝の一種であるイモガイも猛毒をもち、これに刺されると命を失うこともあるという。イモガイの仲間はその猛毒にもかかわらず、外見は美しく、浜辺でこれを見つけた時に素手で触わり、被害を受ける場合が多いらしい。イモガイは奄美大島以南の暖かい海にしか棲息しないにもかかわらず、弥生・古墳時代には加工され、腕飾りとして、装着する人物の権力を示すとされる。これを示す例として、北部九州を中心とした弥生時代の墓である甕棺に葬られた人々のなかに、右手の二の腕にたくさんの貝製腕輪を着けた人骨がみられる。この種の装飾品を着用すると、労働は不可能となるため、弥生社会には、これらを着けた人々に示されるような労働を行わない階層が存在した証拠とされている。

また、近年、沖縄では宇堅《うけん》貝塚（沖縄県うるま市）や具志原《ぐしばる》貝塚（沖縄県伊江村）をはじめとして、イモガイを集積した遺構が何個所も発見されている。このような遺構の発見によって、弥生時代や古墳時代には南海産の巻貝が、九州以北の地域との交易品であったことが知られるようになってきた。(9)また、日本最北の島である礼文島《れぶんとう》の船泊《ふなどまり》遺跡（北海道）では、縄文時代後期（約三五〇〇年前）に南島からもたらされたイモガイ製ペンダントが出土し、話題をよんだ。(10)

このように猛毒のイモガイを美麗な装飾品に変え、いくつもの海をこえて、それらを運び、交易していた古代人の姿が、考古学的事実によって、明らかになりつつある。

俳句の蛸と出土遺物としての蛸壺

蛸を食べることは日本の食文化の特色であり、歴史を通じて、多様な面で特徴的に現われる。江戸時代の俳句のなかでは、蛸を題材にとった芭蕉の一句がよく知られている。

蛸壺や　はかなき夢を　夏の月

俳句をくどくどしく説くのは無粋かもしれないが、意味は、おおむね次のようになろう。夏の月が海上を明るく照らしている。海底の蛸壺の中で、蛸は明日の朝には捕えられることも知らずに、明けやすい夏の短夜のはかない夢をむさぼっていることであろう。『笈《おい》の小文《こぶみ》』の最後の句として、元禄元年（一六八八）四月二〇日に詠まれたとされる。「明石夜泊」という前書きがあるが、芭蕉が実際に明石（兵庫県明石市）に泊まったかどうか疑わしく、夏の短夜の客愁にもっともふさわしい土地の名をよみこんだという解釈がある。また、この句には光源氏と明石の上の逢瀬と別れや、「ともしびの明石大門に入らむ日や　漕ぎ別れなむ家のあたりみず」（『万葉集』第三巻）と詠んだ柿本人麻呂《かきのもとのひとまろ》や「ながめやる心のはてぞなかれける　明石の沖に澄める月影」（『千載集』秋）と詠んだ俊恵《しゅんえ》法師（一一一三〜？）など、ここに夜泊したさまざまな時代の旅人たちの心情や境遇を重ねているとされる。

文学的な吟味よりも、ここでは芭蕉が壺に眠る蛸のみじかい夢に夏の月のはかなさをとらえていることに注目したい。句作の基本になったのは、壺を使って蛸を捕る蛸壺漁であり、蛸壺に眠る蛸である。現在でも、海岸地方を旅行した時、コンクリートや合成樹脂でできた、蛸を捕るための壺をみかける。芭蕉も、夜の間に海の底に沈めておいて、翌朝あるいは、二、三日後に引き上げるという蛸壺漁の特徴に焦点をあてている。

蛸が海底の穴にひそむという性質をうまく利用したのが蛸壺漁だが、このような焼き物の容器をつかって、飯蛸《いいだこ》をとる方法は、焼き物でできた飯蛸壺の出土から、弥生時代中期前半頃から完成した漁法として、大阪湾沿岸で出現する。その後、古墳時代、奈良時代から平安時代の初め頃の飯蛸壺が大阪湾沿岸や播磨灘を中心として、瀬戸内海沿岸、博多湾などで出土することが知られている。玉津田《たまつた》中《なか》遺跡（神戸市西区）では一つの穴から、弥生時代中期の飯蛸壺のみが七〇個以上まとまって出土し、飯蛸壺の延縄《はえなわ》の単位ではないかとみられている。これらの事例から、現在と同様な蛸壺漁法が、すでに弥生時代には、まったく同じ形で行われていたことがわかる。大きな蛸をとるための蛸壺も、古墳時代にはすでに用いられていたことが出土遺物によってわかっている。

古代人が飯蛸をとった意味は、その米粒のような卵の形と数の豊富さから、ただの日常的な食料としてではなく、生命や生産の豊かさの象徴として、生産の儀礼や祭祀に関わる食べ物であったためではないかと推定されている。

現在では蛸壺とは名ばかりで、焼き物を素材とするものは廃れて、コンクリートや合成樹脂でできた蛸壺が主流となっている。また、極めて稀ではあるが、人工的な容器だけではなく、サルボウ、アカガイ、ウチムラサキなどの二枚貝やアカニシ、テングニシ、サザエなどの巻貝に穴をあけたものが現在でも使用されている。そして、実際にこのような貝に穴をあけた「蛸壺」も出土している。詫田《たくだ》西分《にしぶん》貝塚（佐賀県神埼市千代田町）では弥生時代後期後半のものとされるアカニシとサルボウに穴をあけたものが出土していて、貝製の飯蛸壺と推定されている。貝殻にあけられている穴など、つい見過ごしてしまいがちだが、詫田西分貝塚の貝製飯蛸壺は民俗資料や現在使われている貝製の蛸壺から、逆に用途を推定できたという例である。このほかに、遺跡から出土した穴のあけられた貝殻のなかで、漁具として使われていたことがわかった例としては、沖縄のシャコ貝を用いた漁網のおもりがある。貝に開けられた小さな穴を見過ごすことは、古代の漁具、海の生産用具を見逃してしまうことになり、蛸壺漁があったということも復元できなくなることになる。出土した遺物を虚心に見て、さまざまな知識と考察力を使って理解する考古学の基本を、貝にあけられた小さな穴が私たちに教えてくれている。

ここまでみてきたように俳句や川柳に詠まれた衣食住や風俗は、江戸時代に限らず、より深い部分で、私たちの生活文化をより深く知るための恰好の題材を提供してくれる。

（1）『続日本後紀』承和六年（八三九）一〇月乙丑条
出羽国言。去八月廿九日管田川郡司解偁。此郡西浜達府之程五十余里。本自無レ石。而従二今月三日一。霖雨無レ止。雷電闘レ声。経二十余日一。乃見二晴天一。時向二海畔一。自然隕石。其数不レ少。或似レ鏃。或似レ鋒。或白或黒。或青或赤。凡厥状体。鋭皆向レ西。茎則向レ東。詢二于故老一。所レ未二曽見一。国司商量。此浜沙地。而径寸之石自レ古無レ有。仍上言者。其所二進上一兵象之石数十枚。収二之外記局一。

（2）『続日本後紀』承和七年（八四〇）七月己亥条
奉レ授二出羽国飽海郡正五位下勲五等大物忌神従四位下一。余如レ故。兼充二神封二戸一。詔曰。天皇我詔旨爾坐。大物忌大神爾申賜波久。頃皇朝尓縁レ有二物怪一天卜詢爾。大神為レ祟賜倍利。加以。遣唐使第二舶人等廻来申久。去年八月爾南賊境爾漂落氏相戦時。彼衆我寡氏力甚不レ敵奈利。儻而克レ敵留波。似レ有二神助一止申。今依二此事一氏臆量爾。去年出羽国言上太留。大神乃於二雲裏一氏。十日間作二戦声一後爾石兵零利止申世利之月日。与二彼南海戦間一。正是符契世利。大神乃威稜令二遠被一太留事乎。且奉二驚異一。且奉二歓喜一。故以従四位爵乎奉レ授。両戸之封奉レ充良久乎申賜波久止申。

（3）森浩一「九世紀の石鏃発見記事とその背景」森浩一編『考古学と古代史』同志社大学考古学シリーズ1、一九八二年

（4）佐藤禎宏「神矢道遺跡出土の石鏃――日本三代実録記載の石鏃降雨擬定地――」『山形考古』三―三、一九七八年

（5）菅江真澄「齶田濃刈寢」『菅江真澄全集』第一巻、内田武志・宮本常一編、未来社、一九七一年
行きかふ人の、アッシというという蝦夷の嶋人の木の膜におりて、ぬひものしたるみしかき衣をきて、ちいさきゑそかたなこしにかけ、火うち袋にそへたり。
（6）池内紀編『尾崎放哉句集』岩波書店（岩波文庫）、二〇〇七年、一八頁
（7）久保和士「近世大坂における水産物の流通と消費」『動物と人間の考古学』真陽社、一九九九年
（8）為永春水『春色梅児誉美』中村幸彦校注、日本古典文學大系64、岩波書店、一九六二年、二〇四頁
此間渡したが、お蝶ぼうの証文が見えねへといふから、仮請取を取て、隣の人が請人、今日までに証文を尋ねて、帰すやくそくだから、それを取に寄たら、お阿ばアさんがの、毒魚にあたツて死だといふ所へ行合したが、イヤお阿が毒魚で死ぬと云は、とんだ落し咄しだ。あんなによくばりやアがつたが、死んで見りやアいくぢはねへぜ。
（9）木下尚子『南島貝文化の研究――貝の道の考古学――』法政大学出版社、一九九六年
小田静夫「琉球弧の考古学――南西諸島におけるヒト・モノの交流史――」青柳洋治先生退職記念論文集編集委員会編『地域の多様性と考古学――東南アジアとその周辺――』雄山閣、二〇〇七年
（10）礼文町教育委員会編『礼文町船泊遺跡発掘調査報告書』礼文町教育委員会、二〇〇〇年

6　北の大地の考古学的風景

『羆嵐』の地を歩く

一頭の巨大なヒグマの出現が平穏な村を戦慄させた。大正初年に北海道天塩山麓の開拓村を一頭の巨大なヒグマが起こした獣害史上最大の惨劇を克明に綴った小説が、吉村昭『羆嵐《くまあらし》』である。ヒグマは、はじめは軒下に干されたトウキビを食い荒らした。その行動は次第に大胆になり、やがて人を襲うようになった。被害者の死因がヒグマによるものだと判明した後は、まさに恐怖の連続であった。人々はかすかな物音に脅え、ヒグマは予告なしに人家を襲った。そしてヒグマは最初の被害者の通夜にも現れた。人肉の味を知ったヒグマは新たな人体を求め、最終的に六人の男女を殺害した。隣村からの救援も効果がなく、最後には、熊撃ち名人として知られる老人に撃退を依頼する。

この小説の題材となったのは、一頭の動物から受けた獣害として、世界史の中でも最悪の事件とされる「苫前《とままえ》羆事件」（三毛別《さんけべつ》羆《ひぐま》事件《じけん》）である。事件は大正四年（一九一五）一二月九・一〇の両日にわたって起こった。冬眠を逸し、飢えた一頭の巨大なヒグマが、現在の北海道苫前町三渓（事件当時は北海道天塩国苫前村大字力昼村三毛別）の通称・六線沢において、開拓農家二軒を二日間にわたって襲い、あわせて七人の命を奪い、三人に重傷を負わせたのである。亡くなった方の中には、臨月の女性もおり、胎児も含めるならば、八人の命が失われたことになる。

図28　苫前羆事件の跡地（建物は復原）

この事件の詳細は昭和三六年（一九六一）から昭和四〇年（一九六五）までの間、地元の営林署に勤務されていた木村盛武氏が、重傷を負った被害者や家族の方々の証言を丹念に収集し、『獣害史上最大の惨劇　苫前羆事件』としてまとめられており[1]、記録を今に伝えている。同書によると、当時、幼児であり、穀俵の陰に隠れて九死に一生を得た方の話や、襲われて眉間に深々とヒグマの爪跡が残る老婦人の写真があり、見るものに現実のものとして当時の恐怖を伝えている。その後、冒頭でふれたように吉村昭氏によって小説化された。猟師がヒグマを仕留めた時に吹くといわれる『羆嵐』を題名としたこの作品は、克明に事実を追うことによって、全編で迫真の描写がなされている。

この事件のあった苫前を含む道北の天塩《てしお》川流域は、北海道における遺跡の稠密地帯の一つである。幕末に探検を行った松浦武四郎《まつうらたけしろう》（一八一八～一八八八）も、苫前を通った際に、「此辺り穴居跡多し」と書き残している。(2) 北海道や東北北部などの寒冷で降水量も少ない地域では、縄文時代や古代の竪穴住居の跡が埋まりきらずに、地面のくぼみとなって残っていることが多く、武四郎もこれらを目にしたのである。彼の記述にもみられる「力昼《りきびる》」から川をはさんで北側のあたりでは、近年にいたり、香川三線遺跡、香川六線遺跡など、北海道の時代区分では擦文文化期後半頃の時期の竪穴住居址が多数、発掘調査されている。これらは本州の奈良から平安時代頃に該当する遺跡である。

筆者もこのような苫前周辺の遺跡と遺物を踏査した折、事件のあった現地に足を伸ばしたことがある。地図でみると、舗装された地方道が細くなり、未舗装になって森の中へ消え入る場所が、もっとも多くの犠牲者を出した開拓農家の跡地であった。現在でも、これより先に民家はない。現場に立てられた事件を記す説明板の近くには「クマ出没注意」の看板が掲げられていた。この場所が人間の生活場所としては、自然の中に踏み込みすぎていたことを、現地に立って改めて感じた。

クマをかたどった遺物と北の文化

北海道には固有の歴史があり、本州の弥生時代から古墳時代の終わり頃までに該当する続縄文時代の墓では、数センチほどの石や動物の骨で作られた愛らしい熊の彫刻が、遺骸の近くに置かれている

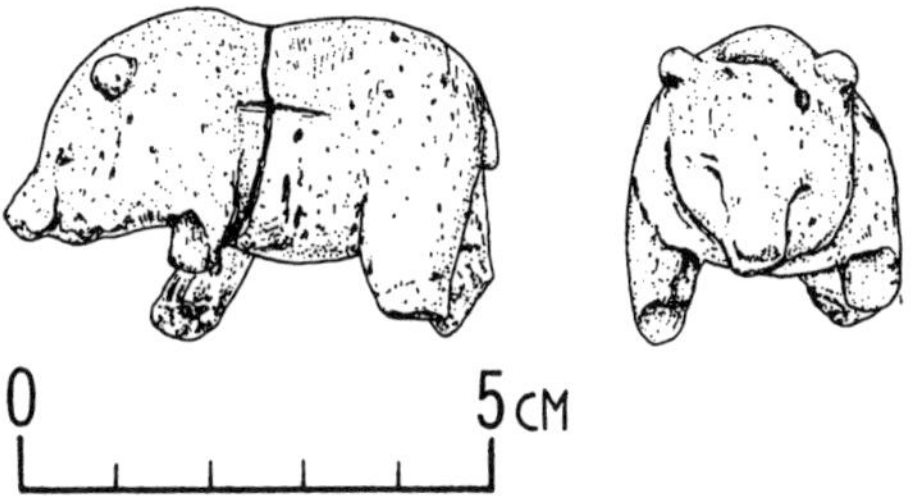

図29　トコロチャシ（1号竪穴）出土のクマ形骨製品

ことがある。また、オホーツク海沿岸を中心として展開したオホーツク文化の遺跡でも、ヒグマをかたどった遺物が出土することが多い。

オホーツク文化期には、この種の遺物は数多く出土しているが、それらの典型としてあげられる例をみておくと、川西遺跡（二号竪穴・湧別町）ではセイウチの牙で作られたクマとシャチが出土している。常呂川《ところがわ》河口遺跡（一五号住居址・網走市）ではクマ・ラッコの彫像が出土している。オンコロマナイ貝塚（稚内市）ではサメの骨を材料として、鮭とおぼしき魚を前足で支えて食べる写実的なクマの彫像が出土している。また、松法川《まつのりがわ》北岸遺跡（一二号住居址・羅臼町）では実物と見まごうほど丹念に作られたクマの頭部が彫られた木製容器が出土している。(3) この種の考古学資料は、それらの文化を形成した人々が熊の存在を憎悪に満ちた対象としてではなく、当然の存在として、生活の一部とみていたことが遺物を通して実感される。

続縄文文化や擦文文化とは異なる系譜をもつオホーツク文化は、五世紀から一三世紀頃までオホーツク海沿岸を中心とする北海道北半、樺太、南千島の沿海部に栄えた文化である。この文化に生きた人々は海獣狩猟や漁撈を中心とする生活を送っていた。オホーツク文化の担い手は、現在の国境を越えてオホーツク文化人と呼ばれるように、サハリンや沿海州を中心とした地域との関係性が強調されている。オホーツク文化期の遺跡からは、ヒグマやシャチ・クジラ・イルカ等の海獣の姿を象った遺物が出土することが一つの特徴とされている。

また、オホーツク文化期の遺跡では、モヨロ貝塚（網走市）、栄浦第2遺跡（北見市常呂町）、香深井《かぶかい》A遺跡（礼文町）などの著名な例が知られるように、しばしば住居内の一角などにヒグマの頭骨を集積しており、祭祀に関係する遺構と考えられており、骨塚などと呼ばれている。擦文文化時代の末期とされるオタフク岩洞窟遺跡（羅臼町）でも、ヒグマの頭骨が集中的に出土しており、山猟で得たクマに関する儀礼の存在が確認されている。

送り場遺構と松浦武四郎の記録

アイヌの人々がヒグマを神として崇め、クマ送りという儀式を行ったことはよく知られている。動物に限らず、事物を人間の世界から神の世界へと「送る」という行為が、オホーツク文化のヒグマに関する祭祀行為などをもとに、アイヌのクマ送り儀礼が生成したとする見方も示されている。アイヌのクマ送りはイヨマンテと呼ばれるが、この他にも、アイヌの遺跡としては、チセと呼ばれる住居の跡や墓などの他に、送り場跡などが、数多く確認されている。たとえば、新千歳空港建設に先立って発掘された美々《びび》8遺跡（千歳市）は旧石器時代からアイヌ文化期（中・近世）にいたる複合遺跡である。遺跡を特徴的づけるものとして「送り場跡」とされる遺構がある。送り場とは食料にした動物や植物、あるいは使わなくなった道具類の魂を、神に送り返す行為を行っていた場所であり、従来はアイヌ文化に特徴的な行為とされてきたが、発掘調査の進展により、それ以前の擦文文化やオホーツク文化でも行われていたことがわかってきた。また、縄文時代の貝塚や盛土遺構も一種の送り場であったと考えられている。美々8遺跡では灰や木炭が集中する部分で古銭、生活用具、食物残滓と考えられる有機物などが出土した遺構が発見されており、時期的にはアイヌの祭祀遺構であることがわかっている。

江戸時代もなかば以降になると、当時の北海道を見聞した人々の記録があり、実際の遺跡や遺物とこれらとの対照研究が行われている。たとえば、美々8遺跡では、江戸時代の川の跡が検出され、川べりの道の脇には建物の跡も確認された。江戸時代の終わりに松浦武四郎がここを通った時に、絵とともに『再航蝦夷日誌』に記した「ビビ小休所」と一致し、その日誌に付記されている「ミミ憩所船乗場之図」に描かれている小屋と推定されている[4]。

その他にも松浦武四郎が記した地で、考古学的な調査によって実態が知られた遺跡がある。たとえばウサクマイも武四郎が歩いた地の一つで、武四郎は安政四年（一八五七）、アイヌの協力者に導かれ、ウサクマイを出発して樽前山麓をめぐり、わずか一日で太平洋岸に出て、白老に宿泊している。

本州古代遺物の出土

武四郎が訪れた地は現在ではウサクマイ遺跡群（千歳市）として、何度かの発掘調査を経た結果、ナイベツ川流域に残る二四個所の遺跡と千歳川右岸（北側）のウサクマイC遺跡を中心に、縄文時代早期（約七〇〇〇年前）から、続縄文、擦文、アイヌ文化、近代にいたる時期の遺跡が残されていることがわかった。現在は一四六ヘクタールにも及ぶ広大な地域が国の史跡として保護されている。

ウサクマイ遺跡群の発掘調査では、東北地域で出土することの多い蕨手刀を含む多数の刀剣類を副葬した七世紀頃の墓地が発見されており、北海道と本州との交渉を示す重要な遺跡として、認識されている。これと対照される文献記載として、『日本書紀』には、阿倍比羅夫が「粛慎《みしはせ》」という集団と接触する記述がある（斉明四年是歳条）。本来的に「粛慎」は中国古代の北方民族を指していたが、この記載に現われる「粛慎」に関しては、オホーツク文化を担った人々ではないかという見解が以前から示されていた(5)。近年、奥尻島青苗《あおなえ》砂丘遺跡（北海道）の調査で、オホーツク文化期の住居が発見され、この文化が広く展開していたことがわかってきている。この点からも『日本書紀』の「粛慎」がオホーツク文化によってたつ集団であるとする見方が改めて注目されている(6)。

関連して、『日本書紀』斉明天皇の条には阿倍比羅夫が「後方羊蹄《しりへし》」という場所に、大和朝廷の出先機関である「政所」を設置したという記録があり、「政所」が在地の集団が天皇への特産品を献上する

「朝貢」の場所であったと理解されている。この場合の朝貢とは、その返礼として多くの品々が、朝貢を行った国や集団などにもたらされる形式をとる一種の貿易と位置づけられている。(7) 近年では、このように七世紀ごろの北海道には、一時的であるにしても、日本古代王権による交易所が設置されたことを想定する考え方が示されている。これに関して、出土遺物の面からは、ウサクマイ遺跡群から出土した本州から将来された刀剣などに代表されるように、同時期の北海道における多量の鉄製品や本州製武器類の出土傾向を勘案しても、その可能性が肯定されつつある。

図30　ウサクマイ遺跡の竪穴住居址

また、平成一一年（一九九九）にウサクマイN遺跡では、平安時代の初め（弘仁九年・八一八）に鋳造され、皇朝十二銭の一つに数えられる「富寿神宝」が出土し、北海道と本州との交渉の動かぬ証拠として、大きな話題となった。時代が下り、ここにアイヌが居住していた頃の様子は、すでにふれたように松浦武四郎によって記されている。彼はここから岩をつかみ、樹根をたよりとし、崖をよじのぼって支笏湖《しこつこ》畔に達したのである。(8)

アイヌの遺跡と人物誌

アイヌの時代の村や住居の発掘も、近年の考古学的成果の一つであり、すでにふれた美々8遺跡（千歳市）では松浦武四郎が通った幕末の船着場跡が調査され、沼のようになった部分からは係留されたままの五艘もの丸木船が出土した。その下部からは多数の木製品とともに櫂などの船具も出土した。櫂にはメカジキ（アイヌ語でシリカップ）の彫刻が施され、この集落（アイヌ語でコタン）の人々は板綴船に乗り、川伝いに太平洋まで出て、銛を使ってメカジキ漁を行っていたことが推測されている。これらの遺物の多くは、寛文七年（一六六七）と元文四年（一七三九）の二度にわたる、樽前山の噴火によって堆積した火山灰の間の黒土層から発見されていることから、遺跡の年代は一七世紀後半から一八世紀前半の間に特定される。武四郎の歩いた時期に海陸の結節点として重要であった船着場が、百数十年を経て、そのまま姿を現した稀有な例である。記録に残され、あるいは絵図に描かれた場面が、まさに文字や絵から抜け出したように地中から発見されたのである。

これらの遺跡や遺構を残したアイヌは文字をもたず、自らのことを記すことはなかったが、江戸時代にこの地を訪れた人々の手になる詳細な記録が数多く残されている。そのなかにはアイヌの人物個々の語る話とそれによってそれぞれの人柄まで知られることがある。とりわけ、松浦武四郎が記した『近世蝦夷人物誌』には、文字通りさまざまなアイヌの個としての人物が書き留められている。

たとえば、武四郎が記したアイヌのなかでも、ひときわ私の記憶に残る人物として、一人の少年がいる。知床半島の付け根に当たる斜里に住んでいたノヤホクという少年で、彼は和人から、手習いに来れば、食事を与えるといわれ、足繁く通っていた。けれども、そんなある日、手習いを終えた後も、彼は食事に手をつけなくなった。その理由をたずねると、彼は食事のために手習いに来ていると思われるのが口惜しく、食事はそのまま残したのだといった。その少年は空腹に耐えても、なによりも文字を学びたかったのである。そして、ひもじさに耐えるよりも、己の学問に向く心を、一個の人間として卑しい批判にさらされることの方が忍びがたかったのである。このように純粋な好学心と毅然たる人間性を、私たちは現代にもとめることができるだろうか。武四郎もその少年の心栄えを誠に感心して余りあると賞賛している(9)。

ここで述べてきたヒグマに関する話題も多い。武四郎が会った当時、四八歳になるイホレサンは豪勇をもって知られていた。彼はオホーツク海岸の紋別《もんべつ》場所から一里(約四キロ)ほど北にある渚滑《しょこつ》(現在の紋別市)という集落の長であった。ある時、彼の留守中に一頭のヒグマが毎夜のように現れては、貯えてある干し魚を食い荒らした。イホレサンはこれを大いに怒って、ある晩、そのヒグマを槍で突いたところ、逆にクマの爪にかけられ、左耳を失うなど体じゅうに重症を負いながらも、最後にはヒグマを仕留めた。この一件を和人が検分した上で、傷の手当てをする薬を与えようとしたにもかかわらず、イホレサンは拒絶した。それはヒグマによって受けた傷に薬を用いることはもとより、流れ出る血を拭うことさえしない、というアイヌのしきたりにのっとっており、彼の勇士としての面目を躍如たらしめている。

吉村昭の小説にはさきにふれた『羆嵐』のほかにも動物と人間の関わりを追求した作品が多い。そのなかで、ヒグマをとりあげた作品としては、妻を殺したヒグマを追って雪山深く分け入る中年猟師の執念と矜持を取り上げた短編『羆』がある。また、『熊撃ち』は北海道で実際におきた七つの事件と実在する八人の熊撃ちを題材に、人を襲ったクマに対して、自らを厳しく律しながら深い山へと分け入って行く実際の猟師たちの姿を、野性の猛獣と原生林の迫力を対照させて描いた作品である。

いっぽう本州では、ツキノワグマなどの大型獣を主な狩猟対象として、東北地方の山地を中心に活動を行うマタギと呼ばれる山猟師が知られている。考古学の一つの方法として、民俗誌のなかで、生起した技術や風俗を、考古学の研究に活かそうとする方向性があり、エスノアーケオロジーと呼ばれている。このような方法の一つとして、江戸時代から近・現代を経て、一部は現在にいたるまで伝承されてきたマタギの狩猟技術の記録や復原が行われている[10]。別の項で取り上げた縄文時代の遺跡（対馬市佐賀貝塚）から出土した鹿笛は、発情期の鹿を呼び寄せるために、マタギをはじめとした日本各地の猟師によって用いられていた同様の現用品によって、その用途があとづけられた。このことはたんに小さな鹿笛の認識にとどまらず、その背景として、日本列島に人が暮らして以来、山野を跋渉して、命をかけて動物を追い求めた人々の営みがある。

かつてヒグマと対峙し、日々の暮らしのなかで、その存在を受けとめてきた北の人々がいた。そのような人々が生きた証が、地下に残された遺跡や遺物である。以前、ウサクマイ遺跡を踏査した時、ヒグマとの遭遇に注意しながら、遠くに恵庭岳や樽前山の山巓を望む小道をたどった。そして、そばに生い茂った熊笹に埋もれている遺跡に目をやりながら、アイヌの賢明な少年や豪放な猟師たちを思った。

(1) 木村盛武『獣害史上最大の惨劇　苫前羆事件』苫前町郷土資料館、一九八〇年
(2) 松浦武四郎『西蝦夷日誌ほか』(日本古典全集) 正宗敦夫編纂校訂、日本古典全集刊行会、一九二八年
(3) 野村崇・宇田川洋編『続縄文・オホーツク文化』新北海道の古代2、北海道新聞社、二〇〇三年
上記の文献のうち、とくにクマを含めた動物形の遺物を取り上げた論文としては、下記の論考がある。
乾芳宏「北海道の動物形土製品」
高畠孝宗「オホーツク文化の信仰と儀礼」
(4) 松浦武四郎『校訂蝦夷日誌』秋葉實翻刻・編、北海道出版企画センター、一九九九年
(5) 石附喜三男「考古学からみた粛慎」大林太良編『蝦夷』社会思想社、一九七九年
天野哲也「極東民族史おけるオホーツク文化の位置」上・下『考古学研究』二三―四・二五―一、一九七七・一九七八年
(6) 蓑島栄紀『古代国家と北方社会』吉川弘文館、二〇〇一年

（7）蓑島栄紀『古代国家と北方社会』（前掲）

（8）松浦武四郎『夕張日誌――後方羊蹄日誌ほか――』（日本古典全集）正宗敦夫編纂校訂、日本古典全集刊行会、一九二九年

松浦武四郎『松浦武四郎紀行集』下巻、吉田武三編、冨山房、一九七七年

（9）松浦武四郎『近世蝦夷人物誌』は『松浦武四郎紀行集』（前掲）所収。『近世蝦夷人物誌』の現代語訳としては更科源蔵・吉田豊訳『アイヌ人物誌』平凡社、二〇〇二年がある。

（10）安斎正人・佐藤宏之「マタギの土俗考古学――岩手県沢内村での罠猟の調査――」『古代文化』四五―一一、一九九三年など。

Ⅲ　くらしとくふう

1　菱と栗の文芸と生活史

菱をめぐる歴史的環境

「ゆでたばかりのヒシの実を次郎はあっという間にたいらげた」

下村湖人《しもむらこじん》（一八八四～一九五五）『次郎物語』第一部は、著者の子供時代をほぼそのまま綴っており、明治の頃の暮らしを活き活きと描いている。

湖人の生まれ育った地は、有明海に向けて広がる佐賀平野の一角にあたり、縦横に水路が巡るクリーク地帯であった。近年、圃場整備が進み、水路はかなりの部分が失われたが、一部はその姿をとどめており、往時をしのぶことができる。このあたりでは現在も水路で菱《ひし》を栽培としており、各地からの注文があり、根強い人気をたもっているらしい。

『次郎物語』の主人公である次郎の少年時代の描写は、作者の下村湖人自身の経験を、ほとんどそのまま記したものといわれる。次郎すなわち湖人がうまそうに食べた菱は、植物学的にはヒシ科ヒシ属

図31　クリークに囲まれた下村湖人生家

の水草であり、中国では菱角ともいう。根は土中根と水中根があり、葉は水面に浮かぶ。夏に白または淡紅色の花を開き、秋に角の尖った実をつける。中国では菱の実を採集する場面が「採菱」として詩に詠われ、ヒシの実が花卉画の題材とされた。

菱の実が採れる環境を背景とする、『次郎物語』の舞台となった佐賀から柳川（福岡県）にかけての有明海沿岸の大きな地域的な特徴であるクリークは、かつては農業用水としてだけでなく、生活用水としても使われていた。

このようなクリークがいつごろから形成されたのかについて、考古学的な知見が得られている。下村湖人の故郷であり、生家からもほど近いクリーク地帯には、掘割で囲まれた城郭の跡が何個所も存在することが知られていた。これらはクリークを利用し、鉤の手に曲がったり、入り組んだ掘割をもつ城跡があり、現存する遺構をみると、往時はあたかも水に浮かぶ城の様を呈していたことが想定される。近年にいたり、そのいくつかが発掘調査され、年代が推定されている。たとえば、湖人生家の北西にある直鳥城《なおとり》は、戦国時代の初めである一五世紀前半に築造されたとみられている。また、直鳥城の北にある横武城《よこたけ》やその西側に位置する姉川城《あねがわ》は一四世紀頃に築造され、一五世紀には盛期を迎えていたことがわかっている。(1)佐賀平野のクリークについては、各分野から諸説があるが、少なくとも、これらの中世のクリークを取り込んだ城跡の存在から、クリークの成立時期も、ほぼ一四世紀頃まで遡れるという考古学的な定点が得られている。

菱を採り、茹でて食べた下村湖人の生まれ育った環境は、少なくとも数百年の歴史によって成り立っていたことが、考古学的事実によって跡づけられたのである。

図32　クリークを堀とした直鳥城

漢詩と万葉歌の菱

菱の実の食用は日本だけでなく、中国でも広く行われており、河北・山東以南に広く栽培されているという。大量の籾《もみ》などをはじめとした新石器時代に属する稲作関係遺物の出土で知られる河姆渡《かぼと》遺跡（浙江省余姚県）でも菱の実が出土しており、すでに今から五〇〇〇年ほど前には菱が食用にされていたことが明らかになっている。

菱に関する漢詩としては、次のような李白（七〇一〜

七六二）の作品が知られる。

蘇台覧古

旧苑荒台楊柳新　　旧苑荒台、楊柳新たなり、
菱歌清唱不勝春　　菱歌清唱、春に勝えず。
只今惟有西江月　　只今、惟だ西江の月のみあり、
曾照呉王宮裏人　　曾て照らす呉王宮裏の人（2）。

（大意）
いにしえの呉王の姑蘇台を訪ねると、庭園は古び、高台は荒れはて、ただ楊柳だけが、昔のように新しい芽をふいた。水面をわたる菱採りの乙女らの清らかな声を聞けば、やるせない春愁にたえられない。春を謳歌した呉王の宮殿（蘇台）には、只今は西に流れる川を月が照らしているばかりである。かつては呉王の宮殿の美女（西施）の姿を照らしていたものだが、世の栄華もはかない。

この詩は李白が呉の故地（現在の浙江省蘇州市）で古跡を訪ねた時の感懐を綴った作品であり、蘇台とは姑蘇山にあった台榭《たいしゃ》すなわち、土を高く築いた上に建てた建築物を指す。ここは呉王夫差《ごおうふさ》が越を

破って得た西施という美女を住まわせたことで知られ、呉に対した越王勾践《えつおうこうせん》が嘗胆の末に呉を滅ぼしたという故事はあまりにも名高い。

この詩には蘇台の荒れ果てたありさまが詠われているが、傍らの川で民歌を口ずさみながら、菱の実を採る乙女たちを配することによって、いにしえに対する憂愁をさらに深く吟じている。詩作の背景には李白が見聞した情景があり、盛唐の詩人である彼の身近に菱の実の採取と利用が行われていたことを端的に示している。

菱の実は『万葉集』にも詠われており、次のような歌がある。

君がため浮沼《うきぬ》の池の菱採《つ》むと　我が染めし袖濡れにけるかも　（巻七―一二四九）

柿本人麻呂歌集よりとったとされるこの歌は、「あなたのために浮沼の池の菱を摘んで、私の染めた袖を濡らしてしまいました」というほどの比較的単純な内容である。袖を濡らして岸から菱を採っているのは人麻呂の妻である依羅娘子《よさみのおとめ》とされ、愛する人のために池に入って菱を摘むという素朴な情感が現れていて好ましい。

「浮沼の池」は、今の島根県大田市三瓶町に所在する浮布の池のことと考える説と、単に「沼」を一般的に示すという両説があり、断案はないようである。いずれにしても、愛しい人のために袖を濡らしてまで、菱を採る万葉人の姿と思いが想像される歌である。この歌から古代の人々が池や沼の岸近くで菱を採取していたことが知られる。また、『万葉集』巻一の冒頭を飾る雄略《ゆうりゃく》天皇の名高い歌にみえる「菜摘ます児」に代表される菜を摘むという表現と同じく、菱を採取する行為に対しても摘むという語が用いられていたことがわかる。

菱を摘む歌は他にも、「豊前国の白水郎《あま》が歌一首」として次のような歌がある。

豊国《とよくに》の企玖《きく》の池なる菱の末を　摘むとや妹《いも》が御袖濡れけむ　（巻一六―三八七六）

大意は豊前国すなわち現在の大分県にあった企玖の池というところで、菱の先を摘もうとして、あなたは袖を濡らしたのですね、というほどであろう。こちらの歌もやはり、袖を濡らして菱を摘むことが主題となっている。

考古学資料としての菱

菱と関係する考古資料としては、万葉集が編纂された時代をはるかにさかのぼる古墳時代の遺物が知られている。行者塚《ぎょうじゃづか》古墳（兵庫県加古川市）は墳丘長一〇〇メートルの大型の前方後円墳で、発掘調査の結果、西側の造出《つくりだし》（古墳に付属する突出部）から、埴輪とともに、さまざまな器物や動植物を模して、土をこねて作った遺物が出土した。そのなかは、魚、鳥などのほかに、菱の実を模した遺物もあった。この古墳の築造された年代は、ほぼ五世紀はじめ頃と推定されている。これらの遺物が出土した造出は、古墳の築造または葬送に関する祭儀を行った場所とされていることから、古墳時代の人々が菱を重視していたことがわかる。

奈良時代にも菱に関する考古学資料が知られている。平城京にあった長屋王邸跡（左京三条二坊八坪）から出土した木簡であって、そのなかに菱に関する記載がみられる。

武蔵国策覃郡宅駅菱子一斗五升霊亀三年十月(3)

八合菱粉粥一升□升雇　十二人一斗九升二合各一(4)

はじめの木簡では、霊亀三年（七一七）に武蔵の国から長屋王の屋敷に菱の実が貢納されていたことがわかる。次の木簡の内容は断片的であるが、何かの労働に伴って、菱の粉で作った粥が与えられたらしい。これらに示されるように奈良時代には、長屋王のような高貴な身分の人士から、労役に従事した人々に到るまで、菱を食していたと考えられる。

菱の実の味を知る人は稀になったが、その味はほんのりと甘く、懐かしい澱粉質の風味がある。このような味わいは、他の食材では木の実などにちかい。木の実は縄文時代には秋の重要な食物であったとされており、縄文土器そのものの発生を木の実を加熱することに求める仮説もあるほど、重要な食物であった。また、菱と木の実には容易に採取できるという共通点がある。

狂言『栗焼』と竈神

現代では外国産のナッツ類も様々なものが加工品として店頭を賑わしているが、今にいたっても、日本人の生活に馴染んでいるのは栗であろう。栗を詠み込んだ万葉歌として知られるのは山上憶良《やまのうえのおくら》の次の歌である。

瓜食《は》めば子ども思ほゆ　栗食めばまして偲《しの》はゆ　いづくより来りしものぞ　眼交《まなかひ》にもとなかかりて　安寐《やすい》し寝《な》さぬ
（巻五―八〇二）

この歌の内容は、「瓜を食べれば子どものことを思い出す。栗を食べれば子どもがいとおしい。子どもはどこからやってきたのだろう。子どものことが目の前に浮かんで、なかなか寝付けない」というほどであろう。憶良が子への思いを詠んだ歌であり、この歌に先立って、「子等を思う歌一首」という題の序文が記されている。

確実な栗の遺存事例としては、貝塚などの出土遺物があることから、遅くとも縄文時代には食されており、他の木の実とともに秋の重要な食料であったことがわかる。縄文時代の遺跡のなかで大量の栗の出土で知られるのが三内丸山《さんないまるやま》遺跡（青森市）である。日本最大級の縄文集落跡として、一般にもよく知られているこの遺跡で出土した栗は現在のものよりはるかに大きい。また、三内丸山遺跡では栗の実だけでなく、直径約一メートルにも達する栗の柱からなる建造物の遺構が発見されている。これらのことから三内丸山遺跡の周辺には栗の林が広がっていたと推定されている。また、栗のＤＮＡの研究からは、野生種の遺伝子の多様性と比較して、三内丸山遺跡から出土した栗の遺伝子は多様性が認められないため、栽培の可能性が高いとされているが(5)、自然科学者から方法論についての疑義も呈されている(6)。

いっぽう、建築材としての栗は三内丸山遺跡だけでなく、同様に巨木を用いた縄文時代の建築遺構として、チカモリ遺跡（金沢市、縄文時代後・晩期）などでも、直径約八〇センチほどの栗の木を縦に半分に割った巨大な木柱を直径約七メートルの環状に立て並べた環状木柱列が発見された。

これらの遺構は、近年まで線路の枕木に使われた堅緻な栗材の巨木を加工できるほどの縄文人の木工技術の高さを示す例証となった。その後、このような栗の巨木を縦に半分に割って、柱のように立てた遺構は真脇《まわき》遺跡（石川県）でも発見されており（巨木遺構の所属時期は縄文晩期・約二八〇〇年前）、このような巨木遺構については、その性格をめぐって議論があるが、祭祀に関係する遺構であるという見方が大勢を占めている。

このほかに縄文時代の遺跡で栗材の使用方法が知られる例としては、馬場前《ばばまえ》遺跡（福島県楢葉町・縄文時代中期）の二〇号住居址で炭化した栗材の柱が出土しており、柱の根元が腐らないように表面を炭化させたものと推測されている。(7) もし、これが当を得ているならば、縄文人たちの木材の使用法に対する経験と知識の証しとなろう。

数千年来、日本列島に暮らす人々と関わりの深い栗については、これを食す場面を古典に拾遺することができる。たとえば、『源氏物語』「宿木《やどりぎ》」では次のように記される。

くだもの取り寄せなどして、「ものけたまはる。これ」など起こせど、起きねば、二人して、栗などやうのものにや、ほろほろと食ふも（後略）

ここにみえるように古代において、栗は「くだもの」とされていることがわかる。ただし、古語の「くだもの」は果実だけでなく、菓子や酒のさかななども含む。

また、『徒然草』（第四〇段）には「この娘、ただ栗をのみ食ひて、さらに米のたぐひを食わざりければ」とあり、栗だけを食べる娘が取り上げられている。

これらは栗を食べる場面の描写であるが、狂言には栗を題材にした演目として『栗焼』がある。『栗焼』のあらすじは次のとおりである。主人が四〇個の栗をもらったので、太郎冠者に焼き栗にするよう言いつける。太郎冠者は言いつけ通り、みごとに焼き栗にするのが、あまりにおいしそうなのでついつい食べてしまい、気がつくと四〇個もの栗を全部食べてしまっていた。困った太郎冠者は、主人に「かまどの神」とその子供たちに栗を進上したと言ってごまかそうとするが、嘘がばれて叱られてしまう。

『栗焼』は、ほとんど太郎冠者の独り芝居であり、栗を焼きながら栗と会話をしたり、うまそうに栗を食べたりする所作が多く、演者の技量が存分に発揮できる演目とされる。また、狂言の演目としては珍しく季節感のある曲とされる。

この狂言で注目されるのは、太郎冠者が栗を全部食べてしまった挙げ句に、「かまどの神」が現れたと舞いながら嘘をついたり、数をごまかそうとするくだりである。「かまどの神」すなわち「竈神」は、一般的には「かまどを守護する神。奥津日子命《おきつひこのみこと》・奥津比売命《おきつひめのみこと》を祀る。のち仏説を混じて三宝荒神《さんぼうこうじん》ともいう」[8]と説明される。いっぽう、民俗学の辞典には、竈を中心に家の火所でまつられる神であることを前提にしながらも、「単に火や火伏せの神というだけでなく、農作の神、家族や牛馬の守護神、富や生命を司る神など生活全般の神としても信仰され」ると説明され、民俗信仰としては、地域ごとに祭祀形態や祭祀方法は多様であるとされる[9]。その典型として、たとえば、沖縄では中国からの影響で、年末に竈神が天帝のもとに赴くという伝承があげられることが多い。

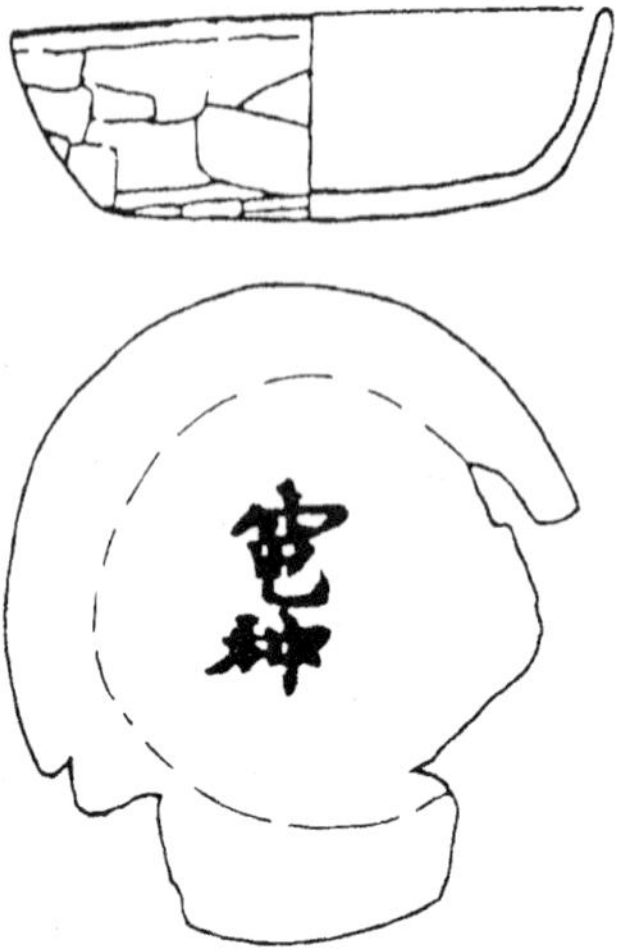

図33　「竈神」墨書土器(千葉・庄作遺跡)

これまで民俗学を中心として検討されてきた「竈神」について、近年では関連した考古資料の存在が知られるようになった。これを直接に示す遺物としては、奈良・平安時代の遺跡から出土する墨書土器の中に「竈神」の文字が記される場合がある。たとえば、庄《しょう》作《じゃく》遺跡（千葉県芝山町）から出土した「竈神」の墨書土器では、九世紀頃の土師器《はじき》の底部に「竈神」と墨痕も鮮やかに記されていた。これによって、東国の古代社会において、「竈神」の信仰が行われていたことが示された。

また、馬場遺跡（千葉県佐原市）では、やはり九世紀頃の竪穴住居址に造り付けられた竈の遺構の中から、四個の土器が底部を上にして、つまり逆さまにされ、重なった状態で出土した。そのうち一番上の土器には「上」の文字が正立して墨書されていたことからみると、土器を裏向けに重ねた状態で、墨書されたと考えられる。[10] このような遺物の出土状態から、竈に対する祭祀行為が行われたことは明らかであり、さきの「竈神」墨書土器の存在を勘案すると、古代の東国では竈神に対する祭祀が実際に行われていたことがわかる。[11]

このような竈神の祭祀については、東国から出土するその他の墨書土器に記された語句の検討から、中国起源の冥道信仰、庚申《こうしん》信仰、カマド神などが複雑に混合した様相を示していると考えられている。(12)ここでとりあげた墨書土器は、地理的に都に近い西日本よりも、遠く離れた古代の東国でその出土数が増えており、集落次元で行われた信仰や祭祀について、具体的な資料を提供している。そして、狂言『栗焼』にみられた「かまどの神」の淵源である古代の竈の祭祀や竈神の信仰も、まさにこのような資料の蓄積によって、その実態が明らかになりつつある。

(1) 神埼町教育委員会編『姉川城跡』神埼町教育委員会、一九九六年
神埼町教育委員会編『横武城跡』神埼町教育委員会、一九九七年
千代田町教育委員会編『直鳥城跡』千代田町教育委員会、一九九九年
(2) 読み下しと大意は、久保天随『李白全詩集』下巻、日本図書センター、一九七八年を参照した。
(3) 奈良国立文化財研究所編『平城京木簡』1〜3、吉川弘文館、一九九五〜二〇〇六年
(4) 奈良国立文化財研究所編『平城京木簡』(前掲)
(5) 佐藤洋一郎・石川隆二『三内丸山遺跡　植物の世界――DNA考古学の視点から――』裳華書房、二〇〇四年
佐藤洋一郎「三内丸山遺跡出土のクリのDNA分析について」『史跡三内丸山遺跡年報』二、一九九八年

（6） 山口昌美「三内丸山〝縄文都市〟の食糧問題――クリは栽培されていたか？――」『食の科学』二九六、二〇〇二年
（7） 福島県文化センター編『馬場前遺跡1次調査』福島県教育委員会、二〇〇一年
（8） 新村出編『広辞苑』第五版、岩波書店、一九九八年
（9） 福田アジオほか編『日本民俗大辞典』上、吉川弘文館、一九九九年
（10） 千葉県資料研究財団編『千葉県の歴史』資料編・考古3（奈良・平安時代）、千葉県、一九九八年
（11） 千葉県資料研究財団編『千葉県の歴史』資料編・考古3（前掲）
（12） 平川南『墨書土器の研究』吉川弘文館、二〇〇〇年

2　『鉢かづき』と『山椒大夫』の考古学背景

『鉢かづき』と「鍋被り葬」

御伽草子とは広義には、室町時代を中心に編まれた短編小説の総称であって、多くは作者未詳の空想的・教訓的・童話的な作品群である。これらの作品は中世の時代思想と世相を反映しているとされる。また、狭義には享保（一七一六～一七三六）頃、大坂の書肆渋川清右衛門の刊行した『文正草子《ぶんしょうぞうし》』『鉢かづき』以下二三篇の称（御伽文庫）とされる。

御伽草子のなかで、考古学的に読み解ける要素のある作品として、まず、『鉢かづき』を取り上げたい。その内容の大略は次のとおりである。

河内国交野《かたの》に住む備中守実高《さねたか》という人がいて、子供に恵まれなかったが、観音さまへの信仰によって一人娘を授かった。娘が一三歳のとき、母親は病魔に倒れたが、この世を去るまえに、娘のこの先の人生に役立つようにと、娘の頭の上に手箱をのせ、肩が隠れるほどの大きな鉢をその上からかぶせた。するとこの鉢が頭に吸いついて取れなくなってしまった。娘はあとにきた継母に虐待されたあげく、家を追い出され、世間の人たちからも、化け物扱いをされた。娘は深い悲しみと苦しみから川に身を投げたが、頭の鉢が浮いて死ぬこともできない。漁をする舟人に川岸に引き上げられ、その地の国司（地方行政官）は娘を憐れんで、風呂炊き用人として屋敷におくことにした。奇怪な娘の容姿に誰もが娘を化け物扱いしたが、国司の四男は娘の心の美しさに真実をみて、深い愛情をいだいた。これを知った国司の妻は、わが息子と素性の知れぬ鉢かづき姫など釣り合わぬと思い、恥をかかせて追い出そうとし、嫁比べを用意した。上流社会の文化、経済生活を見知らぬ鉢かづき姫は、仕方なく四男坊とともに屋敷を抜け出そうとする。その瞬間、鉢が割れ落ちた。鉢の下からあらわれた顔は気高く、「十五夜の月の雲間を出づるにことならず」と表現されるほどであった。割れた鉢の中からは、嫁比べに必要な衣装をはじめ見事な財宝の数々が現れ、娘が成育期に母からうけていた教養は嫁比べにおいても、遜色がなかった。国司はこの嫁比べでの褒美として、その所領のほとんどを四男夫婦に与えた。二人は多くの子どもにも恵まれ、幸せな生活を送ることができた。これもひとえに観音様の御利益である。

このような『鉢かづき』の物語は、鉢を被った奇怪な姿の娘が主人公であるところが特徴であるが、現象面でこの描写と関連した葬法が考古学資料として確認されている。それは「鍋被り葬」と呼ばれる埋葬習俗である。これは遺体を葬るのに際して、死者の頭部に鉄製の鍋や釜、銚子などを被せるという特異な葬法である。このような「鍋被り葬」は東北から関東にかけて発見されており、時期的には室町時代後半から江戸時代にかけて、一六世紀から一八世紀に及ぶとされている(1)。

その他に、焼き物のすり鉢などを被せた人骨が、北海道南部から東北北部に特徴的にみられる。たとえば、長禄元年(一四五七)、武田信広により築かれたとの伝承のある洲崎館跡に近い北村遺跡(北海道上ノ国町)では、和人の特徴を有する壮年男性の頭に珠洲《すず》焼のすり鉢を被せた事例が報告されている。同じく、渡島半島にあったとされる脇本館跡に近い湧元《わきもと》遺跡(北海道知内町)の珠洲焼のすり鉢を被せた人骨や、弥生町遺跡(函館市)の越前焼のすり鉢を被せた事例が知られている。本州側では陸奥湾に面する上野平《うえのたい》遺跡(青森県川内町)で、伏せた状態で置かれた珠洲焼のすり鉢の下から和人と考えられる熟年男性の頭骨が発見されている。これらの遺跡で出土した珠洲焼のすり鉢に関しては、いずれも一四世紀末から一五世紀前半頃のものと推定されている(2)。このような事例は時期的には鉄製の鍋などを被せた人骨に先だつものと考えられており、この種の葬法の創始が、東北北部から北海道南部にあるとする見方がある(3)。

このような「鍋被り葬」は民俗事例としては病死者に関する民話や呪術的な民俗儀礼として近年まで伝わり、そのなかでも近江湖北の筑摩《ちくま》神社(滋賀県米原市)の「鍋冠祭《なべかむり》」は名高い(4)。これは『東海

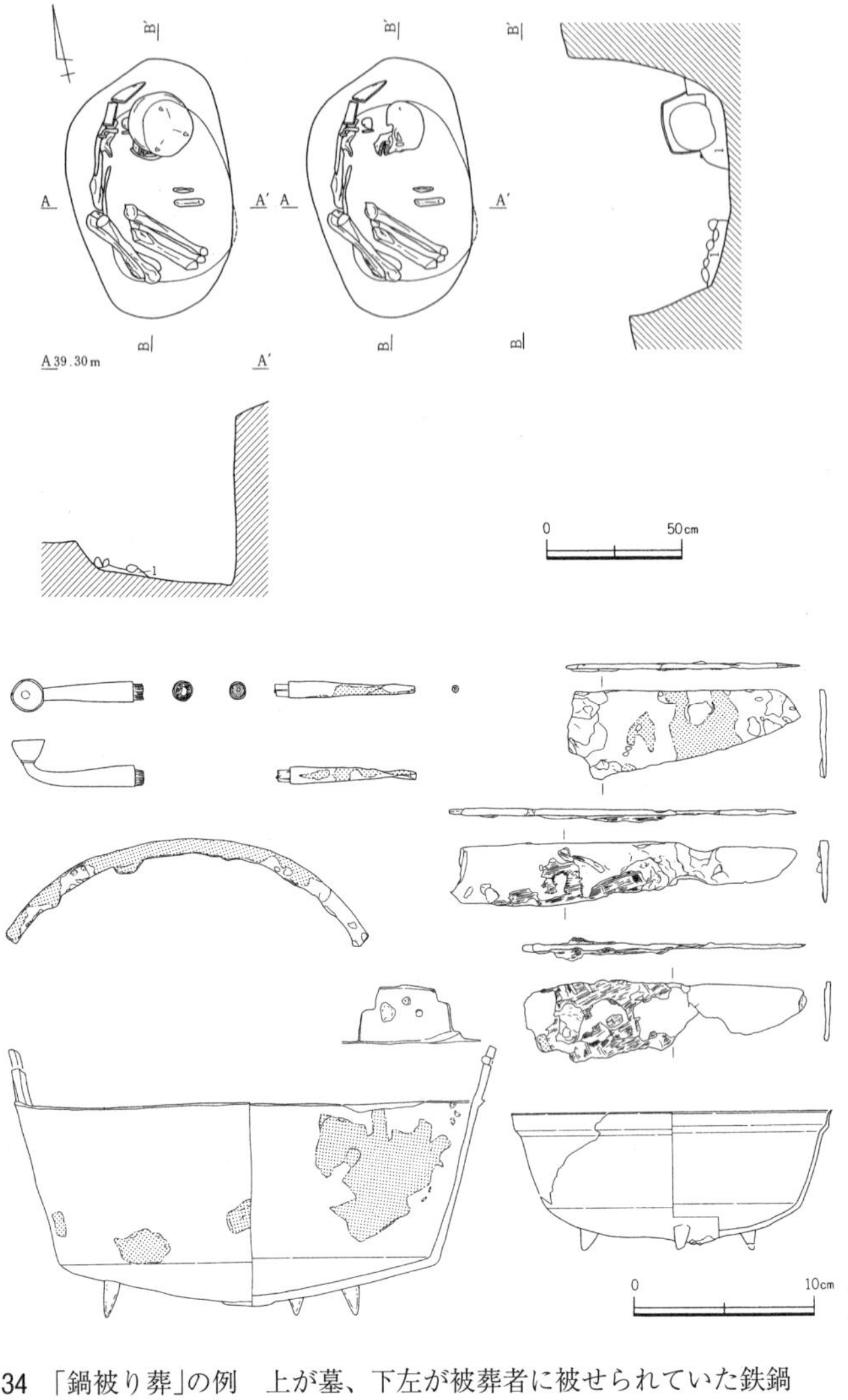

図34　「鍋被り葬」の例　上が墓、下左が被葬者に被せられていた鉄鍋
（臼久保遺跡 K48土坑・17世紀後半）

道中膝栗毛』（伊勢山田、五編追加）にも「筑摩の鍋かぶり」としてみえるほど、江戸時代にも有名な行事であった。

いっぽう、埋葬した人骨に鉢や鍋を被せる習俗以外にも、発掘された遺構によって、中世には器物や施設をなにかで覆うという風習があったことがわかっている。わかりやすい例をあげると、門前鎮守山城跡（鳥取県大山町）では、鍋を伏せた中世の遺構が発見されている。この遺構は地面に中国銭（宋銭）を置き、その上に六枚の土師皿を伏せて、さらにそれらを逆さまにした鉄鍋で覆っていた。この鉄鍋はほぼ完品であり、土器、宋銭を伴うことから鎌倉時代の遺構と推定され、祭祀行為に伴うものと考えられ、とくに地鎮の可能性が考えられている。(5) また、古市遺跡（島根県浜田市）では、中世の井戸を埋める際に、底に井戸材を敷いた上に折敷を置き、さらにその上に鉄鍋を伏せ置いており、伏せられた鉄鍋の中には人の髪の毛が置かれていた。(6)

このような習俗も含めて考えると、中世後半から江戸時代にかけて類例が増えている「鍋被り葬」の風習は、時期的にも御伽草子の『鉢かづき』との関係を考えてみたくなる。しかしながら、『鉢かづき』の故郷は河内の交野《かたの》（現在の大阪府交野市・枚方市）であり、見初められて、河内国司の子息の妻となることも含めて、物語の舞台は河内国に限定されている。この点では「鍋被り葬」の分布が東日本に偏在していることとは大きく異なる。このように文学や文字の記録と考古学的事実とが異なる場合は往々にしてみられ、これが史料や記録の批判的な分析にも役立っている。

「鍋被り葬」の分布域が『鉢かづき』の内容と異なる点に関して、考古学的には、東日本の人々にとって、頭に鉢を被せることが、異常な死をとげた人々を対象とした葬送行為として存在したことが確認できる。これに関して筆者は、京の都とその周辺の人々にとって、頭に鉢を被せることは文化的に理解しがたい行為であって、逆にそのために奇怪な人間の様態を強調するために、あえて象徴的に取り上げ、日常性を超越した物語の題材としたのではないかと考えている。

地下から現われた『文正草子』の世界

『文正草子』は、『御伽文庫』の巻頭を飾る物語の一本であり、原本は極めて華麗な彩色の施された大型の奈良絵本である。『文正草子』の梗概を以下にみておこう。

常陸国鹿島大明神の大宮司に仕える雑色の文太は製塩業で巨富を得て、文正つねをかと呼ばれる。大明神に祈願して授かった二人の娘は気位が高く、大宮司の息子や国司の求婚も受け付けない。都の殿下の息二位中将が姉妹の噂を聞きつけ、まだ見ぬ相手への恋に苦しむ。中将は小間物売りの姿で常陸に下り、巧みな口上や管絃で文正親子を惹き付け、姉娘と契りを結ぶ。身分を明かした中将が姉娘を伴って帰京した後、帝の召しによって、妹娘も父母と共に上京する。やがて中将は関白に任ぜられ、姉娘は北政所、妹娘は后となり、それぞれ子女を産んで末永く栄えた。文正も高官に任じられ、栄華の内に長寿を保った、という。

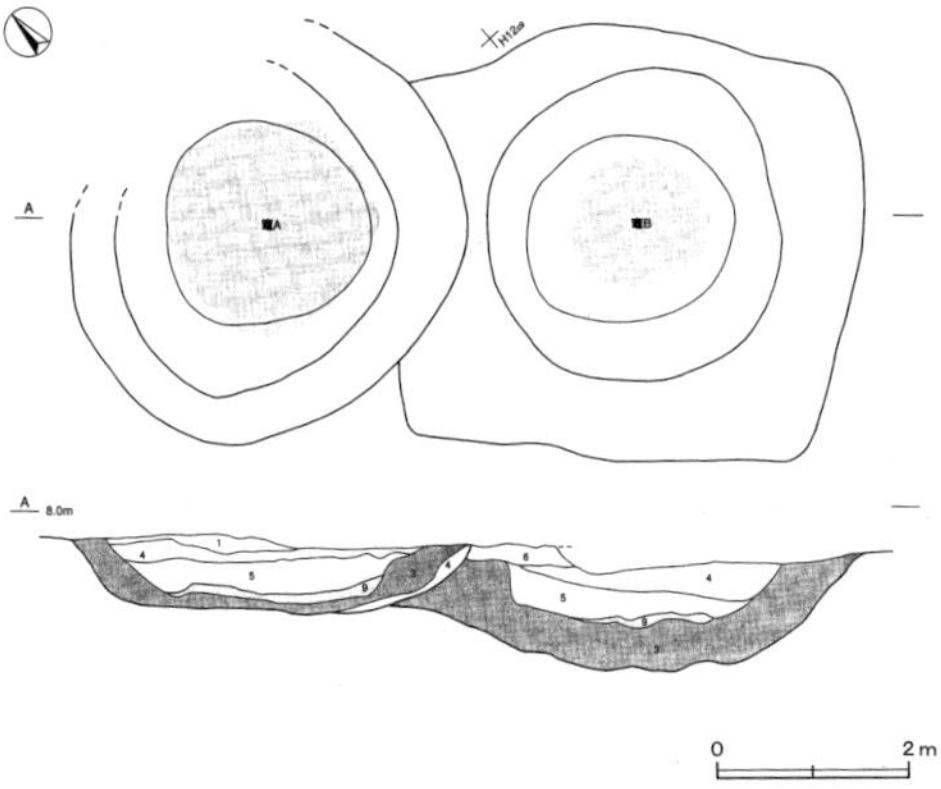

図35　村松白根遺跡の製塩用竈を据えた穴

この話では貧しい庶民が、身の才と娘の徳により立身出世を果たすことが主題となっている。その内容のめでたさゆえに、女子の正月の読み物にふさわしく、嫁入り道具にも加えられ、豪華な奈良絵本や絵巻物が多数作られた。従って伝本の数も多く、本文の異同は大きいが、話の筋はほぼ同じである。

端的にいえば『文正草子』は塩焼きを発端にした「文正つねをか」の立身の物語である。塩焼きとは海水から塩を作る仕事を指し、ふつう製塩と呼ばれる生業である。近年にいたり、『文正草子』と地理的にも時期的にも参照できる製塩遺跡が発掘調査されている。

村松白根《むらまつしらね》遺跡（茨城市）では室町時代から江戸時代後期にかけての大規模な製塩跡を中心とする生産遺跡とそれにともなうと考えられる建物跡、畝状遺構、墓跡等が確認されている。製塩遺構としては、海水を煮詰めるための巨大な釜を納めた釜屋や塩水を貯めた鹹水《かんすい》槽跡が検出された。

また、製塩遺構に伴うと考えられる建物跡、畝状遺構、墓跡等が確認されている。遺物としては、日常使用した素焼きの器類（土師質土器）のほかに、古瀬戸などの国内産陶磁器と当時の輸入品である中国製磁器の碗や皿、一七〇〇枚を越える古銭や枝銭も出土しており、中世後半以降の大規模な製塩跡を中心とする生産遺跡であることがわかっている。(7)

このように御伽草子に説かれた中世の生産活動を行った空間が、実際の遺構として、地下から姿を現し、説話の世界を抜け出た中世の生活や生業が私たちの眼前に像を結ぶことになった。

『山椒大夫』の考古学的要素

説経節に題材をとった名作としては、いうまでもなく森鷗外『山椒大夫』がある。よく知られた作品であり、斎藤茂吉による美文の抄録と解説も知られている。(8) これをもとにして以下にあらすじを記しておこう。

平安時代末期、白河天皇の永保元年に、筑紫の安楽寺に流された陸奥掾《むつのじょう》正氏《まさうじ》の妻玉木と、幼い娘の安寿《あんじゅ》と弟の厨子王《ずしおう》は、越後の直江の浦で人買いに連れ去られ、丹後・由良の山椒大夫に売られた。長きにわたり奴婢として使役され、過酷な日々を過ごした姉弟は、生き別れとなった母に会うべく、逃亡を図る。弟を逃した安寿は入水するが、厨子王は逃げきり、中山国分寺の住職である曇猛律師に救われ、都に上って関白・藤原師実《ふじわらのもろざね》の子となり、還俗した後、元服して正道と名のる。やがて丹後の国守となり、人の売買を禁じ、微行して佐渡に渡り、鳥追いになっていた盲目の母と再会する。

鷗外の『山椒大夫』の内容は、元になった説経節『さんせう太夫』とは大きく異なる部分がある。とくに鷗外作品では厨子王を逃亡させた後の安寿が入水して死ぬことになっているが、説経節では山椒大夫の手になる者によって、虐待して殺されることになっている。また、鷗外作品では厨子王が丹後国司になって、人身売買を禁じ、山椒大夫もこれに従い、その後も栄えたことになっている。これに対し、説経節では、子である三郎に山椒大夫の首を竹の鋸で挽き殺させて復讐をとげる。主な部分のみをあげても、鷗外の『山椒大夫』は題材を説教節にとっているけれども、原作の主題が復讐であるのに対して、親子の恩愛へと異質な展開を遂げている。

後に述懐しているように、『山椒大夫』の時代や背景などの設定と考証は鷗外自身によるものである。すなわち、時は永保元年（一〇八一）から寛治六、七年（一〇九二、三）頃までに置いている。また、厨子王を庇護する人物についても、説経節の梅津院から藤原師実という実在の人物に置き換えている。(9) ここでは文学作品を考古学的に読み解こうとしているのであるから、文学的な考察は専門識者にゆずり、鷗外が描こうとした『山椒大夫』を題材として、ときには原作を参照しつつ、遺跡・遺物から歴史的背景を考えていきたい。

まず、安寿と厨子王が売られていった丹後の山椒大夫とその居館の様子について、鷗外は『山椒大夫』で次のように描写している。

丹後の由良の港に来た。ここには石浦というところに大きい邸を構えて、田畑に米麦を植えさせ、山では猟をさせ、海では漁をさせ、蚕飼をさせ、機織をさせ、金物、陶物、木の器、何から何まで、それぞれの職人を使って造らせる山椒大夫という分限者がいて、人なら幾らでも買う。

同じく、居館の内部の様子と山椒大夫その人については、「一抱えに余る柱を立て並べて造った大廈の奥深い広間に一間四方の炉を切らせて、炭火がおこしてある。その向うに茵《しとね》を三枚畳ねて敷いて、山椒大夫は几《つくえ》にもたれている」と記されている。また、「三の木戸」などの記述があるように、この館が複数の建物から構成されていることを前提としている。

いずれも説経節にはみられない詳細な記述であるが、「三の木戸」という記述は原作にも記され、大夫の館は規模が大きく、いくつかの建物から構成されることがわかる。山椒大夫の当該社会の中での位置づけについては、柳田国男が山椒は「算所（山荘）」であり、漂泊芸能者を意味するという所見を示している(10)。その後の言及としては、歴史学者の林屋辰三郎氏が、行政官である荘園領主に対し、住民が年貢を免除される代りに権門寺社に属して掃除や土木・交通などの雑役に服した地域として、中世的な賤民視の対象であった「散所」における大夫すなわち支配者であると位置づけた(11)。ただし、鷗外作品の山椒大夫は田畑の生産を基板としつつ、多様な生業を統括する姿として描かれており、むしろ開発領主的な一面を強調していると思われる。

民俗学や歴史学の研究史と関連して、近来の考古学調査では古代から中世の城郭とともに、近年、有力者などが居住する建物跡の調査例が増加し、研究も蓄積している。この種の建物は時代によって規模や形態は異なるが、古代の場合は豪族居館と呼ばれ、それ以降では中世居館として調査例が数多く知られている。

ここで対象とする平安時代末から鎌倉時代にかけてのこの種の遺跡も、中世居館と呼ばれることが多い。居館の主については、一般的には有力者と説明されるが、律令制で朝廷から任命された諸国の地方官である国司であったり、在地の有力者である場合もある。また、鎌倉時代には、当然武士の館も出現する。このような居館遺構について、最近では高校生が使うごく一般的な日本史の教科書にも、「開発領主の館」として、堀に囲まれた建物と近傍に氏寺を備え、周辺に門田《かどた》と呼ばれる直営地を配した景観が図示されている(12)。

「開発領主」とは辞典的な説明では、平安時代以来の田畠の開発ないし再開発によって、本領を確保した者たちを指し、身分としては、貴族・武士から百姓のうちで上位層を含み、そのうち武士は幕府から権利を保障されて御家人になっていくとされる(13)。中世の居館は、溝や堀と柵などによって、一般集落とは区画され、それらとは建物の広さや構造も異なるという、古代以来の首長居館の特色に加えて、土塁や堀がともなう例も出現する。

これに対し、鷗外作品の時代設定となった平安時代末頃の地域有力者の居館は全国的にも、まだ発掘例が少なく、実態は明らかとはいえない。また、古代から中世にかけての居館の展開の様相には地域差があることもわかっており、一様に論ずることは難しい。理論的な研究としては、開発領主の居館を、洪積台地の先端や平坦部に立地する類型と河川に近い沖積地に立地する類型に分ける見解がある(14)。

これらの知見を踏まえながら、調査された遺跡数も比較的多く、時期的にも参考になる地域の一例をあげるならば、豊後では部分的な発掘調査の総括によって、平安時代以来の開発領主は、その開発地を望む丘陵上に単独の小規模な居館または一族が集住した複数の建物群で構成される連郭型の居館に拠ったと推定されている(15)。

いっぽう、山椒大夫の居館の所在地とされる丹後の由良近辺では、平安時代末頃にさかのぼる具体的な居館の発掘調査は行なわれていないが、参考になる調査事例が、丹後から内陸に入った丹波の福知山市で知られている。大内城《おおうち》（福知山市大内）では南北朝時代から戦国時代にかけて、ほぼ一〇〇メートル四方を土塁と空堀《からぼり》で囲んだ曲輪が発見されており、その前の時期である平安時代末から鎌倉時代にかけての館跡があったことがわかっている。この館では主たる建築物を中心として、五ないし六棟の建物を配し、広場がある敷地の周囲を柵で囲んだ屋敷が検出されている。この遺跡では破片ではあるが、当時の奢侈品である中国製陶磁器が一三〇〇片も出土している(16)。

このように地域の有力階層の居館の発掘事例が蓄積され、鷗外が執筆した当時には全く不明であった『山椒大夫』の舞台である平安時代末期頃における地域の有力者の居館も、考古学的な事実として明らかになってきた。

山椒大夫は大きな屋敷に住み、農業だけでなく、山野での狩猟や、鍛冶など多様な生産活動を行っている。物語のなかで、安寿が勤《いそ》しんでいた潮汲みは、製塩のために海水を汲む作業であり、海水を満たした桶を一日に何度となく運ぶという重労働である。

潮汲みについては、室町時代の小歌集である『閑吟集《かんぎんしゅう》』（一五一八年撰述）にも、その苦役を描写した歌がある。

潮汲ませ　網引かせ　松の落葉掻かせて　憂き三保《みお》が洲崎や　波のよるひる

潮を汲ませ、製塩の燃料として、松の落葉を掻き集めさせて、憂いの絶えないこの身は三保の洲崎に寄せては引く波さながらに、夜となく昼となく辛い思いをする、という意であり、安寿のような境涯に置かれた者の述懐であることが想定される(17)。このように海水を煎熬して、塩を作ることは縄文時代には東北地域で、すでに行なわれており、その後、他地域でも古墳時代から奈良時代にかけて全盛期を迎える。やがて鎌倉時代になると土釜（しっくいで作った釜）や鋳鉄製の鉄釜によって製塩が行なわれるようになる。

このような古代製塩の系譜を引き、汲んだ海水を塩田にまいて、濃度を高め、煮詰めて塩にする揚《あげ》浜《はま》式の製塩と潮の干満と浸透圧を利用する入浜式《いりはましき》塩田は、近代以前に広く行われていた。民俗学者の宮本常一《つねいち》（一九〇七〜一九八一）の聞き取りによると、『山椒大夫』の舞台となった由良の地でも、明治から大正にかけて、このような揚浜式の製塩が行われていたらしい(18)。

いっぽう、丹後地域では奈良から平安時代にかけて、多数の製塩遺跡（瀬崎の白石浜、黒石浜、大丹生、千歳など）が発見されている。そのなかでも、浦入《うらにゅう》遺跡は（舞鶴市千歳浦入）縄文時代から平安時代にいたる複合遺跡で、当初は縄文時代（前期中頃・約五三〇〇年前）の独木船の出土が喧伝されたが、それ以外にも古代の製鉄遺構や製塩遺構などが検出された。製塩に関する遺物も出土しており、とくに注目されるのが、製塩に用いた土器のなかに、古代氏族の名を記す遺物が出土したことである。これは塩づくりに使う素焼きのうつわである製塩土器を支える脚の横と裏に「笠百私印」という刻印が施されたもので、平安時代前期頃のものと推定されている。この遺物によって、この地方の古代の塩づくりに「笠」という豪族がかかわっていたことが明らかになった(19)。

また、丹後に隣接する若狭地域では土器製塩遺跡が五〇個所以上も知られており、全国的には七世紀頃から衰退する土器製塩が、若狭では八世紀頃に盛行することが特色とされている。この時期の若狭における製塩の特色は、直径が四五センチほどもあって、底が平らで、内容量が一〇リットルほどもあるほど大きい、バケツのような土器（船岡式）を、複数の石敷きの大型製塩炉に並べて、塩づくり

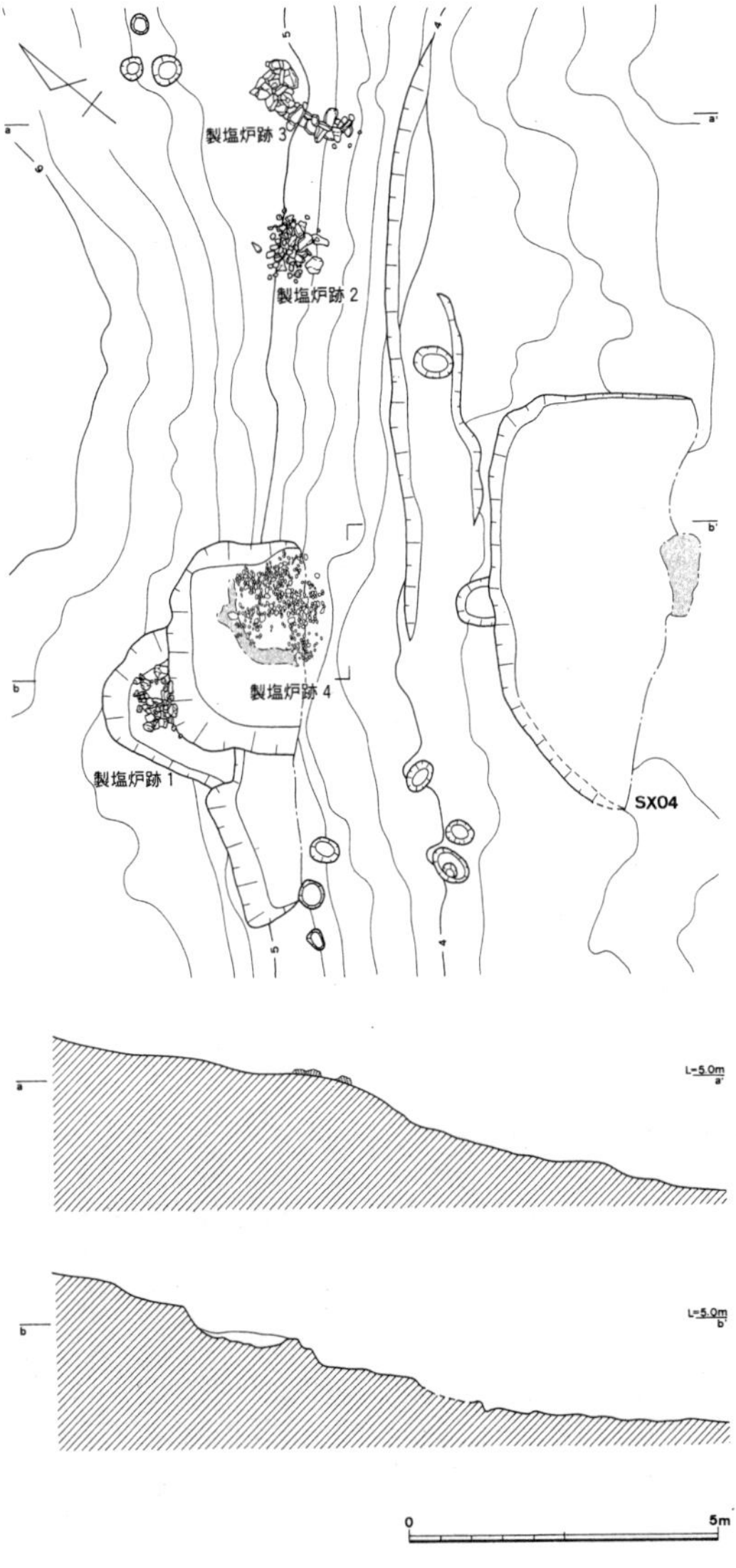

図36　浦入遺跡の製塩炉跡(奈良〜平安時代)

の作業である煮沸、煎熬《せんごう》を行う点にある。

このような若狭の塩は、藤原宮跡から出土した木簡に「丁酉年若狭国小丹生評岡田里三家人三成・御調塩二斗」（六九七年、・の記号をはさんで表裏の記載を示す）と記載されているように、すでに藤原京の時代には若狭から都に送られていたことがわかる。奈良時代になると、平城京跡出土木簡に「若狭国遠敷《おにゅう》郡遠敷里果調塩一斗・和銅四年四月十」（七一一年）、「遠敷郷億多里物部石嶋御調塩三斗天平六年十月」（七三四年）などの例があるように、若狭の塩は律令制における現物納租税の代表である調として、都へ送られた。「調塩三斗」（二四リットル）の記載があることからも知られるように、律令制下における大量の需要に対応するために、製塩炉の変革とともに、より大容量の製塩土器が必要となったと考えられている。

典型的な考古資料をあげるのに終始したが、このように丹後半島から若狭を中心として、丹後から若狭、越前にかけての地域が、古代において製塩を担う地域であったことがわかっている。とくに丹後では、すでにふれたように平安時代に下る製塩遺跡と遺物について、操業の主体となった氏族を含めて、考古学的知見が蓄積してきており、『山椒大夫』の背景となった歴史的世界が具体的に明らかになりつつある。

ここでは御伽草子のいくつかの説話と説経節に題材をとった近代小説を題材として、考古学的に検討できる要素を取り上げてみた。語り物といわれる口承文芸は、語り継がれるなかでも、変化していく。その移ろいには、時々の人の暮らしが散りばめられており、それは彼らが残した同時代資料である遺物や遺跡の検討によって知られる。説話と語り物に現れた考古学資料は、それらの作品を生んだ人々の営みを現在に伝えている。

(1) なお、このような葬法の事例と研究史および研究の現状については、下記論文を参照。
関根達人「鍋被り葬考――その系譜と葬法上の意味合い――」『弘前大学人文学部人文社会論叢』(人文科学篇)九、二〇〇三年
桜井準也「近世の鍋被り人骨について」江戸遺跡研究会編『墓と埋葬と江戸時代』吉川弘文館、二〇〇四年
(2) 関根達人「鍋被り葬考――その系譜と葬法上の意味合い――」(前掲)
(3) 関根達人「鍋被り葬考――その系譜と葬法上の意味合い――」(前掲)
(4) 長沢利明「鍋被りの死者」『西郊民俗』一九四、二〇〇六年
(5) 鳥取県埋蔵文化財センター編『名和淀江道路関係発掘調査報告(平成一七年度第3四半期)』鳥取県埋蔵文化財センター、二〇〇五年
(6) 浜田市教育委員会編『伊甘土地区画整理事業に伴う古市遺跡発掘調査概報』浜田市教育委員会、一九九五年
なお、伏せられた鉄鍋の中から発見された髪の毛については、血液型がA型であることも判明してい

る。

（7）茨城県教育財団編『村松白根遺跡1』上・下、茨城県教育財団、二〇〇五年
茨城県教育財団編『村松白根遺跡2』上・下、茨城県教育財団、二〇〇七年
皆川修「常陸における中世から近世にかけての製塩の村――村松白根遺跡・沢田遺跡の調査成果――」『日本歴史』七〇二、二〇〇六年
（8）斎藤茂吉「解説」『山椒大夫・高瀬船他四篇』岩波書店（岩波文庫）、一九三八年
（9）森鷗外「歴史其儘と歴史離れ」『鷗外全集』第二六巻、岩波書店、一九七三年
（10）柳田国男「山椒大夫考」『柳田国男全集』第一五巻、筑摩書房、一九九八年
（11）林屋辰三郎「『山椒大夫』の原像」『古代国家の解体』東京大学出版会、一九五五年
（12）石井進ほか『詳説日本史　改訂版』山川出版社、二〇〇七年、九六頁
（13）朝尾直弘ほか編『新版角川日本史辞典』角川書店、一九九六年
（14）海老澤衷「中世城館の歴史的変遷」『月刊文化財』二九八、一九八八年
（15）小柳和宏「鎮西における居館の出現と展開――豊後大友一族を中心として――」佐藤信・五味文彦編『城と館を掘る・読む』山川出版社、一九九四年
（16）京都府埋蔵文化財調査研究センター編『大内城』京都府遺跡調査報告書第3冊、京都府埋蔵文化財調査研究センター、一九八四年
（17）浅野建二校注『新訂　閑吟集』岩波書店（岩波文庫）、一九九一年
（18）宮本常一「日本海岸の揚げ浜製塩」日本常民文化研究所編『日本常民生活資料叢書』第二〇巻、三一

書房、一九七三年

（19）北條朝彦「円形印の押された資料――正倉院文書と製塩土器――」『国立歴史民俗博物館研究報告』七九、一九九九年

3　狂言と能の考古学的世界

狂言にとりあげられた毒

能や狂言のような中世に創始された芸能は、歴史学や考古学に関する情報の集積であって、これらを鑑賞する時、多様な視点から深い考察の楽しみをもたらす。能の奥深い興趣は比類なき独特の世界を醸成しているし、狂言の軽妙な所作やことばからは人間と社会の活力を感じる。とくに狂言は近年、若手の狂言師たちの台頭もあって、なかなか人気が高い。筆者の周りにも狂言の稽古に通っている人がいて、そのような人と話していると、こちらにも演ずる側の雰囲気が伝わってくるように感じられる。

能や狂言のような芸能は、土の中から出てくる遺物や遺構とは、もっとも縁遠いように思われがちである。しかし、実際はその逆であり、能や狂言は中世以降の生活や思想・信仰にもとづいて成立しているため、人間の生活を主として物質の面から考究する考古学には参考になる要素を多分に含んでいる。

考古学に関連した狂言の演目として、まず『附子《ぶす》』をあげよう。あらすじを示すと、次のとおりである。

用事に出かける主人が、太郎冠者と次郎冠者を呼び出し留守番を言いつける。主人は桶を指し示して、この中には附子という猛毒があるから注意せよ、と言い置いて出かけた。それにもかかわらず、二人は怖いもの見たさで桶のふたを取ってみると、中に入っていたのは砂糖なので、二人で桶を取り合って皆食べてしまう。さらにその言い訳のためといって主人秘蔵の掛軸を破り、天目《てんもく》茶碗を打ち割る。やがて主人が帰宅すると二人揃って泣き出し、留守中に居眠りをせぬように相撲をとっているうちに、大切な品々を壊してしまったので、死んでお詫びをしようと猛毒の附子を食べたが、まだ死ねないと言い訳をする。しかし、主人は当然の如く怒り、逃げる二人を追う。

この演目は、植物から生成される毒としては非常に強いトリカブトを示す附子を主題としており、日本の伝統芸能のなかでも、毒薬をとりあげた珍しい内容となっている。

トリカブトはキンポウゲ科の多年草で、烏帽子《えぼし》に似ていることから、その名がある。植物としてはもっとも強い毒をもっていて、天然の毒としてはフグの毒に次ぐという。トリカブト類にはアコニチン系アルカロイドといわれる強い毒性物質が全体に含まれており、実用に使われるのは根の部分である。漢方医薬では烏頭《うず》（母根）と附子（子根）といい、鎮痛、利尿、激しい下痢、新陳代謝機能の衰弱、体温や血圧の下降などに薬効があるという。しかし、摂取量をまちがったり、誤って食べたりすると、酩酊状態となり、口や腹部、皮膚にしびれや灼熱感をおぼえ、つづいて麻痺がおこり、さらに進行すると舌が硬直し、よだれを流し、言語が不明瞭になる。そして、腹痛、黄疸《おうだん》（チアノーゼ）、瞳孔が開き、血圧低下、脈搏微弱、呼吸麻痺を経て、死にいたるほどの激烈な中毒を起こすという[1]。

附子そのものは、考古学資料として直接にのこることはないが、これを用いた可能性のある人骨が報告されている。有珠《うす》一〇遺跡（北海道伊達市）では続縄文時代の恵山《えさん》期（弥生時代頃にあたる）に属する墓（一七号墓）に大人の男性二体と子供一体が埋葬されていたが、このうちの一体の大人の人骨には右の太ももに石鏃が射こまれていた。解剖学的な検討の結果、この鏃は至近距離から打ち込まれており、命中した鏃の周囲の部分には治癒の痕跡がみられないことから、傷を受けたあとも長く生きていたとはみられないという所見が示された。

しかしながら、傷そのものは出血によって、命を落とすとは考えられないような軽い程度であることも指摘されている。すなわち、この人骨は太ももに矢を射られたが、傷そのものによって落命するほどではなく、失血死は考えられない。それにもかかわらず、その後、存命であれば当然認められる治癒の痕跡がみられず、命をながらえることもなく、即死にちかい状態で命を落としているという、相反する知見が報告されている。つまり、この人物は直接、体に矢を受けた傷がもとで死んだのではなく、他の原因によって即死したとみられる。これに対して、解剖学の松村博文氏は、東日本に多く自生するトリカブトなどの矢毒によって、落命した可能性があると考察している(2)。

あくまでも推定であるが、仮説としては、より古く、縄文時代にも毒矢を使用した狩猟技術があった可能性が指摘されていて、その場合、矢毒には東・北日本で平地に自生し、容易に利用できた毒性の強い種類のトリカブトを使用したのではないかとされている(3)。

トリカブトを用いた毒矢は平安時代には、都の天皇や貴族からは北方の蝦夷が用いると認識されていた。たとえば空海（弘法大師、七七四～八三五）の詩や文章を集めた『性霊集《しょうりょうしゅう》』のなかにある「贈野陸集歌」には「毛人《ぼうじん》羽人《うじん》境界に接す、猛虎豺狼《さいろう》処処に鳩《あつま》る。老鵶《あ》の目、猪鹿の裘《かわごろも》。髻《もとどり》の中には骨毒の箭を挿《さしはさ》み著《つ》けたり、手の上には毎《つね》に刀と矛とを執《と》れり」という表現があり(4)、猪や鹿の皮の衣類をつけ、髪をまとめた部分に骨の矢じりの毒矢をさしていたという九世紀前半の蝦夷の描写として、しばしば引用される。

その他にも、たとえば、平安後期の歌人である藤原顕輔《あきすけ》（一〇九〇～一一五五）は、

あさましや千島のえぞのつくるなる　とくきの矢こそひまはもるなれ

（『夫木和歌抄』藤原長清撰、一三一〇年頃成立）(5)

と詠んでいる。この歌の意味は、千島の蝦夷がつくるという毒矢は、鎧の隙間を見定めて射るから、これを守らなければならない、ということであり、この歌からは当時の王朝人たちが蝦夷の用いた毒矢について、脅威と憎悪の念をもっていたことがわかる。

また、文治元年（一一八五）から三年までの間に、顕昭《けんしょう》（生没年不詳）によって編まれた歌語の書である『袖中抄《しゅうちゅうしょう》』には、この歌の解説を次のように記している。

顕昭云、どくきのやとは、おくのえびすは鳥の羽の茎に附子と云毒をぬりてよろづのあきまをはかりていると云り。附子矢と云は是也。えびすの嶋はおほかればちしまのえぞとは云也。

ここでは「毒気の矢とは奥の夷（アイヌの義）が鳥の羽の茎（「長管骨」製の鏃）に附子という毒を塗ったもので、よろずのあきまをはかって、すなわち、鎧の隙間を見定めて射る。附子矢というのはこれ（附子を塗った矢）である。えびす（蝦夷）が住んでいる島はたくさんあるので千島といい、そこの住人を蝦夷というのだ」と述べている。これらの記述によって、平安時代の終り頃の知識人たちは「蝦夷」と呼ばれた人々が毒矢を使用するという認識をもっていたことがわかる。

『隠狸』と古代・中世の食生活

このように謡曲の演目は近代以前の生活文化を探るための材料となるが、食文化の一端を知ることのできる演目も多い。その典型が『隠狸《かくしだぬき》』である。内容を摘要してみよう。

太郎冠者が内緒で狸を捕っているという噂を聞いて、主人が問いただすと、太郎冠者は捕ったことなどないとしらを切る。そこで主人は、客を招き、狸汁をふるまうつもりなので、市場で狸を買ってくるよう命じる。太郎冠者は実は昨夜も狸を捕えており、主人に内緒で売ってしまおうと市へ出かけるが、様子を見に来た主人に見つかってしまう。太郎冠者は狸を隠して取り繕うが、主人に酒をすすめられ、興にのって舞ううちに隠しておいた狸をみせてしまう。

『隠狸』は芸能だけでなく、歴史研究の題材としても注視されている。中世史の網野善彦氏（一九二八～二〇〇四）は、東寺領新見荘《にいみ》の支出を記した応永八年（一四〇一）の領家方所下帳《りょうけかたしょげちょう》（『教王護国寺文書』八一七号）の記載を分析した。その結果、御器《ごき》（食物を盛る蓋つき椀）・折敷《おしき》（四方に折りまわした縁をつけた四角形の盆）・たらい・鼎（食物を煮るのに用いる金属製または土製の容器）・火箸・靫《ゆぎ》（矢を入れて携帯する容器）・紺・紙・茶・大根・豆腐・狸・狸皮・塩・鯛・小魚・昆布・和布《わかめ》などが購入されており、とくに北方の産物である昆布が見られることは、交易の広域化を物語っているとされる。この文書では代官がしばしば酒・タヌキ・肴などを買って、荘官・国人を市庭（市場）でもてなしている点から見て、都市化した市場にはすでにそうした接待をなしうる場所もできていたと指摘した。[6]
社会経済史的な検討は中世史家にゆだねることとしても、この文書からは実際に中世には市場で狸が売られていたことが知られ、狂言『隠狸』の背景には、中世の生活文化や流通の実態が存在したことが知られる。[7]
タヌキの骨そのものは縄文時代の貝塚や洞窟遺跡から多くの出土例があり、中型獣としてはアナグマなどとともに、代表的な狩猟対象とされている。[8] 縄文時代の貝塚を中心とする遺跡から出土した動植物や魚類などの出土遺跡を統計的に研究した酒詰仲男（一九〇二〜一九六五）の研究では、タヌキの骨が出土する遺跡は、一九六一年の時点ですでに一〇〇を数えていた。[9] その後の研究では、数量的にイノシシ、シカに次いでタヌキの骨が出土している草野貝塚（鹿児島市・縄文後期）のような例もあることが知られ、縄文時代には主要な狩猟対象であったとみられている。[10] また、縄文時代にはタヌキやキツネの犬歯や下顎骨の一部を切断して、垂飾としていた例がある。[11] 縄文人たちは身近に生息し、食用にも供したタヌキの骨を加工して身を飾っていたのである。
近世の城郭でもタヌキの骨は出土している。整備に伴い発掘調査が行われた岡山城（岡山市）では、承応三年（一六五四）の大洪水以前に、大手門を入った重要な場所で、家老屋敷、上流武士の居住区があった二の丸跡から、イノシシ・ブタ・ウシ・ノウサギ・タヌキ・イヌ・オオカミ・アナグマなどの骨が出土しており、食用にされた可能性が高いと考えられている。このように家老クラスの屋敷内から、多くの獣骨が出土していることから、屋敷内に住んだ人々の間で、多種の獣肉が食されていたと考えられている(12)。

これらの考古資料が示すように、狂言『隠狸』で主題となっていた狸は、食用を含めて、縄文時代以来、村里や山の暮らしにとどまらず、城内に住む武士の生活でも身近な動物であった。

『善知鳥』にみる北方世界

能や狂言には我々が普段接することのない対象や状況が現れることが多い。動植物でも、その姿を想像することが難しいものの典型として、能の演目として名高い『善知鳥《うとう》』があげられる。その概略は以下のとおりである。

諸国一見の僧が陸奥の外の浜(青森県)に行く途中、越中の立山(富山県)に立ち寄る。山上の地獄さながらの有様を見て、その恐ろしさにおののきつつ下山すると、麓で一人の老人に出会う。老人は、陸奥へ行くのであれば、去年の秋に死んだ外の浜の猟師の家を訪ねて、蓑笠を手向けるよう伝えてほしい、と頼む。そして、老人は着ていた麻衣の片袖を解いて渡し、僧が立ち去るあとを見送りつつ姿を消す。

僧は外の浜の猟師の家を訪ね、妻子に老人の言葉を伝える。妻は驚きつつも亡夫の形見の衣を取り出し、僧が預かった片袖を合わせてみるとぴたりと合う。やがて僧が蓑と笠を手向けて回向していると、猟師の霊が現れる。亡霊は、後世の報いも忘れて殺生に明け暮れ過ごした在りし日を語り、諸鳥の中でも親子の愛情が深いと言われ、親鳥が「うとう」と呼ぶと子が「やすかた」と答えたという善知鳥の習性を利用して、これを捕り続けた罪を懺悔する。

地獄に堕ちた猟師は化鳥となった善知鳥に追いかけられ、猛火に焼かれる苦患を受ける様を見せる。最後は僧に弔いを求めつつ猟師の亡霊は消え失せる。

この謡曲の作者は藤原定家に仮託され、最後には次のような哀切な歌で締めくくられる(13)。

陸奥の外が浜なる呼子鳥　鳴くなる声はうとうやすかた

ここに謳われた「うとう」「やすかた」は善知鳥の親鳥と雛それぞれの鳴き声とされ、広く用いられる全集本の解説などでも、とくにふれられることはない。「やすかた」については、雛が親鳥を慕いもとめる声とされるが、具体的な論は寡聞にして知らない。謡曲のいわば音声の効果として用いられているが、あながち意味のない語ではなく、一定の歴史性をもっていると筆者は考えている。結論から言えば、「やすかた」は地名であり、現在、青森市内にある善知鳥神社を中心とした古地形にもとづく語であろう。

現在の善知鳥神社のまわりには小さな池があり、社伝では善知鳥沼と伝えられている。この地名と地形の関係については、菅江真澄《すがえますみ》の記述が参考になる。

図37　「安潟」の名残である善知鳥沼（青森市善知鳥神社）

安潟という町あれど、みなやけたり、かり小家のみ立ならびたり。烏頭の宮というかん社も、おなじ火にやかれたり。いにしえは善千鳥《よしちどり》、悪鵆《あしちどり》という鳥。このはまに多く群てあさりしかど、今はなし。およそ鷗に似てことなりとか。うとうやすかたというは、よしちどり、あし千鳥ならん、亦雌雄にや。（『楚堵賀浜風《そとがはまかぜ》』(14)）

この後にも「うとう」に関する話題は続くが、今の話題に関係があるのは引用文中にある「烏頭の宮」のあった「安潟」という町である。真澄が訪れた時は火事によって焼失していたが、いうまでもなく、これは現在の善知鳥神社のある地域を指す。現在の表記は青森市安方町であるが、真澄が記しているように、もとは安潟という潟湖であり、それが善知鳥沼として現在も残っている。『青森市史』によると、安潟の周囲は二〇キロ以上もあり、船運の結節の役割をになうとともに、北側が海とつながり、船舶の出入口となっているため、どんな暴風雨の時でも、ここに停泊する船は安全であったとされている(15)。

ここに記された往時の安潟のありさまは、明治時代以前の海上交通に関する潟湖の特徴と機能を端的に現している。すなわち、海に面した出入り口をもつ潟湖は風波を避け、薪水や食料を補給できるため、江戸時代までは、とくに日本海を利用した海運にとっての結節点であり、近代になっても、まだ、潟湖づたいに航行する帆船があった。

いっぽう、弥生時代には潟湖を見下ろす場所に拠点的な集落が営まれることが知られている。その典型として、現在は埋まってしまった古代の潟湖を臨む大規模な集落である妻木《むき》・晩田《ばんだ》遺跡（鳥取県米子市・大山町）をあげておこう。また、古墳時代になると、このような場所に大型の古墳が築かれるようになる。一例をあげると、日本海側最大の前方後方墳（全長一〇七・五メートル・四世紀前半）であることが判明した柳田布尾山《やないだぬのおやま》古墳（富山県氷見市）は、万葉集に「布施水海《ふせのみずうみ》」と詠まれた十二町潟を見下ろす丘陵上に位置する。森浩一氏は、このような潟湖にある港が、近代以前には、その地域の政治・経済・文化などの拠点的な役割を担ってきたことを明らかにし、このような港を「潟港」と分類し、その歴史性を具体的に提示した(16)。

中世における潟港の歴史的重要性を端的に示す遺跡としては、善知鳥沼と同じ青森県にあり、日本海に面した十三湊《とさみなと》があげられる。中世の港湾を考える際に参考にされるのが、室町時代当時の海商法規で慣習法となっていたものをまとめたものとされる『廻船式目《かいせんしきもく》』であり、ここには「津軽十三の湊」として、博多や堺と並ぶ全国有数の港湾として「三津七湊《さんしんしちそう》」の一つにあげられている。すなわち、三津は伊勢・安濃津《あのつ》（三重県津市）、筑前・博多津（福岡市）、和泉・堺津（大阪府堺市）であり、七湊は越前・三国湊（福井県坂井市）、加賀・本吉湊《もとよし》（白山市）、能登・輪島湊（石川県輪島市）、越中・岩瀬湊（富山市）、越後・今町湊〔直江津〕（新潟県上越市）、出羽・土崎湊《つちざき》〔秋田湊〕（秋田市）、津軽・十三湊（青森県五所川原市）であって、これらはいわば中世日本の十大港湾都市として記されているのである。

ここにあげた一〇個所のうち、実に七個所までが、日本海岸に位置しており、中世の港は日本海交易の結節点としての機能をになっていたことがわかる。近世になると、これらの港は北前船の寄港地として栄えるが、明治以降、陸上交通の整備とともに日本海側の港の殆どが廃れていく。

そのなかでも十三湊では発掘調査にもとづいて、潟港に拠ってたつ中世都市の姿が復原できるようになった。すなわち、十三湊の町並みは東を十三湖、西を日本海にはさまれた砂嘴《さし》に位置し、中央部を南北に推定幅四〜五メートルの道路が貫き、それに沿って規則正しく配置された道路や溝、大型の礎石建物の存在が明らかになってきている。出土遺物としては中国製の陶磁器、高麗青磁器などが出土しており、朝鮮半島や中国とも交易を行っていたことが裏づけられた。この他では、日本海側ではないが、三津の一つにあげられた伊勢・安濃津も発掘調査がなされ、三重の砂州で海と隔てられた湖

状の港であったことがわかっている。(17)

ここまで述べてきたように、能や謡曲と狂言のなかには、数多くの考古学と関係する要素がある。そして、それらはただたんに遺跡や遺物との対照検討が可能なだけでなく、歴史事象と密接に結びついている。これらを踏まえて、能や狂言を考古学的に今しばらく読み解いていきたい。

(1) 朝日新聞社編『毒草薬草三〇〇』朝日新聞社、一九九二年
山崎幹夫『毒の話』中央公論社、一九八五年
山崎幹夫・杉山二郎『毒の文化史』学生社、一九九〇年
(2) 松村博文「石鏃を射込まれた有珠一〇遺跡出土続縄文時代恵山文化期の人骨について」『人類学雑誌』九七—一、一九八九年
(3) 辻秀子「可食植物の概観」加藤晋平ほか編『縄文文化の研究』2・生業、雄山閣、一九八三年
辻秀子「縄文時代における毒矢使用の可能性」『歴史公論』一〇—六、一九八四年
(4)『三教指教　性霊集』日本古典文学大系、岩波書店、一九六五年による。
(5) 国民図書株式会社編『夫木和歌抄』校註国歌大系21・22、講談社、一九七六年(初版は一九二七年)
(6) 網野善彦「貨幣と資本」『岩波講座日本通史』第九巻・中世3、岩波書店、一九九四年
(7) 網野善彦『『忘れられた日本人』を読む』岩波書店、二〇〇三年
網野善彦「貨幣と資本」『岩波講座日本通史』第九巻(前掲)

(8) 金子浩昌「狩猟対象と技術」加藤晋平ほか編『縄文文化の研究』2生業、雄山閣、一九八三年
(9) 酒詰仲男『日本縄文石器時代食料総説』土曜会、一九六一年
(10) 西中川駿ほか「縄文後期の草野貝塚出土の哺乳類遺体」『鹿児島大学農学部学術報告』四二、一九九二年
(11) 金子浩昌『貝塚の獣骨の知識』東京美術、一九八四年
(12) 松井章・石丸恵利子「明石城本丸出土の動物依存体」岡山市教育委員会編『岡山城本丸御殿』岡山市教育委員会、二〇〇一年
(13) 謡曲『善知鳥』およびその歴史性については以下の文献を参照した。
徳江元正「「善知鳥」論」(上・下)『国学院雑誌』七四—一二・七五—四、一九七八・一九七九年
佐々木孝二「伝承をめぐる地方と中央の視点——善知鳥伝承の変容を中心に——」『文経論叢』二〇—三、一九八五年
浪江健治「善知鳥考」『日本歴史』四八五、一九八八年
(14) 内田武志・宮本常一編『菅江真澄全集』第一巻、未来社、一九七一年
送り仮名は本文によったが、表記は一部現代仮名遣いに改めた。
(15) 『青森市史』第二巻、港湾編(上)、一九五六年
(16) 森浩一「潟と港を発掘する」『考古学と古代日本』中央公論社、一九九四年
(17) 伊藤裕偉「安濃津の成立とその中世的展開」『日本史研究』四四八、一九九九年

4　西鶴作品にみる江戸時代のくらしと地域観

西鶴作品の食文化と遺跡出土の動物遺存体

　書簡体すなわち手紙のやりとりの体裁をとる『万《よろづ》の文反古《ふみほうぐ》』は井原西鶴（一六四二～一六九三）の遺稿の一つであり、没後三年目の元禄九年（一六九六）正月に刊行された。この作品は一通の手紙を一章とし、それぞれに独立した手紙の形式の短編と、その後に短い評語をつけた一七編で構成されている。

　その一編である「来る十九日の栄耀《えよう》献立」は、出入り先の大店の旦那（主人）を接待しようとする中流商人が、旦那の世話をする手代から受け取った返信という体裁をとる。内容は舟遊びの日取りとその際の料理の献立に関する事細かなやりとりである。ここでは接待される側が接待する側に対し、饗応の内容について、実に細かな点まで指示を加えており、当時こうした接待の場で、どのような料理を食べていたかが復原できる貴重な生活文化史の資料となっている。やや煩雑ではあるが、その個所を原文と現代語訳とをあわせて示してみよう。

殊更御心遣ひの献立御見せなされ候。舟遊びにはけつかう過申候。諸道具万事やかましき物に候。旦那も此程は病後ゆへ、美食好み申されず候。無用と存候分に点かけ申候。大汁の集め雑喉《ざこ》一段、竹輪・皮鰒御のけあるべし。やかましく候。膳のさき鮎鱠御用捨、川魚つゞき申候。面面椙焼を是に付け御出しあるべく候。是も鯛・青鷺二色に御申付、煮ざまし真竹一種、しやれてよく候。割海老・青まめのあへ物、吸物、鱸《すずき》雲わた、引肴、小あぢの塩煮、たいらげの田楽、又吸物、燕巣にきんかん麩、いづれも味噌汁の吸物無用に候。酒三献で膳は御取なされ、後段に寒瀑《かんざらし》のひやし餅、又吸物、きすごの細作り、酒ひとつ呑れて後はや早鮨、蓼はたべられず候。山枡・はじかみ置合て御出し、其跡に、日野まくはうりに砂糖かけ御出し、御茶は、菓子なしに一ぷくづゝ、たて切になさるべし。

（現代語訳）

それからはご格別の心遣いをいただいた献立を見せていただきました。しかし舟遊びには立派過ぎます。道具類もごたごた面倒でしょう。また、旦那様も病後なので、あまり美食をお好みではありません。献立のうち無用と存じた分には印をつけておきます。

大汁（本膳につく汁）は集め雑喉（小鮒や小海老に野菜を取り合わせて仕立てた汁）は結構ですが、中に竹輪や皮鰒は入れないでください。めんどうですから。本膳の前も鮎の鱠料理はやめてくださ い。川魚が続きますから。その代わりに杉焼（魚や肉を杉板に乗せ焼いたもので、杉の香を楽しむ）をこれに付けてお出しください。それも鯛と青鷺の二種類でお願いします。煮物、煮さました真竹はいいでしょう。海老のさいたものと青豆のあえもの。吸物に鱸の蜘蛛腸。引き肴には小あじの塩煮、たいらぎ貝の田楽。また吸物には燕の巣に金柑形の麩。吸物には味噌汁は無用です。酒三献で、その後に膳を取り、後段には寒曝しをしたひやし餅、その次の吸物は、鱚《きす》の細切り。ここで酒を一杯呑み、そのあとに早鮨、これには蓼は食べませんので、山椒・しょうがをつけてくださ い。その後に日野産のまくわうりに砂糖をかけて出し、お茶はお菓子はなしで一服ずつ立ててください。(1)

現代からみてもずいぶんと贅沢な献立であり、かつ、微に入り細にわたって、注文をつけているのが興味深い。この料理のなかで、とりわけ注目されるのが、「吸物には燕の巣に金柑《きんかん》形の麩」の部分である。この「燕の巣」について、主要な全集等の註には「海燕の巣から製する食品。燕窩《えんか》。燕窩菜とも。中国からの輸入品で高価」のように説明されている。(2)鎖国体制で外国との交渉が制限されていたと思われがちな江戸時代でも、唯一の交易地である長崎では、オランダと中国を経て輸入された珍奇な品々が当時の消費社会で流通していたことが、さまざまな視点から指摘されている。(3)

燕窩もそのような輸入品の一つである。燕窩すなわち燕巣《えんそう》は、現在の中華料理でも最高級の食材とされる。中国でも燕窩が文献に現れるのは元代の賈銘《かめい》の『飲食須知《いんしょくしゅち》』からであるとされ、ここには「味は甘く、性質は素直であるが、黄色と黒色、かびの生えたものは毒があり、食べてはいけない」と記されている。(4) 明代も末頃の『閩中海錯疏《びんちゅうかいさくそ》』（一六二九年刊）によると、「南海の珍味で、燕が小魚を海岸や島のほら穴に運び、巣としたもので、春になって燕が巣を棄てると人が行ってこれを採取する」とあり、(5) 燕窩が高価な南海の珍味として現れる。

清代では、料理書として有名な袁枚《えんばい》の『随園食単《ずいえんしょくたん》』に、「八珍」すなわち、八つの珍味の一つとされ、まず、「燕窩は高価なものだから、もともと手軽には使用しないが、これを用いる時は一碗に必ず三両（一一三グラム）ずつ入れるようにする」とあり、その後に毛を抜き出す下処理や料理方法の記述が続く。そして、食材としては、「燕窩が大変あっさりとした味であるために、脂っこいものと一緒に調理してはいけない」「非常に上品なもの」であると注意を喚起している。(6)

このように燕窩が珍味として、中国で重用されるのと時を同じくして、江戸時代の富裕な町人の食膳に供されていたのである。

このような奢侈な食材をふんだんに用意した「来る十九日の栄耀献立」の饗応が重なると、最後の寸言に述べられているような状況となる。すなわち「年に二度も振舞、五節句立つれば、大方は元へもどるなり。今時の商ひ、皆こんな事ぞかし。勝手よい事ばかりはさせぬとみえける」とあるとおり、

「年に二度も饗応し、五節句に付け届けなどすれば、儲けのおおかたはふいになってしまう。今時の商売は皆こんなものである。都合のよい事ばかりはさせないものとみえる」[7]ということになるのである。

江戸時代の富裕な人々の胃袋に入った燕の巣は、当然ながら考古学の資料としては発見される由もない。しかしながら、魚や動物の骨や歯、貝殻などは縄文時代の貝塚などをはじめとして、さまざまな時代の遺跡から出土する。近年になって、発掘調査の事例が増加している各地の江戸時代の遺跡からも、多種の動物や鳥類、魚類の骨や植物の遺存体が発見されており、江戸時代の食生活を知るための重要な資料となっている。

たとえば、東京大学構内に所在した加賀藩邸跡からは、タラの骨が出土した。当然ながらタラは東京湾には棲息せず、日本海方面から取り寄せたことになる。タラはとくに鮮度が落ちやすく、古くなると匂いがきつくなるが、そのような魚を、冷蔵技術のない時代にわざわざ遠距離を取り寄せていることは、食材に対する地域性と嗜好を物語っている。また、加賀藩邸跡では四角形の土坑（人工的に掘った穴）からマグロやイルカの骨が多数に出土した事例も報告されている。これらも食用にされたとみられており、大名藩邸での食生活の多様性を示している。[8]西鶴のお膝元である大坂でも、豊臣秀吉の時代から徳川時代のはじめにかけての魚市場の跡が発掘調査されており、毒をもつフグを含めた多種の魚の名前が墨書された木簡が多数出土した。[9]

西鶴作品にみる江戸時代の地域観と実物資料

このような多様な食材の存在は、江戸時代の流通のあり方を再考させることになるが、『万の文反古』に記された大阪町人が燕窩の味を楽しんでいたことと関係するのが、鎖国の時代に中国とオランダを通じて海外に対する貿易港であった長崎である。西鶴の作品にも長崎についでは、しばしばふれられている。そもそも西鶴の代表作の一つである『世間胸算用』(一六九二年刊)「大晦日は一日千金」は大晦日を背景とする、京都・大坂・堺・長崎の町人の悲喜こもごもの生活を描いた二〇の短編から成っている。そのなかで西鶴は「霜月晦日切に唐人船残らず湊を出て行ば、長崎も次第に物さびしくなりぬ」(陰暦十一月の晦日を最後にして、東洋各地からやってきた貿易船は残らず港を出て行くので、それからの長崎は次第にさびしくなる)として、年末の長崎のありさまから筆を起こし、その後に「大かたの買物は当座ばらひにして、物まへの取やりもやかましき事なし(たいていの買物は現金払いで済ましているから、節季の収支勘定もややこしくない)(10)。正月の近づくころも、酒常住のたのしみ、此津は身過の心やすき所なり」とあるように、今日でいえば長崎の年末決算の様子とその暮らしやすさが記されている(巻四ノ四「長崎の餅柱には」)。

また、『日本永代蔵』(巻五第一)には「長崎に丸山といふ所なくば、上方の金銀無事に帰宅すべし。ここ通ひの商ひ、海上の気遣ひの外、いつ時を知らぬ恋風恐ろし」(長崎に丸山という廓さえなければ、上方の金銀は無事に帰宅することだろう。長崎通いの商売は、海上の心配のほかに、いつ吹き出すともわからない恋風が恐ろしい[11]とあり、江戸の吉原、京の島原とともに知られた長崎の丸山町の遊廓についても、親しい筆づかいをみせている。

西鶴が長崎から入ってくる「オランダ渡り」といわれる海外の新知識について強い興味をもっていたことについては、寺田寅彦（一八七八〜一九三五）も注目している。

　特にオランダ渡りの新知識に対して強烈な嗜欲をもっていたことは到る処に明白に指摘されるのであるが、そういう知識をどこから得たか自分は分からない。しかし『永代蔵』中の一節に或る利発な商人が商売に必要なあらゆる経済ニュースを蒐集し記録して「洛中の重宝」となったことを誌した中に、「木薬屋呉服屋の若い者に長崎の様子を尋ね」という文句がある。「竜の子」を二十両で買ったとか「火喰鳥の卵」を小判一枚で買ったとかいう話や、色々の輸入品の棚ざらえなどに関する資料を西鶴が蒐集した方法が、この簡単な文句の中に無意識に自白されているのではないかという気がする。[12]

西鶴の外来文物への好奇心が示されているが、そのような長崎を窓口としてもたらされた新来の物や技術については、近年の発掘調査によって考古学的な知見が蓄積している。

とりわけ、オランダ商館のあった出島は整備に伴う発掘調査によって、文献の記録を補完するような具体的な様相が知られている。出島から出土した遺物は多様で数量も多く、すべてを紹介する余裕はないが、オランダ商館としての特色を示す遺物の典型としては、まず、コンプラ瓶をあげなければならない。当時、出島を通して醬油や酒を陶器の瓶に詰めて輸出していたが、この陶器の瓶をコンプラ瓶といい、長崎県の波佐見《はさみ》で焼かれていた。その名はポルトガル語のコンプラドール（仕入れ係）に由来するとされている。出島の発掘調査では、このコンプラ瓶の破片が大量に出土している。また、出島の発掘調査では多くのクレーパイプが出土している。これは文字どおり、焼き物の喫煙具であり、出島に住んだオランダ人たちは、本国からもたらされた喫煙具を用いており、本国での嗜好そのままを示している。珍しいところでは、畑や花壇にされていたと思われる場所の江戸時代後期の地層から、少なくとも五頭分の牛の骨が発掘された。牛は若い個体で、料理のために解体したものではなく、埋葬された状態で発見されていることから、種痘に用いる牛痘の作成に使われた可能性があるとされる(13)。

図38　整備・復原された出島

西鶴作品に戻り、長崎を通じた貿易に関係する描写の一端を示すと、『好色一代男』には当時の有名なお大尽の衣装が次のように記されている。

肌着は緋色の（真っ赤な）無垢。その上に卵色の縮緬《ちりめん》（絹）に馴染みの女郎の紋を散らしたものを着て、帯は薄鼠色で唐物の帯のコピー品（西陣製）。その上に舶来の黒の毛織物で仕立てた羽織（裏に縞模様のベルベットをつけて）。持ち物は、町人用の凝った細工の大脇指《おおわきざし》に下げ緒は鼠屋の藤色の組紐をつけて、印籠《いんろう》と色付きの皮の巾着《きんちゃく》を腰に下げ、（後略）(14)

ここでは長崎貿易を通じて将来された毛織物の羽織を着た当時の富裕層の姿が記されている。毛織物は近世初期には武士の陣羽織や武具の装具などに用いられていたが、幕府による町人の毛織物着用禁止規定にもかかわらず、元禄期には、この西鶴の作品にも見られるように、上級町人にまで広がり、さらに近世中後期には中下層の町人にまで広がっていったとされている。(15)そのありさまは喜田川守貞《きたがわもりさだ》が自ら見聞した風俗を整理分類して詳説した『守貞謾（漫）稿』（一八五三年頃完成の後加筆）にも「来舶毛織物を用ふは士民ともに男子冬羽織と火事装束を専とし、女は帯に用ふ。其他は鼻紙嚢煙草入女用には鏡嚢等也」とあり、外国産の毛織物が冬羽織・火事装束・帯・鼻紙入・煙草入・鏡入などの庶民生活に密着した道具にも用いられていたことがわかる。毛織物の一種であるメリヤスについても、西鶴が次のような句をものしている。

目璃耶子《めりやす》を　はいて蛤蜊《しおふき》　踏まれたり

（『西鶴大矢数』第一九）

この句は長崎へ下る人が住吉の浜で遊山した時に、その人は長崎への輸入品であるメリヤスの足袋をはいて、潮干狩りに行き、シオフキという貝を足で探り、捕った情景を詠んでいる(16)。

そのほかにも、元禄四年（一六九一）に向井去来《きょらい》と野沢凡兆《ぼんちょう》が編集した蕉門の発句・連句集である『猿蓑集《さるみの》』にある凡兆の次の句がよく知られる。

はきごころ　よきメリヤスの　足袋

西川如見《じょけん》の『長崎夜話草《やわそう》』には「長崎土産」として、メリヤスがあげられており、これが外国語であることや、その製造技術を外国人が召使の長崎女性に教えていたことなどがわかる。

女利安　紅毛詞なるゆえに文字なし。足袋、手覆、綿糸または真糸にて漉きたるものなり。根本、紅毛人、長崎女人におしえたり、色ものみぞ次第なり(17)。

また、『長崎古今集覧名勝図絵』（石崎融思《いしざきゆうし》筆、一八四一年）には「メリヤス作りの図」が示されており、当時のメリヤス製造の様子を具体的に知ることができる。(18)

メリヤスのほかにも、輸入された生地などが一般にも用いられていた。たとえば『東海道中膝栗毛』のなかで、弥次さんと喜多さんが袋井（静岡県）の宿はずれで出会った上方の大店の主人らしい男が、当時、桟留《さんとめ》と呼ばれ、インドのサントメ（セント・トーマス）を生産地とする織物を仕立てた着物（模倣品も含む）を着ているという描写がある。

これらのほかにも、鎖国下での貿易の実態が明らかにされてきている。たとえば、鹿皮や鮫皮・象牙・鼈甲《べっこう》などについては、武士の鎧細工や装束に使うため、近世初期に日本に大量に輸入され、棲息地の東南アジアなどで激減したという指摘がある。(19)

西鶴は鎖国日本における文物の移入の窓口である長崎に対してつよい関心を懐いていたが、自身は実際には長崎を訪れたことはなく、評判と風聞による知識にもとづいた記述とされる。しかしながら、むしろこのことが西鶴の旺盛な関心と興味を物語るとともに、彼の知的世界の広がりを示している。

西鶴の地理的な意識を探るうえで重要な作品が『一目《ひとめ》玉鉾《たまぼこ》』である。これは元禄二年（一六八九）に刊行された全国道中記で、本文は四巻からなり、巻一は蝦夷からはじまり奥州街道をへて江戸まで、巻二、巻三は江戸から東海道をへて大坂まで、巻四は大坂から瀬戸内海をへて長崎、壱岐、対馬までの道中を描写している。(20)この作品の構成は各頁とも、下段に地名を記した鳥瞰図を配して、上段には城下町、城主、宿場、神社仏閣、名所旧跡、故事・古歌等を記載するという体裁をとる。かつては商人であった西鶴自身の旅の見聞をもとに執筆されたものとされていたが、謡曲や歌学書からの採取や明らかな誤謬が多い地方もあり、実際に旅行をせずに記述した部分が多いことが指摘されている。

この作品から西鶴作品の叙述の精度を論評するのではなく、むしろ、考古学という方法で地域を研究する者としては、西鶴の作品には日本各地に対する興味の関心が横溢していることに驚く。これはもとより西鶴個人に帰する性癖というよりは、作品中に描かれた主たる階層である町人の意識が背景にあることを考えるとき、当時の町人の他地域や世界に対する認識の実態が推し量られる。

図39　『日本永代蔵』にみえる鐙屋の現状（山形県酒田市）

西鶴が記した地域のありさまは、現在も相当程度、当時のままで私たちが眼にすることができる。その代表が、『日本永代蔵』に北国最大の港として紹介されている酒田（山形県）にある廻船問屋の鐙屋である。鐙屋は『日本永代蔵』には「北の国一番の米の買入れ、惣左衛門といふ名を知らざるはなし」と紹介されている。現在の建物は弘化二年（一八四五）の大火の後に再建されたものが、江戸時代に北前船で賑わった往時をしのぶ遺構として、国の史跡に指定されている。西鶴が「重宝」と評価しているように、当時の廻船は大量の物の流通をになう輸送手段であった。廻船の結節点である鐙屋は『日本永代蔵』に「十人よれば十国の客、難波津の人あれば、播州網干の人もあり。山城の伏見衆、京・大津・仙台・江戸の人」と記されるように、諸国の人と物や情報が交錯するところであった。

酒田や鶴岡など庄内と呼ばれる地域の考古学資料から知られる特質については、すでに別の章でもふれたので詳しくは繰り返さないが、代表的な遺跡をあげるならば、すでに縄文時代には象潟にほど近いヲフキ遺跡で、約六〇〇〇年ほど前から約三〇〇〇年前までの長きにわたって、断続的に集落が営まれ、人々の暮らしが定着していたことがわかっている。また、この地域を代表する三崎山《みさきやま》遺跡（山形県遊佐町）では縄文時代と推定される遺跡から、中国・殷代の青銅刀子が発見され、他にも奈良時代にあたる頃の北海道・東北に出土例が多い蕨手刀《わらびてとう》が出土（三崎山地獄谷出土・酒田資料館蔵）したことなどによって、古代から物と人の結節点であったと推定される。

西鶴作品には「世界」という言葉が驚くほどの頻度で用いられている。そのなかには長崎では外国からの輸入品をあまねく買い取り、それによって「世界の広き事、思ひ知られぬ」（『日本永代蔵』巻五「廻り遠きは時計細工」）と記し、また、「世界のひろき事、今思ひ当たれり」（『日本永代蔵』巻五）と感懐を述べている。「世間の広き事、国々を見めぐりて、話の種をもとめぬ」（『西鶴諸国はなし』序文）などにみられる「世間」も「世界」と同じ意味で用いられている[21]。

このような世界観とそれを構成する個々の地域に関する、広く深い興味と関心が基礎にあって、西鶴の作品群はその独特の輝きを発している。そして、近年では、ここでふれた出島の発掘などに代表されるように、考古学の成果によって、西鶴の描いた世界が明らかにされつつある。

図40　三崎山遺跡近くの三崎公園より鳥海山を望む(山形県にかほ市)

(1) 現代語訳は下記の文献によった。
暉峻康隆訳注『現代語訳西鶴全集』一一・世間胸算用：万の文反古、小学館、一九七六年

(2) 谷脇理史、神保五彌、暉峻康隆校注・訳『日本永代蔵：万の文反古：世間胸算用：西鶴置土産』新編日本古典文学全集六八・井原西鶴集③、小学館、一九九六年

(3) 真栄平房昭「「鎖国」日本の海外貿易」朝尾直弘編『世界史のなかの近世』日本の近世一、中央公論社、一九九一年

(4) 『飲食須知』巻六
燕窩　味甘、性平。黄、黒色、黴爛者有毒、勿食。

(5) 呉其濬『閩中海錯疏』

燕窩出広南
按燕窩相伝冬月燕子銜小魚入海島洞中、曁窩明歳春初燕棄窩去人往取之。(後略)

(6) 袁枚『随園食単』山田政平訳注、第一出版、一九五〇年
袁枚『随園食単』青木正児訳注、岩波書店、一九六四年
袁枚『随園食単』中山時子ほか訳、柴田書店、一九七五年

(7) 暉峻康隆訳注『現代語訳西鶴全集』一一・世間胸算用:万の文反古、(前掲)

(8) 東京大学埋蔵文化財調査室編『情報学環・福武ホール建設予定地発掘調査報告』東京大学埋蔵文化財調査室、二〇〇七年(ホームページ上で公開)

(9) 久保和士「近世大坂における水産物の流通と消費」『動物と人間の考古学』真陽社、一九九九年

(10) 暉峻康隆訳注『現代語訳西鶴全集』一一・世間胸算用:万の文反古、(前掲)

(11) 暉峻康隆訳注『現代語訳西鶴全集』九・日本永代蔵、小学館、一九七七年

(12) 寺田寅彦「西鶴と科学」『寺田寅彦全集』第五巻、岩波書店、一九九七年

(13) 出島に関する発掘調査報告書としては、以下が刊行されている。
長崎市教育委員会編『国指定史跡出島和蘭商館跡――西側建造物復元事業に伴う発掘調査報告書――』長崎市教育委員会、二〇〇〇年
長崎市教育委員会編『国指定史跡出島和蘭商館跡――道路及びカピタン別荘跡発掘調査報告書――』長崎市教育委員会、二〇〇二年
長崎市教育委員会編『国指定史跡出島和蘭商館跡――南側・西側護岸石垣確認調査報告書――』長崎

市教育委員会、二〇〇三年

(14) 暉峻康隆訳注『現代語訳西鶴全集』一・好色一代男、小学館、一九七六年

(15) 岡田章雄「毛織物の輸入」『日欧交渉と南蛮貿易』岡田章雄著作集Ⅲ、思文閣出版、一九八三年
石田千尋「近世における毛織物輸入について」『日蘭貿易の史的研究』吉川弘文館、二〇〇四年

(16) 前田金五郎『西鶴大矢数注釈』第二巻、勉誠社、一九八七年、四五八頁

(17) 西川如見『町人嚢・百姓嚢・長崎夜話草』飯島忠夫・西川忠幸校訂、岩波書店（岩波文庫）、一九四二年

(18) 石崎融思『長崎古今集覧名勝図絵』註解・越中哲也（長崎文献叢書第二集第一巻）、長崎文献社、一九七五年

(19) 真栄平房昭「『鎖国』日本の海外貿易」朝尾直弘編『世界史のなかの近世』日本の近世一（前掲）

(20) 潁原退蔵ほか編『定本西鶴全集』第九巻、中央公論社、一九五一年

(21) 森耕一「『日本永代蔵』の空間と時間（Ⅱ）――世界は広し――」『そのだ語文』（園田学園日本語日本文学懇話会）一、二〇〇二年

5 『東海道中膝栗毛』の生活誌

三十石船の急須

弥次さんこと弥次郎兵衛と喜多さんこと喜多八が、伊勢参りと称して、東海道の宿場を廻りながら、珍道中を繰り広げるおなじみの十返舎一九《じっぺんしゃいっく》（一七六五～一八三一）『東海道中膝栗毛』には、考古学資料との関係で読み解ける場面が数々ある。

まず作品のなかでも有名な話をとりあげると、三十石船の中で弥次さんが尿瓶《しびん》と間違えて、急須の中に小用を足して、船の中はおおわらわというくだりがある。これをもって、当時、江戸ではまだ急須が普及していないために、そのような道具を知らない弥次さんが尿瓶と誤用した、という見方が示されている。このような解釈の背景には、各地の江戸時代の遺跡から出土する大量の急須や土瓶の資料的蓄積がある。

江戸時代の遺跡から出土する喫茶に用いる陶磁器の種類としては、急須の他に土瓶があり、これらは現在も同様であるように用途や機能については明確な差異は見出しがたい。そのうち、急須は中国において、そのまま直火にかけて用いる煎茶の道具として創案され、煎茶の方法とともに日本へもたらされた。日本では直火にかけず、茶葉を入れて湯を注ぎ、茶を淹れる器具として、現在も用いられている。

急須は今でも日本の生活文化には欠かせない道具であるが、各地の発掘調査によって明らかになった出現の時期は比較的遅く、幕末から明治初頭にいたって、ようやく急須の出土数量が急速に増加することがわかっている(1)。このような喫茶用具の変化の背景には、茶葉を煎じ、場合によってはさらにそれを点《た》てて飲む茶から、湯を注いで淹《い》れる茶への喫茶方法の変化があるとされる(2)。いずれにしても、考古学的な知見からは、弥次さん喜多さんの当時は、まだ急須が広く用いられておらず、急須を知らない弥次さんが形の似ている尿瓶と間違って用を足した、という解釈も成り立つ。しかしながら、急須そのものは、江戸時代中期あるいはそれ以前とされる煎茶の流入とともに入って来ているはずであり、一部の人々の間での急須の使用は、出土資料から想定する流行期よりもさかのぼる可能性がある。また、喜多さんが尿瓶と間違えたのは夜船の暗がりの中であって、一概にこの話だけで、江戸庶民における急須の流行を論ずるのも即断にすぎよう。

むしろ考えるべきは、現在の日本で伝統的とされている器物や文化のなかには、それほど古い起源をもたないものが多いということである。よく知られる例を一つだけあげると、現在の花見で愛でるソメイヨシノという品種の桜も、江戸末期から明治初期に、江戸の染井村（東京都豊島区駒込）の造園師や植木職人たちによって育成されたとされる。「吉野桜（ヤマザクラの意）」として売り出されていた品種が、明治時代の植物学者である藤野寄命《きめい》の調査によってヤマザクラとは異なる種の桜であることがわかり、「染井吉野」と命名されたのは明治も後半（明治三三年・一九〇〇）になってからであった(3)。ソメイヨシノの故郷である染井村の発掘も行われ、植木鉢などをはじめとした大量の遺物が出土している。また、染井村の植木屋に設けられた穴蔵（地下室）では植木の根の痕跡が発見されており、鉢植えにする木などを冬場の低温から保護するための室《むろ》（温室）として使っていたこともわかっている。

急須にしても、ソメイヨシノを見る花見にしても、一般に伝統文化とされている事柄には、幕末から明治の初め頃までしかさかのぼらないものがあり、そのことを認識することが、まさしく日本の伝統文化を理解することだといえよう。

五右衛門風呂と出土遺構

小田原宿で五右衛門風呂に入った喜多さんが、怪訝に思いながらお湯に浮いている木の蓋をとって風呂に入ると、お尻が熱くてたまらない。しかし、他人に聞くのは江戸っ子の名折れだとばかりに、便所の雪駄をはいてお風呂に入るが、熱いので雪駄を履いたまま立ったり座ったりしているうちに、とうとうお風呂の底をぶち抜いてしまう、という話がある。

このくだりの肝心なところは、上方者によって宿が営まれていたため、関西で普及していた五右衛門風呂が用いられており、この風呂を知らない江戸者の弥次さんと喜多さんが、見当ちがいの入浴方法をして、あげくに風呂釜を壊してしまうことである。つまり、この話の背景には上方と江戸の入浴方法の違いがあるとされる。五右衛門風呂は、関西では近年まで用いられており、筆者も板を踏んで入浴していたことが、子供時代の懐かしい思い出となっている。

発掘調査などで、風呂が発見されることはきわめて稀であるが、一九九〇年代なかばには、弥次・喜多の時代をさかのぼる歴史上の人物と関係した風呂の遺構が発見され、話題となった。それは豊臣秀吉が造らせた風呂の遺構である。現在も名湯として知られる有馬温泉（神戸市）で、平成七年（一九九五）の阪神・淡路大震災で損壊した極楽寺の庫裏の下から、安土桃山時代の風呂の遺構が発見され、豊臣秀吉が造らせた「湯山《ゆのやま》御殿」の一部である浴室や庭園の跡であることが確認された。

発掘調査では、蒸気を発生したり、導入したりする方法の異なる二種類の蒸し風呂と、それとは別に温泉の筧で湯を導き溜めて、身体を浸す二個所の岩風呂とが発見されている。とくに岩風呂の底面には温泉の湯に含まれる酸化鉄が固く沈着しており、現在も多くの人に親しまれる有馬の湯の特徴を示している。岩風呂の周囲には建物の柱穴が見られないところから、露天風呂か、または、使用時に周囲に幔幕《まんまく》を巡らすようなものであったと推定されている。現在は蒸し風呂の遺構と岩風呂の遺構が展示施設で公開されている。出土遺物としては、碁石や軽石があって、秀吉の当時も、碁をうち、軽

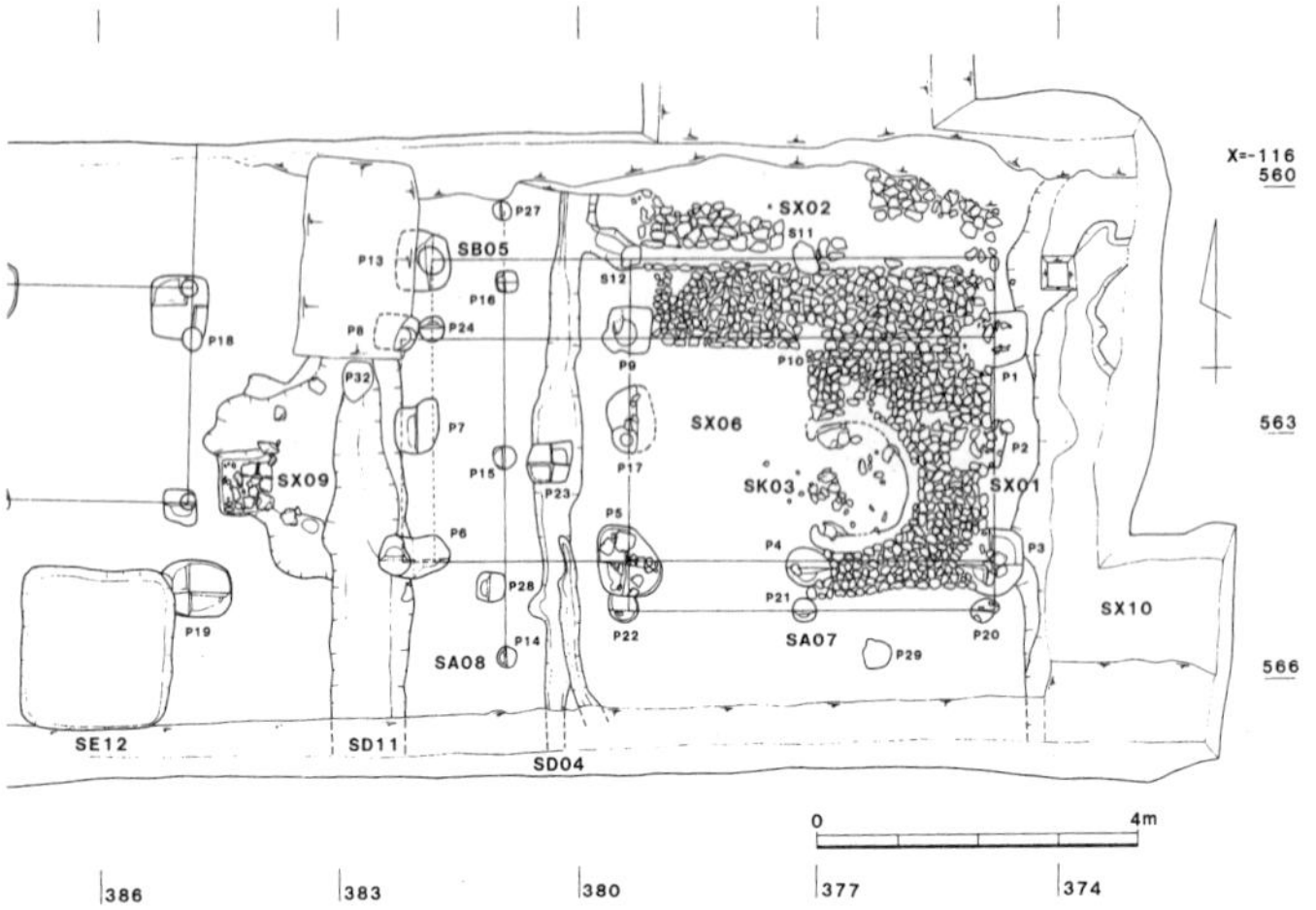

図41　宝菩提院廃寺跡から検出された湯屋遺構

石で身体を洗っていたことが想像される。ただし、発掘調査報告書では、今回検出された湯屋遺構は、慶長の大地震後に再建されたもので、秀吉のために造られたものではあるが、慶長三年（一五九八）に没した太閤秀吉は、ついに入浴することはなかった、と結論づけられている[4]。

小田原宿で喜多さんが底を踏み抜いたような、浴槽に湯を溜めて浸かるという入浴方法が一般的に普及するのは、江戸時代以降とされており、それ以前は、「風呂」といえば、蒸し風呂のことで、貴人の慰安、または治療や療養のために病人が訪れる場とされていた[5]。そのような蒸し風呂とともに、温泉では湯を溜める浴槽が造られていた実例として、秀吉当時の岩風呂が位置づけられる。

秀吉の頃の蒸し風呂を、はるかにさかのぼる時代の蒸し風呂が発見されたことで、話題になったのが、宝菩提院廃寺《ほうぼだいいん》（京都府向日市）の湯屋遺構である。この寺院址は平安時代には願徳寺と呼ばれていたことがわかっている。発見された湯屋の遺構は石敷をそなえた大形の竈、石敷の水場施設、石敷踏場をもつ溝や排水をかねた灰・炭の捨て場と覆屋からなっている。このような要素から構成される施設は、遺構の特徴とともに、奈良時代の寺院の財産目録ともいえる『資財帳』などの文献史料の参照と『一遍聖人絵伝』（一二九九年）、『慕帰絵詞』（一四世紀頃）などの絵巻物に描かれた湯屋との対比や東大寺大湯屋（一二三九年建立の後、一四〇八年に修築）などの現存する寺院の湯屋との比較検討に加えて、数少ないながらも発掘調査事例（山口県防府市阿弥陀寺の中世〜近世の湯屋遺構）との対照研究などから、寺院に設けられた湯屋であると考えられている。また、この湯屋遺構の時期に関しては、竈の中から炭とともに出土した土器（土師器杯・皿類）、瓦などから、平安時代の中頃（一〇世紀前半頃）には使用されなくなったと推定されている。

湯屋遺構を復元する際に参考となった古代から中世の寺院では、仏教儀式として、僧侶だけでなく民衆にも沐浴を施した。中世の絵巻物に描かれた湯屋は、湯を沸かす釜湯、湯を浴びる浴室、法要が行われ脱衣所にもなった前室の三つの部分からなると推定されており、発掘された湯屋遺構も同様の構造であったと考えられている。(6)

ずいぶんと時代をさかのぼったが、考古資料として、このような風呂の事例があり、その延長に『東海道中膝栗毛』で喜多さんが壊した五右衛門風呂がある。

喜多さんの便所下駄

小田原宿の旅籠で、喜多さんが五右衛門風呂の底を踏み抜いた下駄は、便所から拝借したものであった。考古資料としての下駄は、古代から近世の遺跡にいたるまで出土し、とくに近世の遺跡では出土する数量が多く、生活に密着した履物であったことがわかる。ふつう下駄は、一本の木から造り出した連歯《れんじ》下駄と、台部に歯を差し込んで造った露卯《ろぼう》下駄とに分けられる。露卯下駄は水仕事の時や便所で用いられるもので、水跳ねしてもいいように歯が高くなっているとされる(7)。

出土遺物としての下駄はいちいちを紹介するには数量が多すぎるので、考古資料としての下駄に関して、生活文化相のなかで位置づける研究を中心に紹介しておこう。

江戸遺跡から出土する下駄については、江戸川柳との関わりで論じられている(8)。そのなかでも、便所で履く下駄を詠んだものとして次のような川柳がある。

小便所　のつぺらぼうの　下駄へ乗り

(『誹風柳多留』一五七編―一一丁)

この川柳では、便所の小用を足す場所に置かれている下駄の歯がすりへって、のっぺらぼうになっており、それを履いて用を足した様子が詠まれている。今でこそ姿を消してしまったが、私たちの子供の頃には農家の入り口や庭先に小便専用の便所があり、農作業の途中で地下足袋のまま用を足している人の姿をみてきた。小便を分別した大きな理由は、即効性の液肥（尿素肥料）として蔬菜類や麦の追肥に使うためとされる。

便所下駄を含めた江戸時代の下駄に話をもどすと、一九七〇年代以降の近世遺跡の発掘調査によって、江戸時代の遺跡から出土する下駄が膨大な数にのぼっている。下駄そのものは古墳時代からみられ、連綿と続いていく。その後、江戸時代の直前の時期には、大坂城三の丸や自治都市である堺（遺跡としては堺環濠都市遺跡という）などで、漆を塗ったものが出土しており、尼子《あまご》氏の城下町である富《と》田《だ》（富田川川床遺跡）で表をつけた下駄などが出土している。このようないわば奢侈な下駄とは異なり、民衆が履くような下駄が数量、種類ともに豊富になるのは、一七世紀に入ってからであることが、出土遺物による統計的な研究によって明らかにされている。[9] 喜多さんが五右衛門風呂の底を踏み破った便所下駄には、これらの生活文化史的、考古学的な背景がある。

偽のお経と古代集落の仏教

沼津の次にある原宿（静岡県沼津市）で、弥次さんと喜多さんはにせ坊主に出会う。観音経を唱えて、金を無心する坊主が、この頃にはあちこちにいたとみえる。坊主の唱えるお経は観音経とは名ばかりで、その文句は「夜前大食、翌日頭痛八百」「近辺医者、早速御見舞、調合煎薬、呑多羅久多良、腹張多心経」と、単なる下卑た言葉の羅列で、語呂あわせにもなっていない。これに対して、喜多さんは、同じ道中で浪人が謡曲「大江山」を詠じて金の無心をするのに対しては無視し、このにせの僧侶については「おきやうがおもしろへから、寄進につきやせう」と言い、お経が面白いという理由で、銭を寄進している。ここでは経典の読誦は、いわば一種の大道芸として、道行く人々の歓心をかうことを生業としている人々とそれに対する庶民の対応が描写されている。そして、作者の十辺舎一九には、江戸時代の庶民がすでに仏教の経典を崇敬しているのではなく、一種のからかいに似た感情があることを諧謔として示す意図があったのであろう。

このような仏教の経典に対する知識や認識という観点から、中世の僧たちを描いた説話集である『沙石集《しゃせきしゅう》』（一二八三年成立）の内容をあげることができる。たとえば、北国の漁師たちの法会で、檀那である彼らにおもねり、漁師らがいつも「網々（あみ、あみ）」と言うと、波が「たぶ、たぶ」と応え、自然に「あみだぶ、あみだぶ（阿弥陀仏）」と念仏を唱えているから、極楽往生は間違いないと、語呂合わせの説経をして、布施をせしめた説経師の話が載せられている（巻第六ノ六）。

また、無知な僧が師匠から『大般若経』を譲られたが、僧はどのような経かも知らず、隣に住む僧に、その一部を『法華経』一〇巻として譲った、という話もある（巻第八ノ三）。

このような説話は、中世においても、諸国を廻る表面的な仏教修行者や僧のなかに、仏典の内容やそれらが説く信仰についての理解がともなわない者や、仏教を現世の功利的な目的のみに用いた輩が

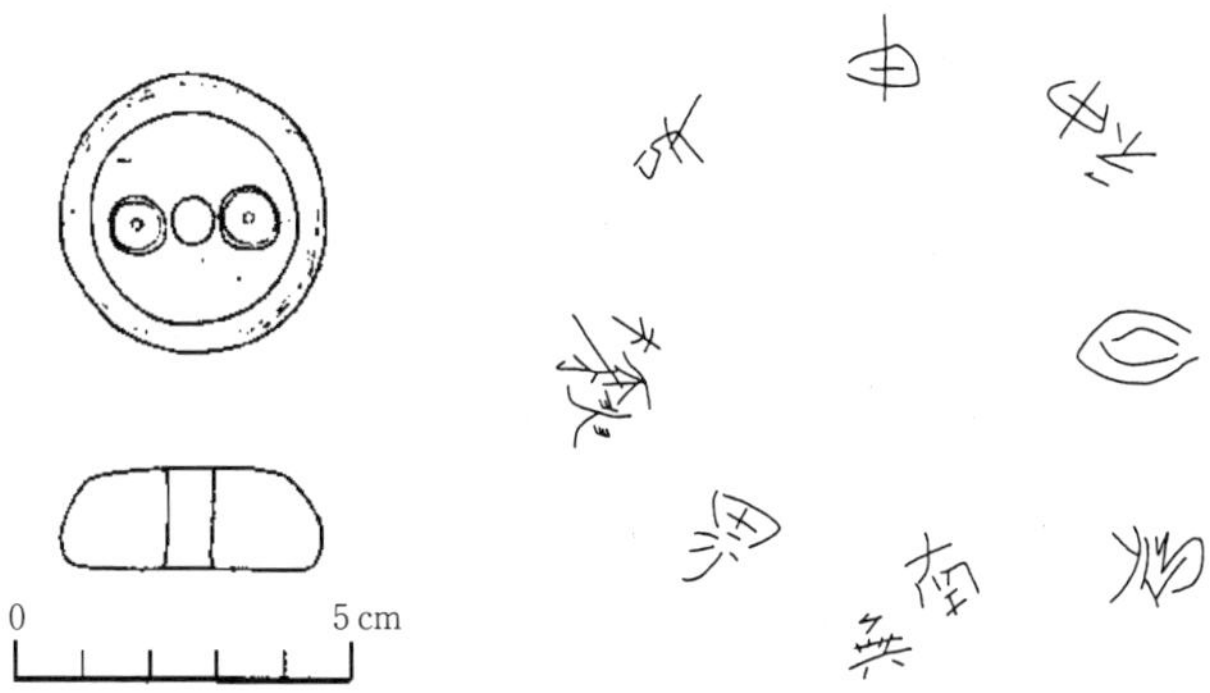

（上・平面形　下・断面図）　（線刻文）

図42　仏教語が線刻された石製紡錘車（ムコアラク遺跡）

いたことを示している。

　これに対し、古代の民衆がもっていた仏教や経典への認識が、一九九〇年代以降の考古資料の蓄積によって、明らかになりつつある。例えば、ムコアラク遺跡（千葉市）の平安時代の住居址から出土した石製紡錘車には「南無」と「申如林」という語を含む文章が、線刻されていた。いうまでもなく、「南無」とは、今日でも「南無阿弥陀仏」などとして念じられるように、当然ながら仏教語であり、その意味するところは「帰命・帰敬・帰礼・敬礼・信従などと漢訳される。まごころをこめて仏や三宝に帰順して信をささげることをいう」と説明される。[10] また、「申如林」も、やはり仏典にみえる言葉であり、仏教語の「申恕林」と音通であって、その異表記または簡略表記と考えられる。

　「申恕林」とは「シッソノキ」という樹木からなる林であり、漢訳仏典では「尸捨婆」「尸摂和」「尸利娑」とも表記され、その樹林は「尸捨婆林」「尸摂和林」「尸利娑林」のように記されることもある。(11)仏典のなかでは、釈迦や弟子たちがインド各地において、この木の茂る林に滞在して宗教活動を行ったのであり、その意味で「学林樹木」の一つとされる。(12)

このような学林樹木が「申恕林」と表記される仏典は限定されており、例えば、その典型として、『雑阿含経《ぞうあごんきょう》』をあげておこう。『雑阿含経』は仏教の基本経典の一つとされ、その内容は最も包括的な釈迦の遺訓全集としての代表聖典であると位置づけられる。(13)また、『雑阿含経』の成立と構成に関しては、多くの経典が集められたものであり、その成立年代そのものは確定できないが、現存の体裁にまとめられたのは四~五世紀頃とされる。(14)当然ながらここでとりあげた平安時代には、漢訳された後、相当の星霜を経ていた。

このような仏典に現れる語が記された紡錘車が、東国古代集落のごく一般的とされる住居址から出土したことの意味は大きい。つまり、紡錘車そのものがごく一般的な女性の用いる生産用具であり、これに釈迦が弟子たちと活動した学林のことを記した仏典を知らなければ、書くことのできない語句が記されていたのである。この事実は平安時代の初め頃において、一般的な東国の集落の中で、ごく普通の規模と構造の竪穴住居址に住んだ女性が、特定の仏典またはその知識をもった人物と身近に接していたことを示している。

仏教語を線刻した遺物は、東国の集落からしばしば出土するが、もう一例をあげると、皀樹原《さいかちはら》遺跡（埼玉県児玉町）の奈良時代から平安時代にかけての溝から出土した石製紡錘車には、「観下十大身部力見宜全」という文章が線刻されていた。

この線刻文のなかの「十大身部力」という語については、釈迦に特有の十種の能力とされる「十力」という仏教語がもとになっている。そして、この語を用いた線刻文は、「十大牛力」「十凡象力」などの語によって、無数の牛や象の力をたとえにして、釈迦の十力はこれらにもはるかに及ばない大きな力であると説明する教典（『大般涅槃経』巻第一〇「現病品」など）の知識が背景になければ、成立しえないと考えられる。

また、線刻文に「観下」とある箇所の「観」の語も仏教語として、広く諸経典にみられる。その語義は多様であるが、一般的には、「真理を観ずること。観念する。観察する。観想する」意味として用いられる[15]。すなわち、この文章にも経典の知識を背景とする語句が含まれていることがわかる[16]。

ムコアラク遺跡や皀樹原遺跡から出土した石製紡錘車に線刻で記されている文の意味そのものについては、おそらく当時の呪的な語句が含まれており、未だ不明な部分が多い。これまで、奈良・平安時代の東国の集落では仏教の浸透が進まず、仏教信仰はもとより経典に対する理解や知識も貧弱であったと考えられがちであった。しかしながら、集落から出土し、かつ女性が使用する生産用具である紡錘車に特定の経典を背景とする仏教語が記されていた背景として、古代東国の民衆が仏教の信仰や経典に身近に接していたことを想定しなければならなくなった。

喜多さんが原宿で聞いた語呂合わせのお経から、中世の仏教説話に現われる無知な僧や、古代東国の一般集落から出土する経典にみえる語を記した遺物まで話はさかのぼった。これらの限られた話柄からでも、時代が下るほどに仏教が深く浸透するのではなく、広くは流布するが、必ずしも実際の経典や教義の内容の理解がともなうわけではないことがわかる。むしろ、古代を研究する筆者としては、古代集落で経典に依拠する語が記された遺物が出土したことによって、古代の地方に住んだ民衆の奉じた仏教の内容や、さらには古代民衆の識字そのものも再考しなければならないと考えている。

『東海道中膝栗毛』は、たんに弥次・喜多の珍道中を綴った長編ではなく、日本人の生活文化史を考える際には情報の宝庫であり、考古学資料との関係で吟味することによって、弥次・喜多の道中譚を活写できる。さらに異なる時代の出土遺物と対照させ、相対化することによって、時代をさかのぼって、二人の所行とその背景についての理解を歴史性のなかで深化させることができる。それは江戸時代の創作としての物語を読み解くだけでなく、現在の私たちの暮らしを見つめなおすことにもつながる。

（1）　長佐古真也「日常茶飯事のこと――近世における喫茶習慣素描の試み――」江戸遺跡研究会編『江戸文化の考古学』吉川弘文館、二〇〇〇年

（2）　長佐古真也「土瓶と急須」江戸遺跡研究会編『図説江戸考古学研究事典』柏書房、二〇〇一年

長佐古真也「土瓶と急須」（前掲）

(3) 岩崎文雄『染井吉野の江戸・染井発生説』文協社、一九九九年
(4) 神戸市教育委員会編『ゆの山御てん』神戸市教育委員会、二〇〇〇年
(5) 中野栄三『入浴・銭湯の歴史』雄山閣、一九九四年
(6) 向日市埋蔵文化財センター編『宝菩提院廃寺湯屋跡』向日市埋蔵文化財センター、二〇〇五年
(7) 潮田鉄雄『はきもの』ものと人間の文化史8、法政大学出版局、一九七三年
(8) 寺島孝一「『誹風柳多留』にみる江戸のくらし——焼塩、タバコをはじめとして——」『江戸遺跡研究会会報』八七、二〇〇二年
(9) 古泉弘「江戸の出土下駄」『物質文化』三三、一九七九年
市田京子「江戸時代の下駄」江戸遺跡研究会編『江戸文化の考古学』(前掲)
(10) 中村元『佛教語大辞典』下巻、東京書籍、一九七五年、一〇二九頁
(11) 赤沼智善編『印度佛教固有名詞辞典』法蔵館、一九六七年、六一九〜六二〇頁
(12) 満久崇麿『仏典の植物』八坂書房、一九七七年、六五〜六六頁
なお、ムコアラク遺跡出土線刻紡錘車については、下記の拙論を参照されたい。

門田誠一「古代東国出土の線刻文字資料に関する一解釈——古代集落における経典読誦の実態——」『佛教大学アジア宗教文化情報研究所紀要』二、二〇〇六年
(13) 椎尾弁匡「新訂雑阿含経解題」『国訳一切経』印度撰述部・阿含部一、大東出版社、一九三〇年
(14) 椎尾弁匡「雑阿含に就いて」『大正大学学報』六・七、一九三〇年
榎本文雄「『雑阿含経』の訳出と原典の由来」『石上善應教授古稀記念論文集　仏教文化の基調と展開』

山喜房佛書林、二〇〇一年
水野弘元「『雑阿含経』の研究と出版」『佛教研究』一七、一九八八年
(15) 中村元『佛教語大辞典』上巻、東京書籍、一九七五年、一九九頁など。
(16) 門田誠一「古代東国出土紡錘車刻書の仏教的願文――埼玉県皀樹原遺跡出土資料の釈義」『佛教大学文学部論集』九一、二〇〇七年

6　災害と記録と考古学と

関東大震災とその痕跡

遺跡はなぜ地下に埋まっているのか、というのは簡単にみえて、実は考古学の本質に迫る問いかけである。遺跡が地下に埋まっているということは、地球はだんだん大きくなっているのですか、と子供に聞かれた時に、どう答えればよいのであろうか。現在、地下に存在する遺跡の多くは、雨や風による土の移動によって徐々に埋まったものが大半であり、これを先の子供への答とするならば、地球は大きくなっているというよりは、表面の凹凸が少なくなっているといえなくもない。しかしながら、遺跡が埋まる程度の表面の変化は、地球の大きさからみると微々たるものである。

いっぽう、遺跡が埋まる原因として、火山の爆発や河川の洪水などの自然災害があり、それらが起きた当時に存在した全てを、地上の現実から地下の遺跡に変えてしまう。このような災害で埋まった遺跡として、世界的に名高いのは、紀元七九年のヴェスヴィオス火山の噴火によって埋没したイタリアのポンペイである。

このように人間の生活を遺跡へと変えてしまうのが自然災害である。災害を主題とした文学は、それほど多くはないが、実録にもとづく作品としては吉村昭『関東大震災』が興味深い。この小説の第三章「大正十二年九月一日」には、まさに震災が起きたその瞬間の東京帝国大学の地震学研究室の描写がある。

すでに初期の微動がはじまった直後、地震計の針の大部分は記録紙の外に飛び出し、さらに震動が激化すると同時に破損してしまっていた。

大正一二年（一九二三）九月一日に起きた関東大震災は、地震による家屋の倒壊、火災だけでなく、治安の悪化や社会不安をもたらした。歴史的事件を取り上げた吉村昭の小説は、いずれも緻密な調査の上に成り立っているが、地震がもたらした諸所の災害が詳細に描かれている『関東大震災』も、また資料の博捜がその基礎にあることを感じさせる。

考古学の成果が報道媒体に載せられるようになってから、相当の年月が経ち、一般の理解は深まったが、それでもなお関東大震災のような近代のできごとは、考古学の対象とはならないと考えている人が多いと思う。

しかしながら、考古学は歴史学研究の一つの方法であって、近代以降を対象とすることも多い。実際に関東大震災にともなう火災の痕跡などは、関東各地の発掘調査によって確認されている。数多い調査例のなかでも、昭和五〇年（一九七五）に行なわれた秋葉原駅東側の都立一橋高校地点の発掘調査は、江戸の遺跡を考古学的に明らかにした最初の調査といわれている。ここでは振袖火事といわれる明暦《めいれき》の大火（明暦三年・一六五七）の焼土層が確認されており、さらにその上部からは関東大震災にともなう火災による焼土層や、太平洋戦争の際の東京大空襲による焼土層があった。

焼土層とは、家屋の壁土や木材などが焼け落ちてできる堆積層で、時代を問わずに検出され、文字通り赤く焼けた色を呈している。その中には当然ながら、火災が起きた当時に使われていた道具や器物の破片などが含まれている。都立一橋高校地点では明暦の大火から東京大空襲の層まで約四メートルの堆積土があり、まさしく江戸から東京への歴史が土に刻まれていた(1)。現在、この高さ四メートル以上にも達する土層は現地より剝ぎ取られて、江戸東京博物館に展示されており、考古学によって明らかにされる時間と空間の一端を多くの参観者に示している。

その他には関東大震災に起因する噴砂が発見されている遺跡がある。噴砂とは地盤が液状化することによって、地中の土砂が地下水と共に地表に噴き出したものである。噴砂の発見は地下での液状化現象の発生を裏付けるひとつの情報となる。関東大震災にともなう噴砂の発見例をあげると、東町《ひがしちょう》遺跡（神奈川県厚木市）では江戸時代以降の土層として、地割れがみられる層があり、その上に瓦礫層、さらにその上にはガラス瓶や瓦・陶磁器など、大正期と推定される遺物を含んだ焼土層があった。

これらの層を、もう一度下から順にみていくと、地割れのある層が関東大震災当時の地面であり、ここでは地割れとともに噴砂が認められた。そして、その上にある瓦礫層には漆喰でできた土蔵の壁材なども含まれており、これは関東大震災によって建物などが倒壊し、崩れ落ちてできた層である。そして、その上の焼土層が地震の後に発生した火災によって生じたものとみられている。(2) この遺跡の土層は関東大震災の発生と被害の状況を、時間軸にそってきわめて正確に土地に刻んでいる。

遺跡に残された地震の痕跡

噴砂や液状化現象という専門用語が一般にも知られるようになったのは、阪神大震災を契機としていると思うが、意外にも古典には、このような現象が記されていることがある。

噴砂の描写がなされた早いものとしては、鴨長明『方丈記』には元暦《げんりゃく》の大地震(元暦二年・一一八五)の記述がある。

また、同じころかとよ、おびただしく大地震ふること侍き。そのさま、世の常ならず。山はくづれて河を埋み、海は傾きて、陸地をひたせり。土裂けて水涌き出で、巌割れて谷にまろび入る。

(現代語訳)

また、おなじ頃であったろうか。ものすごい大地震があった。そのすさまじさは、この世のものとは思えなかった。山崩れが起きて、土砂が川を埋め、海は傾いて陸地を（津波によって）浸した。大地が裂けて、水が噴き出し、岩が割れて谷に転がり落ちた。[3]

この後には建物や人に対する被害のありさまが記されるが、それを活きた文章にしているのは、まさに噴砂を含め、地震に関する迫真の描写があるがゆえである。

発掘調査では発生年代が特定できる地震にともなう噴砂が検出される場合がある。寒川旭《さんがわあきら》氏の研究によりながら、古い事例からみていこう。[4] 北仰西海道《きとげにしかいどう》遺跡（滋賀県高島市）では縄文時代（晩期）の地震による液状化の痕跡が発見されており、弥生時代（中期）の地震による噴砂が針江浜《はりえはま》遺跡（滋賀県高島市）、正言寺《しょうごんじ》遺跡（滋賀県長浜市）、津田江湖底《つだえこてい》遺跡（滋賀県守山市・草津市）その他で発見されている。京都市域でも同時期の地震の痕跡がみられることから、弥生時代に琵琶湖を襲った大地震が推定されている。

古墳時代から奈良時代にかけては、『日本書紀』天武七年（六七八）に記載のある筑紫大地震の際に生じたとされる噴砂の跡が、上津《かみづ》土塁遺跡、古賀ノ上遺跡、山川前田《やまかわまえだ》遺跡（福岡県久留米市）などで発見されている。

『続日本紀』に「丹波国地震三日」とみえる丹波大地震（大宝元年・七〇一）の痕跡は志高《したか》遺跡（京

都府舞鶴市）などで発見されている。

関東では今井白山遺跡、笂井《うつぼい》八日市《ようかいち》遺跡（以上、前橋市）、深谷バイパス遺跡（埼玉県深谷市）などで、弘仁九年（八一八）の大地震（『類聚国史』）に起因するものと考えられる噴砂が見つかっている。

西日本では『日本三代実録』などに記録がある貞観一〇年（八六八）の播磨国で起こった大地震の痕跡が、南通り遺跡（兵庫県姫路市）などで発見されており、記述の内容によってマグニチュード七程度と推定されている。

時代が下がって、歴史的事件としても名高い慶長元年（一五九六）の伏見地震に際して生じたと考えられる液状化した層と噴砂は、八雲《やくも》東《ひがし》遺跡（大阪府守口市）、西三荘《にしさんそう》遺跡（大阪府）などをはじめとして、京都市南部から兵庫県南部にわたって分布している。マグニチュード七・五以上とされるこの地震によって、秀吉自慢の伏見城が倒壊したのをはじめ、東寺・天龍寺・大覚寺・大坂城なども大きな被害を受け、被害は京阪神地域を中心に広い範囲に及んだ。この地震の痕跡が明瞭に残っていた西三荘遺跡では噴砂が最大幅一二センチ、長さ三メートルの亀裂として何条も確認され、激しい液状化現象があったことを示しており、相当な被害があったことが想像できる。(5)

江戸時代の地震の痕跡も各地で発見されているが、それらは寒川氏の研究にゆずり、安政二年（一八五五）に江戸の直下で起こった幕末の大地震として、史上に名をとどめる安政大地震は、多数の遺跡にその痕跡を残す。そのなかでも江戸城外堀跡の地下鉄（七号線）四谷駅出入口地点で検出された液状化の痕跡は、現在、江戸東京博物館で展示されている。

幕末の安政年間には日本各地で大地震が発生した。近年の調査事例では、安政五年（一八五八）に起こった安政飛越地震による液状化現象の痕跡があり、北陸では、最大級の噴砂が手洗野赤浦《たらいのあかうら》遺跡（富山県高岡市）で発見されている。(6)

時代をおって代表例のみをみてきたが、このように地下に残された地震の痕跡には、直接に地震に起因する液状化や噴砂などがある。

地震の揺れによる災害としての火事の痕跡である焼土層の話にもどると、このような年代の判明する焼土層は発掘調査の際には時代推定の基準となる。たとえば、京都でも江戸時代には何度もの大火と洪水があったことが、絵図や記録によってわかっており、なかでも幕末の蛤御門の変（禁門の変）にともなう大火（元治元年・一八六四）と天明の大火（天明八年・一七八八）、そして宝永の大火（宝永五年・一七〇八）などによって、現在の京都市街地が広範囲に被災した。

京都市内の発掘調査では、これらに対応する焼土層が検出されることがあり、また、火災の後の焼土が廃棄された棄て穴が発見されることが多い。私自身が調査を担当したいくつかの遺跡でも、これらの焼土層を確認した。そのうち、公家である二条家の屋敷跡では天明の大火の火災層から、ヘラ状の工具で「宝暦七丁丑歳」という年号が記された瓦の破片が出土した。これは西暦では一七五七年であり、この瓦が出土した焼土層がこの年以降の火災によって形成されており、すなわち天明の大火によるものであることを示している。(7) このように考古学では火災層は年代の特定と深く関わっている。

火山の噴火で埋もれた村々

地震の他にも火山の噴火は、これにともなう降下物で遺跡が噴火当時の状態をとどめて埋まることから考古学との関係が深い。火山の噴火で埋まった遺跡としては、すでにふれたイタリアのポンペイが代表的な遺跡としてあげられるが、日本でも多くの遺跡が知られている。そのなかで考古学の歴史に名をとどめる遺跡として橋牟礼川《はしむれがわ》遺跡(鹿児島県指宿市)があげられる。

図43　整備・復原された橋牟礼川遺跡

この遺跡は古くから学史的に名高い遺跡であり、大正七年(一九一八)に近所の中学生が縄文土器と弥生土器を拾ったことがきっかけとなって発見された。翌年にかけて、京都大学の浜田耕作が学術的に発掘調査を行った。そして、この調査によって、その時点では縄文土器と弥生土器は同じ時代に違う民族が作った土器とみる説があったのに対し、縄文土器が弥生土器より下層から出土するという層位(地層)の上下関係から、縄文土器が弥生土器より古いという事実が確定した。

この遺跡では、その後の一九八〇年代の発掘調査によって、火山灰による倒壊家屋が発見されている。その原因となった火山の噴火については、出土した遺物の推定年代から、『日本三代実録』に記載がある貞観一六年（八七四）七月二日の開聞岳の大噴火によると推定されている。その記載の内容は次のようなものである。

大宰府が報告してきた。薩摩国従四位上開聞の神が鎮座する山の頂に火があり、真っ赤に焼けた。煙と水蒸気が空を覆い、火山灰が雨のように降り、地震の振動は、百里以上離れたところでも聞こえ、社の近くの人々は恐怖のあまりふるえて、肝をつぶした。明け方になっても天気は陰うつで、昼間も夜のように暗かった。噴煙は天をおおい、灰や砂が雨のように降った。色は墨のように真っ黒で、一日中止むことはなかった。その砂粒が降り積もった厚さは、あるところでは五寸、またあるところでは一寸あまりであった。夕暮れ時には、砂粒に変わって雨が降ってきた。この雨にぬれた作物は皆枯れてしまい、川の水は砂粒を含んでさらに濁った。無数の魚や亀が死んだ。人々の中にはその死んだ魚を食べたものがおり、ある者は死に、ある者は病気になった。(8)

また、同月二九日の条にも、ほぼ同じ記載がある。(9)

同様の記載が二度にわたって重出しているが、二つの史料の間には錯誤があり、実際には三月四

日の開聞岳の噴火について報告された記事であることが証されている。(10)

橋牟礼川遺跡では、このように記載されている開聞岳の噴火によって起きた土石流によって川が埋まったことがわかっており、これは『日本三代実録』にみられる「川の水は砂粒を含んでさらに濁った」という記述に該当すると考えられている。この遺跡で検出された主な遺構は、火山灰の重さで倒れてしまった建物跡や畑の跡、道の跡などであり、これらの発見によって、火山灰の下には平安時代の集落がそのまま残っていることがわかった。また、他にも、古代に文書を記すための道具である硯、刀子《とうす》や官位を示す青銅製の帯金具（丸鞆）などの遺物が多数発見されていることから、ここには古代の役所があったのではないかと考えられている。(11)

古墳時代の火山の噴火によって埋没した集落として有名なのが、黒井峰《くろいみね》遺跡（群馬県渋川市）である。この遺跡は、六世紀初頭の榛名《はるな》山の噴火で吹き出された軽石によって埋まった一五〇〇年前の集落として知られる。厚く積もった軽石の下からは、穴を掘りこまずに、壁をめぐらして屋根をかけた平地式の住居や倉庫、建物を取り巻く垣根や道、畠や畝の跡や苗代、牛や馬を飼っていた家畜小屋などが発見され、それまでわからなかった古墳時代の集落の具体像を知る手がかりとなった。(12)

黒井峰遺跡の発見以後、火山の噴火による軽石や火山灰下の遺跡調査は、さらに精密さを高めるようになり、やはり六世紀初頭の榛名山の噴火による火山灰や火砕流で埋没した中筋《なかすじ》遺跡（群馬県渋川市）でも詳細な調査が行われ、噴出物によって当時の状態で埋没していた家屋の構造などが明らかになってきた。

時代が下がって、江戸時代の浅間山の噴火で埋まった村としては、他の章でもふれた鎌原《かんばら》（群馬県嬬恋村）があげられる。天明三年（一七八三）の浅間山の大噴火による土石流で埋まった鎌原村の発掘調査では、観音堂の地下五メートルから、あと少し石段を上れば助かったであろう二体の人骨が発見された。この人骨のほかにも、当時の家屋がそのまま発見されるなど江戸時代の浅間山麓の集落での暮らしぶりをそのまま伝える貴重な資料として注目されている。

図44　鎌原観音堂

天明の浅間山噴火によって埋まった村や家屋は、その後の調査によって、鎌原以外でも多数の事例が知られるようになってきた。そのなかから、特徴的な事例をいくつかあげてみよう。

当時の生業が知られる遺跡としては中棚《なかだな》Ⅱ遺跡（群馬県長野原町）で、里芋の畑跡が発見されている。ここでは地中の部分が腐って、その空洞に浅間山の噴火による軽石が詰まっており、そこに石膏を流し込んで型をとった結果、栽培されていたのが里芋であったことがわかった(13)。

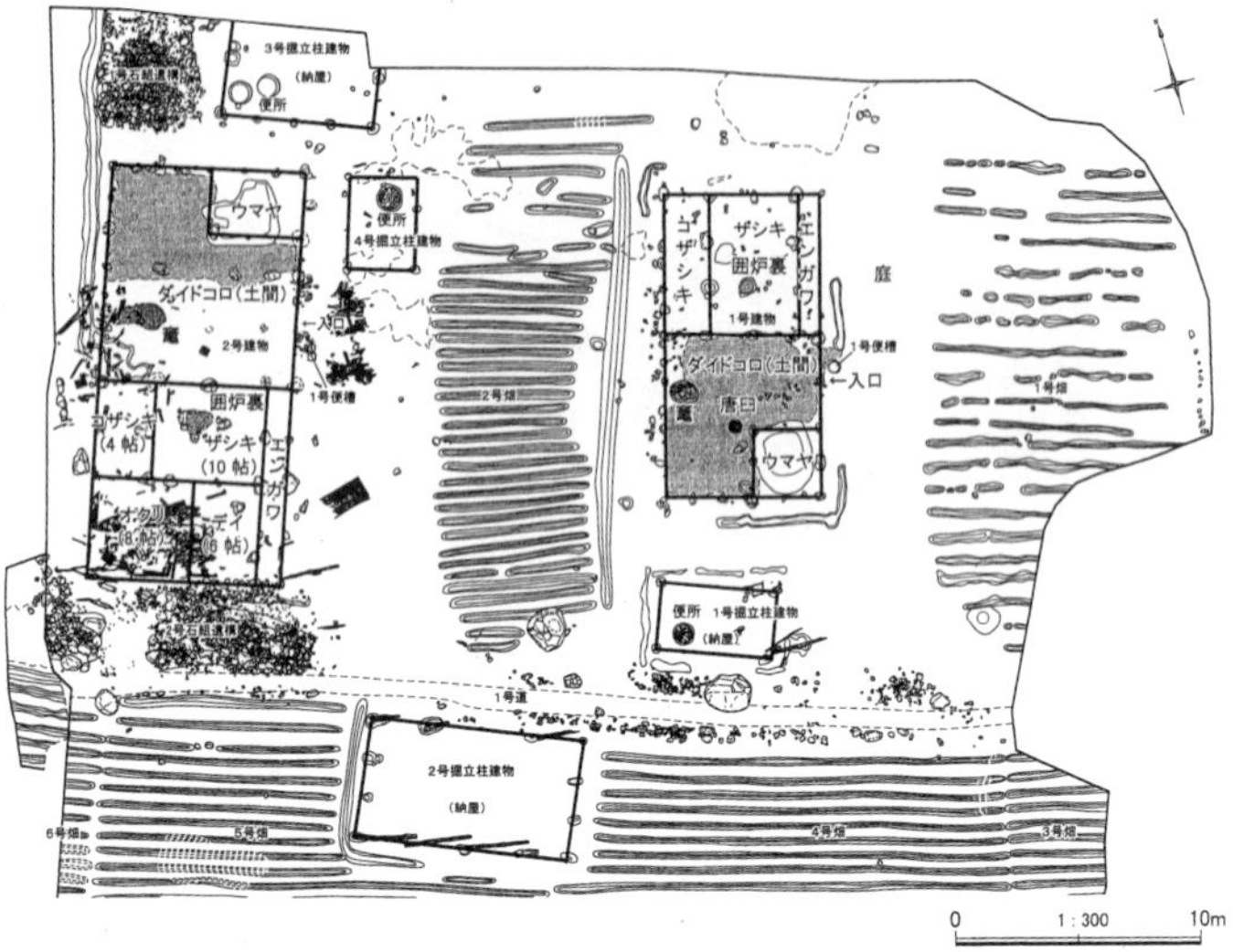

図45　上郷岡原遺跡で検出された江戸時代の家屋跡と大麻畑跡

交通に関する遺跡としては、久々戸《くくど》遺跡（群馬県長野原町）で、道路跡が検出されている。この道は、中山道から高崎豊岡で分岐し、榛名山西麓を抜けて、長野原を経て、草津へ到る「草津みち」と推定されている。検出された「草津みち」は道路の中央がやや窪み、道路沿いの山側には部分的にではあるが、樹木の痕跡があり、人為的に植栽されていたらしい(14)。

上郷岡原《かみごうおかはら》遺跡（群馬県東吾妻町）では浅間山の噴火による最深で五メートルにも達する泥流の下から、一面に植物遺存体が散布した状態の畑が検出された。植物遺存体は、最大長約一・八メートルにも達し、大麻と鑑定された。畑の中からは直径一・二メートル程度の円形で底が平坦な穴が発見されており、これは半分に切った桶を置いて、その中に肥料を入れて置いた

「半切桶《はんきりおけ》」と呼ばれる、近代にいたるまで行われていた在地の伝統的な農法であることがわかっている。上郷岡原遺跡では麻畑を含んだ屋敷地も発見され、納屋や便所、二棟の建物などの建物跡が検出されており、天明三年（一七八三）の浅間山噴火による泥流に埋もれた村の姿をそのままとどめている貴重な遺跡であることが知られた(15)。

この章のはじめにふれた『関東大震災』の導入部文である、地震学研究室の止まった時計に象徴される地震や火山の噴火による災害が起こった時間と空間は、考古学的事例をあげてみてきたように、まさに地中に閉じ込められている。地下に残された災害の痕跡は、それらが起こった地に暮らした人々の生活を一変させ、あるいは破壊する、このうえなく不幸なできごとであったことを、つぶさに今に伝えている。このような災害の痕跡に学び、それを未来への糧《かて》とすることが、災禍に見舞われた先人への鎮魂となろう。

（1）都立一橋高校内遺跡調査団編『江戸：都立一橋高校地点発掘調査報告』都立一橋高校内遺跡調査団、一九八五年

（2）上本進二・平本元一・飯田孝「神奈川県厚木市東町遺跡における大正関東地震による液状化跡」『地理学評論』六六―一一、一九九三年

（3）現代語訳として入手しやすいものは以下のとおりである。

梁瀬一雄訳注『方丈記』角川文庫、一九六七年
安良岡康作訳注『方丈記』全訳注、講談社学術文庫、一九八〇年
武田友宏編『方丈記（全）』角川ソフィア文庫、二〇〇七年など。

（4）この項であげた遺跡で検出された地震の痕跡については、下記の文献によっている。
寒川旭『地震考古学』中央公論社（中公新書）、一九九六年
寒川旭『揺れる大地――日本列島の地震史――』同朋舎出版、一九九七年
寒川旭『地震の日本史――大地は何を語るのか――』中央公論社（中公新書）、二〇〇七年
なお、遺跡で検出された地震の痕跡については「特集・地震の考古学1～38」として、一九九五年九月より、『古代学研究』誌上に各地域ごとに概要が掲載され、現在（二〇〇八年一月時点）も継続中である。掲載号は現在までのところ以下の通りである。一三一、一三三～一三九、一四一～一四九、一五一、一五三～一六二、一六四～一六六、一六九、一七一～一七二、一七四～一七五、一七八～一七九号（継続中）。

（5）寒川旭『地震考古学』（前掲）
寒川旭『揺れる大地――日本列島の地震史――』（前掲）
寒川旭『地震の日本史――大地は何を語るのか――』（前掲）
寒川旭「兵庫県南部地震と慶長伏見地震」『古代学研究』一三五、一九九六年

（6）富山県文化振興財団埋蔵文化財調査事務所編『岩坪岡田島遺跡　手洗野赤浦遺跡　近世北陸道遺跡発掘調査報告』富山県文化振興財団埋蔵文化財調査事務所、二〇〇七年

（7）同志社埋蔵文化財委員会編『京の公家屋敷と武家屋敷――同志社女子中・高校静和館地点、校友会新島会館別館地点の発掘調査――』学校法人同志社、一九九四年

（8）『三代実録』巻二六貞観十六年（八七四）七月丁亥朔
秋七月丁亥朔。戊子二日。地震。大宰府言。薩摩国従四位上開聞神山頂。有レ火自焼。煙薫満レ天。沙如レ雨。震動之声二聞百余里一。近レ社百姓震恐失レ精。求二之蓍亀一。神願二封戸一。及汚二穢神社一。仍成二此祟一。勅奉二封二十戸一。授二伯耆国正六位上天乃佐奈神従五位下一。

（9）『三代実録』巻二六貞観十六年（八七四）七月廿九日乙卯
乙卯廿九日。大宰府言。去三月四日夜。雷霆発レ響。通宵震動。遅明天気陰蒙。昼暗如レ夜。于レ時雨レ沙。色二如聚墨一。終日不レ止。積地之厚。或処五寸。或処可二一寸余一。比レ及二昏暮一。沙変成レ雨。禾稼得レ之皆致二枯損一。河水和レ沙。更為二盧濁一。魚鼈死者無数。人民下有得食二死魚一者上。或死或病。

（10）永山修一「文献から見る平安時代の開聞岳噴火」『名古屋大学加速器質量分析計業績報告書』七、一九九六年

（11）橋牟礼川遺跡の発掘調査については、指宿市教育委員会編『橋牟礼川遺跡』一～七、指宿市教育委員会、一九九七年を参照。

（12）群馬県立歴史博物館編『火の山はるな――火山噴火と黒井峯村のくらし――』群馬県立歴史博物館、一九九〇年
石井克巳・梅沢重昭『黒井峯遺跡――日本のポンペイ――』読売新聞社、一九九四年

（13）群馬県埋蔵文化財事業団編『久々戸・中棚Ⅱ遺跡・下原遺跡・横壁中村遺跡』群馬県埋蔵文化財事業

団、二〇〇三年
(14) 群馬県埋蔵文化財事業団編『久々戸・中棚Ⅱ遺跡・下原遺跡・横壁中村遺跡』(前掲)
(15) 群馬県埋蔵文化財事業団編『上郷岡原遺跡』群馬県埋蔵文化財事業団、二〇〇七年

あとがき

考古学を研究していても、文学的な状況に身を置くことがある。具体的にいえば、遺跡の踏査や遺物の観察のために各地に赴いた折、文学的な素養と豊かな文章力があれば、小説の場面として描き、あるい詩として綴り、また句として詠じてみたいと思う場面に、数多く出会っている。

たとえば、平安時代に瀬戸内海を跋扈した藤原純友《すみとも》が拠点とした日振島《ひぶりじま》（愛媛県）へ行った時、日が傾き始めた島の小さな港には、入江を静かに進む船をじっと見つめるいくつもの慈愛に満ちた眼があった。島には小学校しかなく、子供たちは中学生になると、四国側の町にある学校に隣接した寄宿舎で暮らし、週末になると実家に帰って来る。それを待ちかねた母親たちが、到着時刻のずっと前から、波止場に佇んでいる。船影が見え、甲板にわが子の姿を探し出した時、声にこそ出さないが、母親たちの間に節度ある安堵が漂った。

沖縄の糸満《いとまん》では、港近くのバスの停留所で一人の老婦人と出会った。沖縄戦でも焼け残った一本の樹木を見つめながら、自身の体験を話す彼女の声は、内容の悲惨さとはうらはらに抑制がきき、そのことがかえって事実の迫力として今も鮮烈に耳に残っている。到着したバスに乗り込み、窓外に目をやると、沈み行く初夏の南国の太陽に映し出され、小さくなっていく彼女の陰影に海鳥の声が降っていた。

田園の賢人もいた。天草の複雑な入り江にある古墳を探している時、畑で一心に鍬をふるう女性がいた。新芽を踏まないように、かなり離れた畑の畦から、大声で場所を尋ねると、そこからみても、かなりの年配のその女性は闖入者の突然の質問にも、まるで予期していたかのように、背筋をただし、まったく淀みなく正確に古墳の位置を伝えると、もとのようにまた黙々と鍬をふるっていた。すばやく節度あるその所作と、論文の文章のように的確でありながら、先を急ぐ旅人に接するに十分な思いやりをともなった無駄のない温かみに満ちた態度はあまりにも見事であり、ただこれだけのことだが私の記憶に深く残っている。知識の量を競うのとは全く別次元の、人間の知性というか賢さを身をもって教えられた瞬間であった。かつての日本には田園のなかにも、このように素朴な知性が横溢していたのだろう。

はしがきにふれたように、文献記載と考古学資料の相関的な研究の必要から、文学や古典芸能の範疇に入る作品にも、永らく接してきたが、徐々にそれらのなかにある考古学的要素やその歴史的な背景から、小説や芸能の演目について論じてみたいという構想をもつにいたった。くわえて、ここにあげたような調査の道すがら出会った文学的な場面や人文的な知性をもった人々の風骨が、新たな課題に挑んでみようという、私のささやかな冒険を後押してくれた力となっている。

改めて本書を読み返してみると、文学と考古学という分野を通して、時代や地域を同じくすることのある事象に対して新たな立脚点を提示するというよりは、はしがきでふれたとおり、文学や芸能に考古学事象を読み取ることに終始した感は否めない。また、ここで取り扱った多様な文学作品や芸能の演目からすれば、それらに対する他分野の研究者である筆者の知見の不十分さはあらためていうまでもない。ただ、このような試みがこれまで行われておらず、一定の方向性を示すことが本書執筆の目的であることを最後に付言しておきたい。文学作品の読みとり方や個々の歴史事象に関して補うべき点については、諸般の教示を期待しつつ、あとがきとしたい。

二〇〇八年三月一日　脱稿の日に記す

門田誠一

◉著者略歴◉

門田　誠一（もんた　せいいち）

1959年大阪府生まれ
同志社大学文学研究科修士課程修了
学校法人同志社埋蔵文化財委員会調査主任，佛教大学専任講師，助教授を経て
現在　佛教大学文学部教授・博士（文化史学・同志社大学）

【主要著作】
『古代東アジア地域相の考古学的研究』（学生社，2006年）
『旅する考古学—遺跡で考えた地域文化—』（昭和堂，2004年）
『海でむすばれた人々—古代東アジアの歴史とくらし—』（同朋舎出版，2001年）
『はんこと日本人』（「日本を知る」シリーズ，大巧社，1997年）
『海からみた日本の古代』（新人物往来社，1992年）
『海の向こうから見た吉野ケ里遺跡—卑弥呼の原像を求めて—』（共著，社会思想社，1991年）など

文学《ぶんがく》のなかの考古学《こうこがく》　佛教大学鷹陵文化叢書19

2008（平成20）年９月20日　発行

定価：本体2,300円（税別）

著　者　門田誠一
発行者　佛教大学通信教育部長 原　清治
発行所　佛教大学通信教育部
603-8301 京都市北区紫野北花ノ坊町96
電話 075－491－0239（代表）
制作 発売　株式会社思文閣出版
606-8203 京都市左京区田中関田町2-7
電話 075－751－1781（代表）

印刷 製本　株式会社図書印刷同朋舎

ISBN978-4-7842-1430-3　C1021

索　引

【遺跡名】

【作品・史料名】

【事　項】

【人　名】

◆収録図版出典一覧◆

Ⅰ　ものとこころ

図２　岩手県文化振興事業団埋蔵文化財センター編『長谷堂貝塚発掘調査報告書』2004年 …… 10
図３　遠野市立博物館編『国指定史跡　綾織新田遺跡』遠野市立博物館、2003年 …… 11
図６　滋賀県教育委員会事務局文化財保護課編『穴太遺跡発掘調査報告書Ⅱ』1997年 …… 21
図７　群馬県埋蔵文化財調査事業団編『多田山古墳群：今井三騎堂遺跡・今井見切塚遺跡』群馬県埋蔵文化財調査事業団、2004年 …… 39
図８　釧路市埋蔵文化財調査センター編『材木町５遺跡調査報告書』釧路市埋蔵文化財調査センター、1989年 …… 45

Ⅱ　いきものとひと

図16　夜須町教育委員会編『大木遺蹟』夜須町教育委員会、1997年 ……102
図17　方城町教育委員会編『法華屋敷遺跡・伊方小学校遺跡』方城町教育委員会、1996年 ……102
図19　大阪市文化財協会編『長原・瓜破遺跡発掘調査報告』Ⅷ、1995年 ……113
図20　東京都教育文化財団編『汐留遺跡（第１分冊）―旧汐留貨物駅跡地内の調査―』東京都埋蔵文化財センター、1997年 ……121
図21　岡山大学埋蔵文化財調査研究センター編『医学部基礎研究棟・RI治療室新営工事に伴う発掘調査』岡山大学埋蔵文化財調査研究センター、2007年 ……127
図22　李文信「遼陽発現的三座壁画古墓」『文物参考資料』1995―５ ……129
図23　広島県草戸千軒町遺跡調査研究所編『草戸千軒町遺跡発掘調査報告Ⅲ―南部地域北半部の調査』広島県教育委員会、1995年 ……135
図29　駒井和愛編『オホーツク海沿岸・知床半島の遺跡』下巻、東京大学文学部、1964年 ……175

Ⅲ　くらしとくふう

図33　山武考古学研究所編『小原子遺跡群』芝山町教育委員会・小原子遺跡群調査会、1990年 ……198

図34　かながわ考古学財団編『臼久保遺跡—芹沢配水池建設にともなう発掘調査』第１分冊、かながわ考古学財団、1999年 ……………………204
図35　茨城県教育財団編『村松白根遺跡１』上・下、茨城県教育財団、2005年 ………………………………………………………………………207
図36　京都府埋蔵文化財調査研究センター編『浦入遺跡群』（図版編）京都府埋蔵文化財調査研究センター、2001年 ……………………………215
図41　向日市埋蔵文化財センター編『宝菩提院廃寺湯屋跡』2005年 ……254
図42　千葉県文化財センター編『ムコアラク遺跡：小金沢古墳群』千葉県文化財センター、1979年 ………………………………………………259
図45　財団法人群馬県埋蔵文化財事業団編『上郷岡原遺跡（１）』財団法人群馬県埋蔵文化財事業団、2007年 ………………………………276

＊上記以外は著者が撮影した写真を用いた。

佛教大学鷹陵文化叢書

仏教・共生・福祉　水谷幸正著
21世紀に向けて仏教と「いのち」を考える
ISBN4-7842-1017-2　定価1,995円

幕末・維新を考える　原田敬一編
動乱の幕末を考えるいくつかの視座を提示
ISBN4-7842-1038-5　定価1,785円

吉備と京都の歴史と文化　水野恭一郎著
岡山と京都の歴史を多岐にわたり追求
ISBN4-7842-1052-0　定価1,995円

日本の通過儀礼　八木　透編
儀礼を通して人々の交わりとそのすがたをさぐる
ISBN4-7842-1075-X　定価1,995円

孝子伝の研究　黒田　彰著
内外の基礎資料をもとにした実証的な研究
ISBN4-7842-1085-7　定価3,150円

中国の古代都市文明　杉本憲司著
進化する考古学的調査や発掘を通して文明の変遷を考える
ISBN4-7842-1103-9　定価2,100円

江戸時代の図書流通　長友千代治著
出版文化の広汎な流通を豊富な図版（130点余）を通して明かす
ISBN4-7842-1119-5　定価2,310円

院政とその時代　王権・武士・寺院　田中文英著
国家権力形態の転回の画期をかたちづくった各権門の動向を扱う
ISBN4-7842-1149-7　定価2,310円

オンドルと畳の国　近代日本の〈朝鮮観〉　三谷憲正著
日朝の関係史を近代日本のさまざまな言語表現を通してさぐる
ISBN4-7842-1161-6　定価1,890円

近世の学びと遊び　竹下喜久男著
地域内外の人的交流を通して学びと遊びの諸相を明かす
ISBN4-7842-1184-5　定価2,625円

慚愧《ざんき》の精神史　「もうひとつの恥」の構造と展開　池見澄隆著
顕界と冥界の「みえない―みられる」関係より慚愧の表出をさぐる
ISBN4-7842-1209-4　定価1,995円